U0933246

LA CERISE SUR LE GÂTEAU

锦上添花

[法] 奥雷莉 · 瓦洛涅　著
王照异　译

江苏凤凰文艺出版社
JIANGSU PHOENIX LITERATURE AND
ART PUBLISHING, LTD

图书在版编目（CIP）数据

锦上添花 / (法) 奥雷莉·瓦洛涅著；王照异译
—南京：江苏凤凰文艺出版社，2020.3
ISBN 978-7-5594-4409-7

Ⅰ.①锦… Ⅱ.①奥… ②王… Ⅲ.①长篇小说—法
国—现代 Ⅳ.①I565.45

中国版本图书馆CIP数据核字（2019）第293473号

江苏省版权局著作权合同登记：图字10-2020-18号

« LA CERISE SUR LE GÂTEAU » by Aurélie Valognes
© Mazarine/Librairie Arthème Fayard 2019
CURRENT TRANSLATION RIGHTS ARRANGED THROUGH
DIVAS INTERNATIONAL, PARIS 巴黎迪法国际版权代理
Simplified Chinese edition copyright © 2020 Beijing Fonghong
Books Co., Ltd
All rights reserved.

书　　名	锦上添花
著　　者	［法］奥雷莉·瓦洛涅
译　　者	王照异
责任编辑	孙金荣
特约编辑	邱涵斐　王丽媛
责任校对	杨芳云
出版统筹	孙小野
封面设计	金牘文化·车球
出版发行	江苏凤凰文艺出版社
出版社地址	南京市中央路165号，邮编：210009
出版社网址	http://www.jswenyi.com
印　　刷	三河市嵩川印刷有限公司
开　　本	880毫米×1230毫米 1/32
印　　张	10.5
字　　数	234千字
版　　次	2020年3月第1版　2020年3月第1次印刷
标准书号	ISBN 978-7-5594-4409-7
定　　价	45.00元

（江苏凤凰文艺版图书凡印刷、装订错误可随时向承印厂调换）

爱全天下易，爱一己邻难。

——埃里克·霍弗[1]

[1] 埃里克·霍弗（Eric Hoffer，1902—1983），美国作家、码头工人，曾任加州大学伯克利分校高级研究员。生平著作包括《狂热分子》《激情心灵状态》《变迁的磨难》《我们时代的脾性》等。——译者注（本书所有注释除特殊标记外，皆为译者所加，后文将不再单独说明。）

目录
CONTENTS

童言无忌

贝尔纳逃避现实的高超技术堪比鸵鸟。只要家里有事，他立即想办法溜之大吉，还自以为可以瞒天过海。为了避免一切家庭责任，像“公司有事找我”这样的借口，他总是信手拈来。谁要是提到“探望病人”“悼念亡者”或者“照顾孩子”，他跑得就更快了。

这些家庭琐事，妻子布里吉特反而应对自如。她像一位娴熟的厨师，无论多么众口难调，总能够花样层出，让每个人都满意。她在教学岗位上不辱使命，家庭事务也全面担当，而且总是闲庭信步，游刃有余。这一天，儿媳爱丽丝没打招呼就上门求助：她的母亲刚刚过世了。

爱丽丝悲痛之余，还有一大堆棘手的事要处理。母亲的葬礼在波尔多郊区举行，那儿离公婆的家比较近，但离她自己在巴黎的家很远。她必须独自承担起葬礼的组织工作。丈夫出差在外，要打电话叫他回来。她没有别的亲友，不知道生父是谁，也没有兄弟姐妹可以依靠。

小孙女夏洛特刚进门时，还紧紧依偎在爱丽丝怀里。她抱着妈妈，不肯放手。

“再见啦，小宝贝儿。妈妈得走啦。太谢谢了，布里吉特。你真是我的救命福星。你们俩都要听话哦。不许吃糖，别玩儿手机。”嘱咐一番后，爱丽丝深吸一口气，鼓起勇气，准备面对沉重的一天。

孙子保罗刚满6岁，在汽车后座上睡得正香。小男子汉见到妈妈今天如此忧伤，坚持要陪着她见姥姥最后一面。布里吉特轻轻地吻了一下孙子的脸颊，再抱起小孙女。

“路上小心，爱丽丝。你放心吧，我会好好照顾她。如果有别的事我能帮上忙，尽管说。”

夏洛特的毛绒兔子“都都”被雨淋湿了。她哭个不停，怎么也哄不好。不过，有机会和4岁的小孙女独处一段时间，布里吉特倒是心生欢喜。在她看来，孙女有着天使般的面容：充满好奇的大眼睛，肉嘟嘟、粉嫩嫩的脸颊，淡栗色的头发。当然，还有倔强的小脾气。

“别哭呀宝贝，妈妈明天就回来啦。今天奶奶陪你玩儿。而且，跟妈妈一起去也不好玩儿：他们是去和姥姥说再见了。”

对夏洛特来说，失去姥姥的悲伤远远不及离开妈妈的无助。平时她总是黏着妈妈，形影不离。她一连哭了五分钟还是不肯停下来。经验老到的布里吉特明白，该适可而止了，要立刻想办法，转移孩子的注意力。

“我们来喝一杯热巧克力怎么样？再给你做一片‘秘方’吐司，你最喜欢吃的那种！”

“‘秘方’吐司，你是说双层的那种？抹很多很多黄油和果酱的那种？连缝隙里都涂满的那种？”这一连串的问题足以说明，小夏洛特已经上钩了。

“没错！涂满我们去年一起做的果酱。”

“好呀，我想吃。可是，爷爷在哪儿呀？”夏洛特一边问，一边四处找爷爷。

“你知道的，爷爷去上班了。”

“又上班？他怎么总不在家……”

布里吉特差点脱口而出：“没大没小！”不过，她还是轻声说：“对呀，不过……山中无老虎，猴子就可以称霸王咯。”

夏洛特坐在奶奶膝盖上，大口地吃着吐司，弄得嘴上、脸上都是醋栗果酱。吃完，不等奶奶编好辫子，就跳了下来。

“姥姥没了，我一点都不伤心。她给我很多糖果，我挺喜欢她的，但她总是掐我下巴。而且，我最讨厌她反复问我上几年级了，还只会说‘你又长高了哟’。真是烦死了！”

很明显，肚子不饿，心里不苦。夏洛特跑进客厅，一头扎进一个大行李箱里。箱子是布里吉特为了给孙女玩儿，特地从阁楼上搬下来的。小女孩在里面玩儿起了寻宝游戏。布里吉特绞尽脑汁，想了很多小游戏来打发时间。现在看来，孙女更喜欢翻找这些布满灰尘的老物件。

“奶奶，这是什么呀？”

夏洛特从箱子里找出一台老式拨盘电话。布里吉特不久以前才把它和别的古董归拢在一起。

“这是电话机啊，小可爱！”

“电话机后面怎么有条电线呢？”

“因为以前的电话机需要接电话线呀。”

夏洛特沉思了一会儿。

“奶奶，你打过仗吗？”

“没有。”

孩子按照自己的逻辑追问。

“你见过恐龙吗？”

布里吉特差点喘不过气来。

“没见过。我可没你说的那么老。我也曾是个小女孩儿呢，和你现在一样。”

夏洛特愣了一下。

“真的吗？”

布里吉特吻了吻她的额头，起身去书架上拿东西。

“来，我给你看一张照片。相册放在哪儿了呢？”

“在你手机里呗，把手机给我，我会找。”

布里吉特笑了笑。她在书架上找了一会儿，抽出两本厚厚的影集，坐在孙女身边。孙女怀里抱着毛绒兔子，这是她形影不离的朋友。

布里吉特打开年代最久远的一本影集，指着一张历经岁月后发黄的黑白相片。相片里是一个孩子。

“这就是我。当时我和你现在差不多大。”

她把相片拿出来，翻到背后确认了一下：

“没错，和你一样大：4 岁。”

夏洛特显得不太相信：“你的头发怎么和男孩子一样，不好看。我的头发才漂亮呢。”

孙女突然换了话题，跳到奶奶耳边问：

“奶——奶——，我可以吃个糖吗？”随之送出一张天使般的笑脸。

孙女的小脸让人难以抗拒。布里吉特的心当即融化。虽然满口答应过儿媳了，可伸手拿糖的时候，她心里却没有丝毫愧疚。

“好的，可是不能告诉妈妈哦。”

她打开茶几下面的糖盒，拿出一块鳄鱼形状的果汁糖递给孙女，然后打开第二本影集。

“啊，这几张照片你一定喜欢。这是你爸爸小时候。看，我正陪着你爸爸练习骑自行车呢。还有，这张是他第一次游泳。看，他腰里系着绑带，后面却没有拴救生圈。他还以为这样就不会沉下去了。还有，这张是他第一次掉牙。”

夏洛特入迷地看着旧时的照片。那时爸爸还是个孩子，自己还没有出生，这让她着迷。突然，她发现哪里不对劲。

“为什么照片里从来都没有爷爷呢？”

她看得可真细。

“因为爷爷有很多工作，不能总是陪着我们。”

“我觉得呀，他上班也不开心。他要么不在家，在家的时候，也总是发脾气。嗯，和我爸爸差不多。”

小女孩对爷爷的评价可算是中肯，但对爸爸的评价却让布里吉特不安。

“真的吗？可是，你爸爸小时候可是个开心果呢。他虽然不怎么听话，但从不抱怨什么。而且，他总干些调皮的事。”

夏洛特显然很喜欢听关于爸爸的趣事。

“他小时候吃糖果吗？”

“当然，吃很多呢。”布里吉特故意压低声音，“他经常偷着吃糖，但其实我都知道。”

夏洛特指着一张照片：“这漂亮的阿姨是谁啊？和爸爸一起开心大笑的这位。”

孙女问得突然，布里吉特下意识地脱口而出：

“这，这是我嘛！”

夏洛特大笑起来。

“奶奶你太逗了！开什么玩笑！这也太离谱了吧，真是的。喂，兔先生，你说奶奶是不是很逗啊？”

毛绒兔子好像点了点头。照片上的布里吉特四十岁左右，当年的风姿今日早已不再。“真是童言无忌！”她边想边拿起手机，打开刚收到的彩信。

彩信里的照片上，赫然是一只骨灰盒。

“天哪，你妈妈为什么给我发这种照片！”

孩子问：“这是什么呀？”

奶奶犹豫了一下，还是说道：

“是你姥姥。”

夏洛特挠了挠头。

“姥姥在哪儿呢？”

“在盒子里。”

“奶奶，你说得不对。这盒子太小了呀！”

夏洛特对自己的结论很肯定。

“不是，宝贝。你外婆……被火化……就是烧掉了。”奶奶最终面对现实，试着解释道。

“哦，是这样。”

孩子得到了一个解释，似乎就足够了。布里吉特不想再谈这个问题了。很显然，她不喜欢谈及死亡，而小孙女却没那么在意。她刚要放下手机，儿媳又发来一条彩信。她还没来得及读内容，夏洛特又凑上来了。

她歪着头问：“他们在干什么呀？”

奶奶也学孙女歪着头。

“他们在埋骨灰盒。”

“为什么呀？”

“这个……这个我不知道，宝贝。我们来读故事好不好？”

她终于能把手机关掉了。

她们选择读的书是《小妇人》[1]。夏洛特很喜欢这个关于姐妹手足情的故事。她没有姐妹，只有一个她口中的“笨蛋”哥哥。不过，她听故事时，却总是忍不住问各种问题。

“奶奶，你最喜欢谁啊？”

“应该是乔吧。你呢，宝贝？”

“我也喜欢乔。可换了我，才不会把头发剪掉换钱呢。我会用妈妈的银行卡。今天睡前不洗脸了好不好，奶奶？”

“好，不过可不能对妈妈说哦。”

“行。谁说谁是小狗。”

[1]《小妇人》（*Little Women*）出版于1868年，是美国女作家露易莎·梅·奥尔科特的半自传体长篇小说，讲述南北战争期间马奇家四姐妹的故事。

第二天早上，夏洛特草草洗漱之后，开心地吃起早餐，一口气消灭了大量的果酱吐司。

“奶奶，你不吃吗？果酱吐司可好吃啦！”夏洛特两颊沾满果酱，由衷地给予好评。

“不，我不饿，好像嗓子肿起来了。”

小女孩满嘴面包，还是不忘抢话。

“我知道，我知道。我可是世界上最好的医生。”

“是吗？那请问医生，我得了什么病啊？”

夏洛特拿起小勺子，贴在奶奶的嗓子上，之后非常肯定地说：

“这是一例常见病，叫作：喉结！”

“喉结？你确定吗，医生？”

“当然确定！嗓子肿起来了，就叫喉结。所有的爸爸都有喉结。”

布里吉特苦笑了一下。夏洛特的诊断，真的是失之毫厘，谬以千里。

“可是，我也不是男人啊……”

“我姥姥也不是男人，可她会长胡子啊。我觉得，医学嘛，一切皆有可能。”小女孩一锤定音，从椅子上下来了，“我听见汽车的声音了。咱们去看看是不是妈妈和哥哥吧？”

“你说的还挺对……”布里吉特自言自语，被孙女无懈可击的逻辑震惊到了。

布里吉特虽然没有喉结，此刻确实哽咽在喉。她偷偷擦掉眼泪，到窗边和孙女一起看爱丽丝停车。随后，她们一起到楼下去开门。

两人走到车边的时候，保罗一下跳到奶奶怀里。见到孙子，布里吉特非常高兴。爱丽丝还要带着孩子们开车回巴黎，路程很远，必须马上出发。儿媳非常感激婆婆，热情地向她告别。随后，她把夏洛特的行李装进后备箱，还保证路上会按时停车休息，一到巴黎就给婆婆打电话。

布里吉特最后抱了抱孙女，亲了亲她。结果小秘密被发现了。

“奶奶，你脸上好咸呀！别哭别哭。再过两个月，我放暑假了，就再来看你哦。”

她趴在奶奶耳边悄悄说：

“我给你留了点惊喜，在厨房里呢。我的好奶奶！”

布里吉特噙着泪水，目送汽车远去。她回到厨房，发现餐巾上放着孙女留下来的惊喜：特制黄油果酱吐司，旁边是一张画。画里面是她们两个，天上飞着许多糖果，旁边是马奇四姐妹，还有一个“小盒子”。这张画里满是属于祖孙俩，而且只属于祖孙俩的秘密。

二十四个小时似乎转瞬即逝，这段美好的经历已经属于过去。布里吉特期盼着下一次祖孙团聚，可她决定，不能再坐等孩子们来访，而是要自己掌握命运。她慢慢从抽屉里拿出最后一件惊喜，那是孙女的毛绒兔子。

不偶尔做点出格的事情，还叫奶奶吗？

丈夫贝尔纳开完会回了家。对他而言，这会议“性命攸关”，所以非去不可。一到家，他就发现家里乱得像个杂货铺。他习惯了一切井井有条，喜欢厅堂一尘不染，花园枝条齐整，衣服叠得四四方方。今天的家与平日判若云泥，他压低怒火，没有发作。

“布里吉特，你在哪儿？”

“客厅。”

妻子的回答声很小。

贝尔纳对家人向来缺乏关心。关心他人需要时间，他没时间。他总是在路上，总是忙碌。他处理家事和公务的方法别无二致。他保持冷漠，保持距离，而且觉得所有人都是这样对待家庭的。他智商虽不超群，但情商绝对垫底。所以，当他看到妻子脸色不佳，蜷缩在沙发里，并不觉得有任何不妥，还继续追问道：

“家里怎么这么乱？进小偷了吗？”

“你应该记得，夏洛特来过了……”

布里吉特起身亲吻丈夫。

“哦，这丫头劲头不小。”

他有些惊讶，蹲下收拾散落在行李箱周围的玩具。

他想了一下，觉得哪里不对。

“凭什么是我们替他们照顾孩子啊？”

“因为爱丽丝的妈妈刚刚去世……”

布里吉特尽力让自己语调平和。过去几十年，她不得不像复读机一样，对丈夫一遍又一遍地解释各种问题。可他，还是左耳进，右耳出。

“好吧。那你是不是觉得家里乱点更好？嫌以前太干净了？”他一边说，一边继续捡东西。

布里吉特跪坐在丈夫身边。

“贝尔纳，我干了件傻事。我绑架了‘都都’。”她拿出毛绒玩具，承认了自己的罪行。

贝尔纳很配合地搭腔：“我马上报警。我警告你，我才不会替你背黑锅呢。”

“你报警吧，我不怕进监狱。不过，我很自责。爱丽丝现在可不需要我添乱。她应该找了好久，一定早就焦头烂额了。”

箱子装好了，贝尔纳伸手让妻子扶他站起来，没头没脑地问：

“你拿孩子玩具干吗？”

布里吉特一边往厨房走，一边解释：

“我受够了，总是见不到孩子们。儿媳偶尔让我照顾一天孙女，我就这么开心。你看到孙女就知道了。她又长高了，而且机灵得很。你说她到底像谁呢？”

她打开冰箱门问：“晚上吃意大利面？”

“等等，他们带保罗去参加葬礼了？他才几岁啊？什么都不懂，去参加葬礼干吗。唉，什么都不懂倒好。嗯，吃意大利面，配点番茄酱就挺好。”

布里吉特开火烧水，却忘了开抽油烟机，厨房里渐渐水汽缭绕。她靠在橱柜边上。

“爱丽丝瘦了，还有黑眼圈。我感觉，她和尼古拉两口子情况不太乐观。他们俩一定快撑不住了。他们需要休息，我想帮帮他们。”

布里吉特常常和丈夫讨论这个问题，希望他认识到问题的严重性。她无须多言，贝尔纳一下就听出了言外之意。

“你是想申请退休吧？”

布里吉特没有回答，低头拿起剪子，剪了几片罗勒叶。

“对。我受够了，每年才能见两次孙子孙女，要么就是有葬礼的时候。我可不想下次见他们，是在我自己的葬礼上！”说最后一句时，她情绪很激动。

丈夫无动于衷，她决心已定，为了得到首肯，甚至动用了终极杀器：自己那双小鹿一样长睫毛的大眼睛。四十年以来，但凡此双眸上阵，未尝败绩。

“行啦，别用这种眼神看着我。”贝尔纳马上发现了妻子的心机，“你想怎么样都好，别影响我就行，我可不会这么早就退休……”

一年以后……

覆水难收

每年八月，贝尔纳和布里吉特都会邀请儿子尼古拉带着妻子和孩子们，以及贝尔纳的妈妈玛格丽特，一起到波尔多度假。如今，布里吉特退休了，也常常去看望婆婆。

吃完饭，布里吉特起身收拾盘子。四盘主菜都是她精心烹饪的。贝尔纳光是看着她做饭就觉得心烦。一道要纯天然纯素，一道要不含谷蛋白，一道全熟牛排，再加上她自己吃的菜。贝尔纳坚信君子远庖厨，布里吉特却喜欢热情招待每位家人。有人想吃十道菜，她绝不会做九道。让她头疼的，不是做菜，而是丈夫没完没了的抱怨。

“做这么多，多费事！何况他们根本不是过敏体质！故意折腾人！”

贝尔纳和布里吉特是一对非典型夫妻。苛刻的人会说他们“不般配”，言谈温和者会说他们“性格互补”。她，端庄、阳光、关心他人；他，自私、易怒、出口伤人。布里吉特是山岩，贝尔纳是苔藓：离开妻子，他寸步难行。他像一只牡蛎，紧紧攀附着礁石。

布里吉特耐心等待着家人吃完蛋糕，准备好公布今晚的新闻。丈夫的脸拉得老长，不停地抖腿，整个桌子都跟着颤抖起来。布里吉特则兴高采烈，好像一个等待圣诞礼物的孩子。她一只手拿起甜点勺，一只手按住丈夫的腿，敲了敲葡萄酒杯，提高嗓门宣布消息。

“亲爱的孩子们，亲爱的玛格丽特，我们有重要的事情要宣布：贝尔纳决定退休了！”

“真的吗？”“恭喜！”之声此起彼伏，没有人听见贝尔纳在低声抱怨。大家举杯祝贺，主人公脸色阴沉。

有件事夫妻俩秘而未宣：61 岁的贝尔纳并非自己决定退休，而是公司强制他退休的。公司勒令他提前退休，摘掉金色门牌，把他请出办公室。“再见，再见！”贝尔纳刚过 60 岁，公司就迫不及待地要换一位新财务经理。他没有因此小题大做，只是万万想不到，本以为早就拿到终身工作的绿卡，可刚过耳顺之年就被红牌罚下。

儿子尼古拉有些替爸爸担心。

“你知道退休以后想做点什么吗，爸爸？”

“不，不知道。不过，我肯定是闲不住的，很快就会找到事情做。不用替我操心，船到桥头自然直。”

贝尔纳的妈妈今年 95 岁了。她坐在餐桌的顶头，忍不住笑出了声，大家都听到了。她太了解自己的儿子了。他这种脾气，现在心里才不会好过，而且家里人以后也未必有好日子过。

“你要是整天坐在椅子里不动，坐一年，老十年。信亲妈，没错。”

几十年前，丈夫欧仁退休之后，也度日如年。不过，他们还没来得及享受退休生活，他就撒手人寰。对此，她至今记忆犹新。

玛格丽特看着斟满香槟的酒杯，突然想起自己也有事情要宣布。她清了清嗓子，大家立即安静下来。她本不善言辞，而且随着年纪增加，发音也越来越模糊。

“孩子们，说起退休呢，我已经把葬礼安排好了。就这样定了！我的葬礼可不能像某些人那么随便。”

她一口气把话说完了。

“什么叫随便？妈你有话直说。”贝尔纳有些恼火，不过他马上想到，妈妈指的是爱丽丝母亲的葬礼。大家的确觉得，葬礼办得很仓促。

布里吉特请大家到客厅里继续聊天。玛格丽特意犹未尽，拦下她，继续刚才的话题。

“比如选棺材，有什么难的？我选了和伯克斯一模一样的棺材。我一开始还有点犹豫，不知道要不要活化……”

“妈，你是说火化吧？你这么大岁数了，还怎么活化？”

贝尔纳调侃道，别人眼里也都是笑意。

“我说的就是火化！”老人家明知道自己说错了，可嘴上还是不服软。

“某些人想说我老了，耳朵听不清楚，脑子也不灵了，胡说八道……”她说这话的时候，显得有点不自信。

“火化是什么意思啊？”夏洛特问道。很显然，她搞不清楚刚才的谈话和上次的来访有什么关系。

爱丽丝说：“和你哥哥去阁楼里玩儿吧，宝贝。”

孩子去了阁楼，四个大人围坐在桌边，一言不发。他们不知所措，想不出怎样才能顺利地转移到别的话题。老太太却意犹未尽。

“葬礼音乐嘛，你们就看着办好了。我不要听管风琴，我要钢琴曲。有的时候上帝似乎对我说：‘不要筹备你的死亡，这是生者的事，筹备死者的葬礼令生者安心。’胡说八道！不筹备，谁能安心？老人突然死掉，谁还有耐心筹备呢？是吧，爱丽丝？儿女知道父母的葬礼是按他们自己的心愿完成的，这样才会安心吧。生活可以不成功，但葬礼决不能失败！”

起初，爱丽丝只能默默苦笑。后来贝尔纳、布里吉特和尼古拉都神经质般地笑了起来，老太太说话永远出其不意。

“你们在葬礼上要用的悼词我都准备好了，现在就给你们，公证员也有一份。最好找个能哭出来的人读。贝尔纳，给我满上！”

玛格丽特毫不在乎地把空酒杯递给儿子，丝毫不考虑气氛有多么尴尬。

这时，夏洛特和保罗玩儿儿够了，回到餐桌上吃掉了最后几块酸奶蛋糕。

保罗问：“我能吃点拉贝尔奶奶的果酱吗？”

布里吉特和玛格丽特一起问：“拉贝尔奶奶是谁？”

“傻瓜，是米——拉——贝——尔。”夏洛特立即纠正，她总是显得比哥哥机灵。

“好吧，打几局牌怎么样？我可是等不及了。多久才团聚一次，都来玩儿儿会儿吧。”

纸牌是祖奶奶最喜欢的游戏。除了布里吉特，大人们都摩拳擦掌，准备好好赢几局。孩子们看着大人玩儿儿。保罗和夏洛特问，是不是应该故意让祖奶奶赢。妈妈说，祖奶奶可用不着别人让。贝尔纳为四个人发牌。

祖奶奶每揭开一张牌，都会抱怨："贝尔纳，你认真点行不行。看看给我发的都是什么破牌！"

只要有人吃了她想要的牌，玛格丽特就会唉声叹气、怨声连连、不耐烦地用手指敲桌子，显得非常恼火。

突然：

"赢了！姜还是老的辣。"老太太笑逐颜开。

打了四轮，赢牌的总是玛格丽特。她手气逆天，不免让另外三个人心烦气躁。尤其是贝尔纳，一直愁眉不展。

"妈，你今天手气太好，我不玩儿了。"

"那我们玩儿医生游戏吧，爷爷？"小女孩看着大人玩儿实在无聊，只好一边等一边翻手机，终于等到有人说不玩儿了。

"我不玩儿，我害怕。我这把年纪，玩儿医生游戏感觉和玩儿轮盘赌差不多，每次都在拿生命做赌注。"

尼古拉说："你就耐心听着你爷爷抱怨吧，他输了牌就这样。"

布里吉特一边给大家倒咖啡，一边插话："可不是，越老越爱抱怨。"

虽然嘱咐过丈夫，一定不能让牌桌上的谈话冷掉，但布里吉特用新买的胶囊咖啡机做好热气腾腾的咖啡时，却看见贝尔纳正一门心思地看手机。她轻轻地抚摸丈夫的手，顺手拿走了手机。

"等会儿，把手机还给我，有急事。"

"星期六晚上能有什么急事？"她轻轻说道，语气中有些不满，"贝尔纳，你又不是医生，急事能急到哪里？好好享受家庭时光，大家聚到一起多不容易。”

他们貌似低调的小小龃龉，大家都听见了。家人们都很担心这位财会高手退休后的日子要怎么过。他在那家化妆品公司里，从实习生开始，兢兢业业，一路过关斩将，升职到财务经理，直接听命于总裁戈达尔。公司创造产品，也塑造人生。贝尔纳已经不知道，自己是为了活着而工作，还是为了工作而活着。

“布里吉特，我告诉你，在公司的最后一个月，我要拼命工作！”

“鞠躬尽瘁……”尼古拉没敢把话说完。他一口喝掉自己那杯脱因咖啡：“大家晚安。退休快乐，爸爸！”牌局就这样不了了之。

尼古拉知道，他今晚会因为替父亲退休后的生活担忧而失眠。他无法想象，像父亲这样的工作狂，一旦失去工作，会变成什么样子。

至于儿媳爱丽丝，虽然她对公公的评价是“越少接触，心情越好”，但她并非心存恶意。这样的差评是贝尔纳自己赢得的，因为他永远事业第一，家庭第二。对于儿子尼古拉、孙子孙女，他都缺乏关心。爱丽丝虽然立志做家里的“女超人”，力争在方方面面做到最好，但也常常力不从心。在她看来，公公不但把家务全扔给婆婆，还觉得地球应该围着自己转，活像个甩手掌柜。

公公和儿媳总是互相看不顺眼。他说儿媳被女权主义冲昏了头，她说公公被自私自利蒙蔽了心。而且，他们还私下互赠外号：儿媳是“母老虎”，公公是“黄鼠狼”。

她先对公公说：“晚安，贝尔纳。再次祝贺你退休！”随后转身对丈夫耳语：“他肯定死的心都有了！”

“本老太太也打道回府了。布里吉特，辛苦你啦！”后一句的声音格外清晰。

“哦，别担心，我两分钟就都收拾好了。晚安！”

玛格丽特拍了拍儿媳的肩膀。

“我说的辛苦，可不是收拾桌子啊……”

床头吵架，床尾不和

贝尔纳坐在扶手椅里，看着妻子在厨房里忙来忙去，先收拾好今晚的残局，再准备好早餐的餐具。他终于坐不住了。

“你总把家务搞得那么麻烦干吗？每次家里人一来，你就折腾个没完。”

“我不觉得麻烦。我自己愿意收拾，碍着你什么事了？”

“我怕早晚你把我也卷进来。我现在就告诉你，我可不帮忙。”贝尔纳庄严宣告，希望能和家务撇清关系。

布里吉特端着放满各种果酱和蜂蜜的餐盘，突然停了下来。她狠狠地把餐盘放在餐桌上，打算反击一下。

“那好。为了方便我做家务，我打算买一台戴森吸尘器，它看着挺……”

“什么？你知道那吸尘器多贵吗？”他终于从扶手椅里站起来，把妻子刚刚放到餐桌上的茶叶罐放回厨房，“咱家那把扫帚多好，一把扫遍全家！那天我摸了摸扫帚柄，感觉棒极了，差点让我都想扫地了。咱们睡觉去吧，你这么转来转去的，搞得我头晕。”他这番话，迎来的当然是妻子的冷眼。

布里吉特回到卧室，洗漱完毕，换上睡袍，钻进被子，躺在丈夫身边。贝尔纳还是不忘挑刺。

“你看看，你在家里每张床上都放这么多抱枕干吗？”他一边说，一边指着放在床边地毯上的一大堆抱枕。

布里吉特退休以后，新增了两项爱好：亚麻和抱枕。她不满地看着丈夫，不想搭理他。

“晚安，贝尔纳。”她吻了丈夫的脸颊，随后翻身到自己一侧，想要尽快睡着。

她已经精疲力竭。

贝尔纳白天没干什么活儿，晚上也就不觉得累。他打开话匣子，想谈谈这些天萦绕心头的话题，好像妻子还想听他讲话似的。

“我打算买一辆敞篷车，二手的，不贵。”他好像忘了，自己刚才连买个新吸尘器都不同意。

布里吉特睁开眼睛。“是全景天窗吗？”

“不是。”

“硬顶敞篷？”

她翻过身来，想看看丈夫是不是认真的。

“不。我要买一辆真正的敞篷车。”他很坚定地说。

“可是……这样会把你剩下的几根头发也吹没了的！”她开过玩笑，又亲了丈夫一下，随手关掉了他一侧的床头灯。

贝尔纳在黑暗中，赌气地瞪了一下妻子，自言自语道：

“真可笑，我觉得，我们俩都退休了之后，就离不开家里人了。不想和他们在一起的时候，也得在一起。”话里话外很不情愿。

“你太夸张了。我们在波尔多，他们在巴黎，怎么可能不打招呼就上门呢？而且他们俩工作那么忙，根本没时间。像上次那样的事情，不可能经常发生。何况，想多看看儿孙们的，是我们俩呀。”

“都怪你，总是叫他们来。我可不乐意。我读不懂他们的心思。这些小孩子，眼睛永远盯着手机，真可悲！他们就不会玩儿点别的？都几岁啦？”

布里吉特一下子坐起来，生气地说：“行了，贝尔纳，你连孙子孙女多大了都记不住！你记不住生日也就罢了，怎么连岁数都记不住！保罗 7 岁，夏洛特 5 岁。”

“行了，我猜也是差不多这么大。亲爱的，我还得说一句，你那个胡萝卜蛋糕，味道可不怎么样。”贝尔纳虽不帮忙做饭，却乐于评价。

“孩子们众口难调，你就别评论了。真是够了！”

贝尔纳不想就此罢休：“你放的那些胡萝卜，煮熟了吗？”

“煮什么煮！胡萝卜必须是生的，切丝。”

他终于找到了症结所在：“对，就因为是生的，才不好吃。”

布里吉特没有起身，而是换了话题。她想和丈夫谈一件放在心里很久的事。她打开床头灯。

“贝尔纳，我想谈谈今年暑假的计划。我想，为了庆祝你退休，我们应该一起去旅行。”

贝尔纳立即反驳道：“等等，你想得太早了。而且，你怎么能到处说我提前退休的事？没准公司最后一刻发现犯了大错误，让我官复原职呢！我不到最后绝不放弃。也许不久后，我还会负责一个新项目。”

“不行，我们谈过这件事了。你必须退休，你为公司奉献得够多了。以前你总是出差，我一个人照顾孩子，我们这辈子就这样空耗了。我当初可没想嫁给一个不回家的人。不为了你自己，就算为了我，去旅行吧。我们两个从来没一起旅行过……”

贝尔纳感觉到，妻子要秋后算账。他赶紧拿起手机，开始查电子邮件。布里吉特恼火地叹气，等着丈夫的正面回答。他低声嘟囔道：

“嫁鸡随鸡，嫁狗随狗。”

“你可别说得那么难听。”

“反正我退休了以后，可不能像你那么过日子。”贝尔纳显然话中有话。

布里吉特怒火中烧：“你这话什么意思？请你把话说明白！”

他略带轻蔑地说：“你一天到晚无所事事……”

“你说什么？我去敬老院照顾老人，我收拾房间，我每周游泳两次，我修剪花园。你这么说，太过分了吧？！我还没说，每天买菜、给你做饭、熨衣服、扫地……这么多家务，你视而不见。你只管出门上班，回家吃饭。家里难道是自己变干净的？冰箱是自己装满的？衣服是自己叠好的？一天，哪怕一天，你回家能说句谢谢，我就满足了。”

“两口子，有什么谢不谢的。”

布里吉特一下子从床上跳了起来，终于抑制不住满腔怒火。

“你把我当什么了？我是你免费的保姆吗？”

“行了。你今天居委会主任附身是不是？这不好那不对的，一点贤妻良母的样子都没有。好了，上床睡觉。”

妻子根本不听他的。

“什么‘贤妻良母’，我听够了！我可不像你那么害怕退休，我愿意退休，盼着退休。现在退休了，我要好好享受生活！我要过减压生活。”

“你减什么压？你是个老师！一周只上三天班，夏天有两个月的暑假，有什么压力可言？至少，你有不少个人时间。”贝尔纳的反击有些蹩脚，但也不是胡编乱造。

丈夫的话让布里吉特哽咽不已。“教师是懒虫，不是在放假，就是在罢工”，贝尔纳居然拿谣言当武器，这让她很受伤，觉得丈夫根本不理解自己。很显然，贝尔纳认为这么多年来，妻子一直游手好闲，而自己则辛勤工作，以一己之力撑起这个家。他把这当成事实，仿佛无可争辩。

“时间？我的时间都给了你、给了孩子、给了婆婆、给了这个家，没留一点给我自己。所以，不好意思，从现在开始，我要把自己的时间还给自己，就这样。”

当初说服布里吉特选择教师行业的，正是贝尔纳。他说，对于女人而言，这是个“理想职业”。虽然工资不高，但经常放假，还可以照顾孩子、做家务、洗衣、做饭、买菜，多么令人享受的生活。不需要在职场里打拼，只需要在商场里抢购。最好的一点，是只要丈夫工作需要，或者孩子需要，随时可以停薪留职。

不过，现在轮到布里吉特走出家门了。她要去看看世界，交交朋友，她再不要被关在家庭的牢笼里。生命未来的二十年，她一刻都不想浪费。丈夫要是想一切一成不变，可打错了如意算盘。饭来张口、衣来伸手的日子一去不复返了！贝尔纳先生必须成为家庭主男！

“生活不仅仅有柴米油盐，婚姻不应该是爱情的牢笼。我不是你的财产，退休之后，别等着我来伺候你，你必须自食其力。”

贝尔纳放下手机，有点缓不过神来。不过，看到妻子气得满脸通红，他也觉得自己肯定说了出格的话。这位扭转财务局势的专家心里清楚，这时候最好的防守就是进攻！

“很好，你还有没有什么好话说给我听？我只当你是太累了吧，你一累就情绪不正常，这点和我妈一样……我可不是在夸奖你。”

“你少自以为是了！”

愚不可及

第二天一大早，贝尔纳拖着购物车准备出发，车里装满了前一天晚上的食品包装盒。他故意向妻子确认此行的任务，试图让她注意到：自己正在努力做出改变。他先要去垃圾站扔垃圾，然后去购物。他现在明白了，昨晚绝非小打小闹，于是努力示好，力图挽回局面。

"祝我好运吧，布里吉特。"

"为什么？"

"我要去肉铺买肉，没准会遇到什么危险呢，不是有激进分子砸过肉铺的玻璃嘛。"

"那就祝你好运吧！不然，我给你织一件防弹背心怎么样？"

贝尔纳走出几步，又折返回来，在妻子耳边说起了悄悄话：

"我告诉你，前几天，我和肉铺老板聊了几句。你知道吗？他学历比我们俩都高。多可惜啊！一个医学博士后，居然去卖肉。悲哀啊，悲哀！"

"万一他就是喜欢这一行呢？"

虽然和丈夫一起生活了快四十年，布里吉特还是无法接受他如此尖酸刻薄。

贝尔纳言辞激愤。

“可怜了父母供他上学，这得浪费多少钱啊！结果，孩子成了卖肉的，他父母心里恐怕难受死了！”

“职业无高低，不过，某些人可是眼高手低。”

布里吉特想让丈夫明白自己是谁。这种自以为是的道德说教，有时令人十分反感。

贝尔纳知难而退。当他看见邻居杜戈林夫人走向花园围栏，试图和自己的妻子攀谈的时候，不自觉地加快了出门的脚步。布里吉特则屏住呼吸，一动不动，仿佛这样就不会被发现。她应该是《侏罗纪公园》看多了。

女邻居用尖利刺耳的声音向她问好：“你好，布里吉特。”

“呃……杜戈林夫人。”布里吉特暗自叹了口气。虽然她分毫未动，还是没能躲过邻居，隐身失败。

“您不知道吧，我丈夫画图过敏。”

“您不说，我还真不知道，我觉得讨厌画图的，应该不止您丈夫一个人。”布里吉特装出邻里乡亲的表情，小声说道。

“我说的是真事儿！医生还给他开了停工证明呢。”

“那我就搞不懂了……您丈夫不是已经退休了吗？”

布里吉特根本不记得和邻居聊过些什么。只要是不感兴趣的内容，她就什么都记不住。能记住银行卡密码就不错啦，邻居的美好生活，随便听听算了……

她能记住的只有一件事：杜戈林两口子和他们年纪差不多。不过，他们看上去比实际年龄老了不止二十岁，而且行为举止活像一对怪咖，和《家族风云》[1]里那对老夫妻有一拼。

杜戈林夫人的语气十分肯定：

“他是退休了，可医生哪知道呀。这辈子第一次收到停工证明，怎么能拒绝呢？他人懒，可不蠢。这两天，他整天都打喷嚏，我给他擦鼻涕，擦得手都酸了！”

“哦，您是说桦树花粉过敏吧？我终于听明白了。”

布里吉特不由得往后退了两步。

“我说的就是桦树过敏啊！这还没完呢。还有件事，您肯定没听说：蒂博家的新邻居，那位橙色头发的夫人，她被虫保组织起诉了。”

“虫——保——组——织……是因为虫子？”

布里吉特很是惊讶，低头看了看表。

“宠保组织，就是宠物保护组织呀。她自己吃素，吃素就吃素呗，居然只给自家的猫吃面包。可怜的小家伙，果然噎着了，一口气没上来，居然去见商店了。”

“见上帝……”

“结果，虫保组织就把她告上了法庭。您瞅瞅，这都什么世道！”

杜戈林夫人愤愤不平，布里吉特皮笑肉不笑。

她对这个新闻毫无兴趣，也不知道怎么把对话进行下去，只好说：“猫吃素，确实不多见……”

“我可不是这个意思。我是说，不就一只猫，死就死了呗！还打

[1]《家族风云》（*Dallas*），又译《朱门恩怨》，是美国哥伦比亚电视网于 1978 年出品的 14 季连续剧。

什么官司？我告诉您，以前我丈夫要是抓到野猫，准塞到一个布袋子里，然后……”

这种既无意义，又无头绪的对话，布里吉特实在是进行不下去了，只好找借口逃掉。

“行了，我懂了。就这样吧，杜戈林夫人，我还有点事。”

邻居还是抓着话头不放。听了这么多蠢话，布里吉特觉得头晕、腿麻、脚发软。

“这么下去，从车窗扔个垃圾，往下水道丢个烟头，是不是都得抓进去蹲几天？我可怎么对我老头子说呢？他就觉得这些事儿有意思啊，除了在花园里剪东剪西，他也没什么别的爱好了。”

她说着话，不自觉地撩起了裙子，露出自以为完美的大腿。“这些破大夫，连一个小红点都没找到。老头子还做了 CT，穿白大褂的废物，说他什么毛病都没有，鬼才相信。我跟他们说：‘总能找到点儿啥吧？’结果，啥也没有！最后，还得我带他回家，我照顾他！哎，你丈夫的画图怎么样了？”

“他不会画图呀。”

“不，我说的是那棵桦树，得砍掉。我可不想再听我老头子抱怨过敏的事儿了。万一他哪天被蜜蜂蜇到，我可吃不了兜着走。”

布里吉特已经退回自家台阶上。

“这事我们以后再谈。祝您今天心情好，诸事顺心。”

“住这么个破地方，顺个什么心？邻居都疯疯癫癫的。”

“可不是嘛。”

布里吉特微笑着说。她回到屋里，反手关上房门，长长出了一口气。

一个小时后，贝尔纳购物回家，布里吉特帮他把东西拿出来整理好。

“她找你干什么啊，那个爱因斯坦？”

贝尔纳有个坏习惯，只要是他看不惯的人，一律用外号称呼。每个外号，都是反讽。

“等你退休了，可得学会如何与邻居相处。还有，以后不要叫邻居外号，除非你想搬到别的地方住。你知道杜戈林今天上午又出什么花样了吗？”

“哪个杜戈林？杜戈林夫人花样不多，絮叨不少，她早晚会得老年痴呆症。”

“你倒是能说会道，可你上次不也是把眼镜放洗碗机里了吗？”

“这倒是没错。”

贝尔纳有一次花了两个多小时在家里找眼镜，到处都翻遍了，连垃圾桶都倒空了，冰箱和汽车里的东西全都拿出来检查一遍，还是没找到。最后，布里吉特在洗碗机里找到了正在做桑拿的眼镜。

布里吉特接着说：“简单讲，今天我见到了杜戈林夫人，还谈到了杜戈林先生。”

“谁能相信他们和我们年龄一样大？瞧瞧都老成什么样了。”虽然，贝尔纳本人也很久没好好照镜子了。

“我们的桦树距离两家中间的栅栏不到两米，所以不得不砍掉。我对她说：‘砍树的钱要你们出。’她说：‘这个没问题。’”

贝尔纳一听到这个馊主意，立即出离愤怒了。

“没门儿！我们就只有这一棵桦树，没了桦树，就没了红嘴雀、山雀、松鼠！我可不干！”

布里吉特装出不知所措的样子。

“他们要把桦树……连根锯掉。”

贝尔纳叹了口气，还是同意了。

“生活就是烦、烦、烦！以前被上司烦，现在被邻居烦！”

胆大包天

夏天过去了，孩子们也离开了。窗外秋叶徐徐飘下，落于树根休憩，仿佛围成一顶金色的皇冠。布里吉特每天清扫落叶，却徒劳无功，好像是要填满达那伊得斯姐妹的水桶[1]，永远都没有尽头。

与之相反，贝尔纳的工作终于到了头。九月的三十天过得太快，他迎来了职业生涯的最后一周。

早晨起来，他垂头丧气，一遍又一遍地往面包上抹黄油。布里吉特从浴室出来，点火烧茶，随后坐在丈夫身边。虽然她已经不上班了，也没有其他事可做，但仍坚持每天跟丈夫同一时间就寝和起床。贝尔纳喝下一杯浓咖啡，打开了话匣子。布里吉特把收音机声音调低，故意调侃丈夫。

“你准备好了没？只剩几天了，心里怪怪的吧。”

贝尔纳低声嘟囔了几句，没再说什么。

[1] 出自古希腊神话，达那伊得斯姐妹由于背叛各自的丈夫，被冥王哈迪斯判处朝一个没有底部的水桶里倒水，直到水桶装满为止。

“反正我呢，深度思考了一下。”

“亲爱的，思考还是浅点儿好，不然有害脑细胞。”贝尔纳也小小反击了一下。

“很好笑，哈哈。不过，你再过几天就笑不起来咯。你注意到没有，最近一段时间，不管谁跟你说话，都是话中带刺。”

贝尔纳惊讶地打量着妻子，好像她刚刚破译了美国航空航天局的密码一样。

“是吗？没注意！我跟你讲，我准备就绪，没什么可担心的。我算好了退休金，半个月内培训了三个接班人。我见过人事部经理了，他一定要找我谈谈‘以后的打算’。你听听他都问些什么问题！特别没水准。‘您有什么业余爱好吗？’‘当然，我爱工作！’‘除了工作呢？’你瞧瞧，我们两个根本不在一个思想高度上嘛……”

布里吉特敢打赌，贝尔纳说的并不是人事部想听的。她选择不加评论，决定多谈谈正面话题。

“你培训了三个接班人？”这话丈夫肯定爱听。

贝尔纳满嘴果酱，含混不清地说：“算不上是接班人。反正用不了半个月，他们就会给我打电话，不是工作搞不下去了，就是想让我回去上班。”

布里吉特猛地把茶杯放到餐桌上，把贝尔纳吓了一跳。献殷勤就到此为止吧。

“你想都别想，贝尔纳！”她口气十分坚定，“你的离职欢送会什么时候开？你为这个公司服务了35年，公司该好好感谢你，如果说离职赠礼是按工龄算的话……”

“亲爱的，别做梦了，怎么可能按工龄算？！无论如何，我已经拒绝了离职欢送会，我可不想看这帮人虚伪的嘴脸。何况，我根本不想退休，也不打算假装开心。”

布里吉特叹了口气，一口喝干了杯子里的茶，起身去洗碗池洗茶杯。

“开不开心，自己知道。总之，我想说，最近一段时间，我认真思考了一下我们退休后的生活。这么多年，我们都是聚少离多，退休之后要是天天缠在一起形影不离，肯定会把对方逼疯的。”

“行，你可够乐观的啊。”

贝尔纳评论了一句，继续吃他的果酱吐司。

“不，我这叫面对现实。我认为，夫妻之间要保持距离，有各自的私人空间。所以，我决定多参加户外活动。有些只能我一个人去，有些我们可以一起去。我建议你也思考一下这个问题。”

贝尔纳先是惊讶了一下，随后感到恼火。虽然他尽力表现得无所谓，语气还是有些伤人。

“过好你自己的生活就行啦，自由自在，不用管我。”他想要以牙还牙，还假装满不在乎。

布里吉特决定趁热打铁：“这样很好。我已经做出了一个重大决定。我不再染发了。”

“什么？！”贝尔纳破了音。

他觉得一股寒气从后背直冲脖颈，迅速游遍全身。他摇了摇头，想要把这个坏消息从脑子里甩出去。这个主意，他一点都不喜欢。

“我说得很清楚。”布里吉特斩钉截铁。

“可为什么呀？”贝尔纳开始结结巴巴。这决定如此荒谬，可逻辑如此缜密，让他找不到破绽。他自己的座右铭“能不改变，绝不改变”受到了极大冲击。

“每个月都要染发，我觉得很麻烦。为什么染发？显得年轻点罢了。我不想继续随大流了。”

贝尔纳仔细打量着妻子。她看起来不像是开玩笑，连眼睛都不眨一下，这更让他害怕。

“等等，你是说，你以后的头发会像你妈妈那么白？真的？我真替你担心，你为什么不去理发店染发呢？”

“理发店多贵啊！我已经不是去理发店染发的年龄了。染发的时候，颈椎非常不舒服。”

尴尬的沉默。

贝尔纳摸了摸妻子的脸庞，又抚摸了一下她的头发，一般情况下，他可不会这样。妻子则摸了摸他的啤酒肚。他有点不自在，虽然不得不让步，却不忘言语讽刺。

“我觉得，退休生活必定丰富多彩。这件事我还有发言权吗？”

“没有。”布里吉特微笑着说。她知道丈夫不喜欢自己的决定，但她也不想让步。

“我就知道！你就是想把自己变丑呗？我没意见……”贝尔纳心里一百个不痛快。

“你不是刚说过，让我按自己的想法生活，让我凡事自己拿主意吗？”她心里知道自己拿下了这一局。

贝尔纳沉着脸说：“是我说的，但至少你得自己拿点好主意吧……”

白日活见鬼

这天，贝尔纳刚刚出去上班，邻居就又找上门来了。

虽然外号是“爱因斯坦”，可邻居外貌上并不像一位物理学家，反倒像极了苏珊·波伊尔[1]。只有她打理得漫不经心的头发，与爱因斯坦颇为神似。她梳着惨灰色的凌乱干燥的短发，满脸皱纹，好像被烘干机蹂躏过的毛绒玩具。她只有一边烟灰色的眉毛，一对黑黝黝的小圆眼睛，让人想起小偷在进监狱前拍的照片。

贝尔纳和布里吉特只要谈起邻居一家，言语中总是带着冷漠和嫌弃，这也怪不得他们。杜戈林夫人显然不常喷香水，走到哪里都散发出汗液的酸臭味，加上从房间里带出来的霉味和灰土味，让人闻之生畏，退避三舍。不过，和她丈夫胜似阴沟的口臭比起来，这都不算什么。杜戈林先生的口臭是常年烟熏酒浸，加上永不刷牙的神奇产物。所以，两家之间能有一道栅栏，布里吉特和贝尔纳真的是谢天谢地。

[1] 苏珊·波伊尔，英国女歌手，又称“苏珊大妈”，通过《英国达人秀》一举成名。

其实，最让人无法忍受的是，这位三重下巴的女邻居的生活，总是能让他们联想到退休后生活的悲惨。她送上门来的新闻，也时常编造多于事实。

“您听说了没有？勒杜克一家，就是住在木屋里那家，他家的房子挡住了贝勒希家的视线，被人投诉了。勒杜克一家可真倒霉！他们两口子刚刚退休，结果怎么样，离婚啦！你说倒不倒霉！那天我去理发店，听人说，最近十年退休后离婚的夫妻数量翻了一番。现如今要两个人相安无事，可难着呢！您可别问我为什么！”

“是很可惜，不过也许这对他们俩都好，我们也不清楚事实。好了，我还有点事……”

布里吉特一直是个乐天派。在她眼里，杜戈林一家过于悲观，有点小题大做。在邻居的嘴里，所有的家庭不是分崩离析，就是悲剧连连，而且总是搞得邻里皆知。虽然贝尔纳根本没有为退休生活做准备，但是布里吉特在邻居流言蜚语之下，还是想防患未然，免得自己的家庭也步他人后尘。女邻居顶着个大草莓一样的酒糟鼻说个没完，不免让她心下不安。

“当然没错，我可什么都知道！勒杜克夫人真可怜呀，她忍了丈夫四十多年。这个老酒鬼，他退酒的那天……”

“您是想说退休的那天？”

布里吉特闻到某种说不清楚的气味，清了清鼻子。

“嗯，对。这个老家伙，退休那天崩溃了。他抄起猎枪，对妻子说：‘我走了。’只穿了双拖鞋，就这么走了。没的说，肯定是去找小三了。”

“行了，我很忙，有人等我呢……”

布里吉特开始编造理由。只要能从邻居那儿脱身，说什么都行。

邻居不怀好意地眨了眨眼。

“我知道。先生去上班了，夫人得找点乐子……”

布里吉特红了脸，突然想到，这种流言蜚语要是传到丈夫耳朵里可不得了。

“没那回事！我先去买菜，然后要去一下敬老院。”

“哎哟，您还真是老少通吃哦！”

“您说什么？胡说八道！”

这次她真是动了气。怎么有人会这么想！

61 岁的布里吉特是个退休“新手”。她有幸成为“退休者联盟”的一员，而且是“退休新手联盟”的一员，距离有一定资历的“退休元老”还有年龄差距。她经常去养老院陪这些“元老”聊天，也有些人会叫他们“小老头”或“小老太太”。虽然她不是很在意这些叫法，但还是觉得有些事情不能混为一谈。

杜戈林夫人根本没有听布里吉特说什么，还是继续自己的独角戏。

“您这么做没错。您知道克鲁塞先生吧？他准备好退休，把家里重新装修好，贷款都还上了，结果呢，死翘翘了！意外死亡。这年头，在自己家里也保不准啊……而且，他出事那天，正好是退休后的第一天。晦气！反正，也没有哪种死法不晦气。不过，他可是倒了天大的霉！全都白忙活了！据说，死相也不怎么好看。真惨啊！这种事……”

布里吉特打了个寒战。她闭上双眼，仿佛看到了贝尔纳的坟墓。她立即睁开双眼，决定无论如何也要从这个老巫婆身边逃走。她现在满脑子都是恐怖的景象，要不是邻居，她自己可想不到这些。她冷冷地说：

“确实是什么都要小心。好，就这样，我不再耽误您时间了，杜戈林夫人。”

白费力气。邻居的话匣子上满了发条，停都停不下来。杜戈林夫人没有孩子，没有孙子孙女，平日里除了丈夫，连个聊天的人都没有。如今抓到了个带耳朵的活物，怎么能轻易闭嘴。

“就说我自己，您瞧见没有？我这个懒鬼丈夫，我就快把他扔出去了。他成天抱怨个没完：‘我这里疼！我那里痒！’我受够了，现在吃完饭，我就给他喂止疼药。这样，他就一直睡觉。这回我总算清净了！可是，这算什么日子呀。我就说，我俩整天大眼瞪小眼，呆若母鸡……”

“呆若木鸡……”

布里吉特长叹一口气，内心烦躁不堪。

“我们俩找不到一句话说。干脆闭嘴！有时候，看着看着，他就睡着了。这家伙，不管醒着睡着，都流口水。退休了之后，我才发现，自己原来嫁了个陌生人，您说找谁评理去？不管怎么说，总是比当初嫁了个傻子强。我们说不到一起，也睡不到一起。他打起呼噜像个火车头，我又不会修火车，只能撵他到别的床上去睡了。”

布里吉特对丈夫的爱一如既往，但此时，邻居的话让她心生忧虑。她不得不承认，丈夫远非完人。目前的种种小毛病，她还能一一容忍，但如果退休后愈演愈烈，她也不知道自己能否应付。

“那你们还爱对方吗？”她非常认真地问。

“有时候爱，有时候不爱。我还是喜欢他的，但在一起时间长了就恨得牙痒痒。爱一辈子，也太长了。肉体上呢，只能说，不管有没有关系，也都没啥关系了。”

“那这样的话，你们是不是考虑离婚……”布里吉特这下反而有点感兴趣了。

“不离，已经太迟了。我现在只能过一天算一天。像他这么抽烟，应该也没几年活头了。何况他退休金也挺高的呀！有钱就有好心情。”面对邻居的结论，布里吉特目瞪口呆，一言不发，转身离去。

夜梦三更寒

当晚吃晚餐时，贝尔纳总觉得妻子在监视他。他喝汤时弄到了下巴上，布里吉特就投来异样的眼神。他喝完一盘，又要一盘，布里吉特的目光立即滑到丈夫的啤酒肚上。两人刚刚上床就寝，妻子马上戴上耳塞，可平日里，她只在失眠的时候才戴耳塞。布里吉特被杜戈林夫人的话吓到神经质，她这样做是不想破坏掉老夫妻之间最后一点温情。然而，贝尔纳仍然一如往常，躺下不到十秒钟就鼾声如雷。

这天夜里，贝尔纳做了很多奇怪的梦，一个比一个离奇。在前列腺的呼唤下，他数次起夜，数次入睡，最后一个噩梦让他出了一身冷汗。

贝尔纳发现自己身处一间库房，里面有近一千张考试用的书桌。他身穿睡衣，茕茕孑立。这时，有人命令他坐在 2872 号椅子上，参加突击考试！监考教师神色严肃。贝尔纳心里打鼓，既不清楚如何答题，也不知道怎么作弊。

四十年前，他参加高中毕业会考[1]，经历犹如噩梦。不过，尽管被各种题目搞得晕头转向，他还是低空飞过及格线。每当他回忆起那一天，总是心有余悸：假如当初，自己没有得到上天的眷顾，没有拿到毕业文凭，会怎么样呢？他也许会改弦易辙，放弃自己的人生理想。

监考教师依次在每张考桌上放一张卷子，正面朝下。贝尔纳还没来得及透过试题背面窥视题目，考场的铃声就响起了。考试正式开始！

考者，拷也；试者，弑也。

贝尔纳翻开试卷，题目赫然出现："退休意味着什么？"作答时间两小时。瞬间，他脑中一片空白。他的思绪变成一团浆糊，不知道应该从哪里下笔。要挂科！

他来回翻看试卷，想看看有没有别的题目可做。只有一道大题！两道小题分别是："退休有何影响？"和"如何利用退休后的富余时间？"

贝尔纳脸色惨白。他不知道答案。他根本没复习。

监考教师提醒，距离考试结束还有五分钟。贝尔纳的试卷依然完全空白，他的草稿则一片狼藉，布满各种复杂的运算。然而，他写了又划掉，算了又擦除，最终还是没有任何结果。

考试结束的铃声响起。贝尔纳猛然惊醒，呆坐在床上。他惊恐万分，却也万分确信：自己根本没准备好退休！必须立即展开自救，否则结局惨不忍睹。

---

[1] 法国高中毕业会考（baccalauréat，简称 bac），类似于中国高考，既是高中毕业考试，又是大学升学考试。

一息尚存，战斗到底！

九月的末尾，终曲就要奏响。距离贝尔纳正式退休还有一天。布里吉特心花怒放，想要给丈夫加油鼓劲。不过，贝尔纳却心情低落。两人说东说西，他只字未提昨夜的惊悚剧情。内心的纠结难以平复，吃不下一口东西，也喝不下半杯咖啡。

他钻进配发的公务车，直接开往公司去理论。他知道，戈达尔，那个比自己小两岁的上司，总是第一个到公司。这家伙估计也没什么时间陪伴家人。

贝尔纳在心里不断预演、重放与上司对峙的情节，思考他会用什么借口拒绝自己的要求。戈达尔今天没有穿往常那套笔挺的西装，看起来不像是令人敬畏的公司老总，瘦削的身材倒有几分像青涩的实习生。贝尔纳向来不喜欢瘦子，觉得他们忧郁羸弱。在他眼里，消瘦是不懂得享受生活的象征。有时候，他希望自己变成一只小老鼠，能偷窥到上司穿什么款式的袜子，什么颜色的内裤。他想知道，在这仪表堂堂之下，会隐藏着怎样的马脚。

实际上，贝尔纳和戈达尔是一对半斤八两的活宝，他们假装对方不存在。戈达尔抢了本该属于自己的领导位子，贝尔纳觉得自己的嫉妒之心理所当然。

在他眼中，戈达尔纯粹是二百五冒充007。他永远身着三件套西装和加厚白衬衫，用来遮掩骨瘦如柴、没半点肌肉的身体。这套紧绷绷的装束，细节精确到毫米，连衬衫袖子露出多少白边都一成不变。这种精心设计的打扮，在贝尔纳眼中，只令人生畏，不令人生敬。他那条深蓝色的领带价格不菲，抵得上普通清洁工一个月的工资，可是没有哪天打领带的长度是正确的，总是垂在腰带以下十多厘米。

贝尔纳颇有自信地自言自语道："金钱不是万能的！天生的优雅买不到。不是谁想当拿破仑，就能当拿破仑！"

贝尔纳走进上司的办公室，室内一片狼藉。上司从文件堆里抬起头来，透过蓝色的偏光眼镜打量着他。

"我们……约过要见面？"

"没有，不过……"贝尔纳本不想流露出紧张，可是吞吞吐吐反而显得更加局促。

"您不是昨天就退休了吗？"他说完继续埋头看文件。看来上司并没有那么好哄。

贝尔纳尽可能用积极的语气回答："不，明天是最后一天。说到退休……"

谈话迅速陷入僵局。贝尔纳费尽心思，委婉措辞，可上司无动于衷。延迟六个月退休，三个月也好，哪怕是委派一项任务，操作一个基金，公司都不予考虑。

贝尔纳没想到事情会变成这样，冰冷的拒绝，不顾员工的心声，企业的未来没有他的份。他变得多余，就像一件占地方的旧家具，等着被扫地出门。

他把最后的希望寄托于领导的善心。

“我的工作，就是我的生命。求您了，在公司里给我找点事做，什么都行。当初给我降职的时候，突然就不允许我负责大型项目，也不再给我加薪。我什么都没说，难处只有我心里知道。可是，我仍然尽忠职守，每天第一个上班，一心扑在工作上。如今，好像我成了个无足轻重的人，大家对我视而不见。这不是我应得的下场啊。”

贝尔纳觉得自己虽然年届六十，可一直兢兢业业，没做错什么。然而，那衣冠小丑看他的眼神，就像看一条垃圾箱里的臭鱼。

“公司不是养老院。”

贝尔纳是婴儿潮一代[1]，一辈子没尝过失业的滋味。现在，他终于明白了什么叫长江后浪推前浪。自己像一头年老的大象，只能离开象群，独自等死。年老的大象必须让位给年轻的狮子，也就是自己儿子这一代。

戈达尔头都没抬，冷冷地说道：“明天是您最后一天。讨论到此结束。谢谢。”

原来，这就是所谓的“谢绝”。

[1] 婴儿潮一代（babyboomer），指第二次世界大战后，人口快速增长期间出生的人。

最后一战

嘀、嘀、嘀。

最后的起床闹钟，最后一天工作。昨天受到的羞辱，整夜的失眠，像石头般堵在胸口的心结，贝尔纳对此绝口不提。最后一天上班，恰似第一天上学。

布里吉特的日程本上记得清清楚楚：今天是个大日子。9 月 29 日，明天就是圣米歇尔节。不过，贝尔纳不是彼得·德鲁克[1]，公司不允许他六十岁以后再发挥余热了。

这一天平淡无奇，贝尔纳的感觉却十分诡异。他参加了许多没他也能开的会，中午吃了自己最喜欢的菜。菜虽然一样，可吃起来却味如嚼蜡。

下午四点的钟声响起。贝尔纳终于明白，“退休”的精髓，是在“退”字。

[1] 彼得·德鲁克（Peter Drucker，1909—2005），美国管理学大师，被誉为“现代管理学之父”。一生著作等身，去世前一年，仍有著作出版。

首先，去电信部门，退还手提电脑。“工作资料您另外保存了吗？”“没有，没人通知我保存。”“工作资料可比电脑值钱。我们先存着这台电脑，等有新人入职，就会把里面的文件清理掉。”清理掉，仿佛过去35年的工作从未存在过，仿佛他的工作根本无足轻重。

然后，退还公务手机。“我能留着电话号码吗？”“不能，号码会分配给别的员工。”“荒唐！这是我唯一的电话号码。以后我的朋友和家人有事，怎么给我打电话呢？”“您应该早做准备，不好意思。我最多只能让您留着SIM卡，但是过两周还是会停用。您可以去找我同事了。”贝尔纳之前当然想过电话的问题，但他暗自希冀公司会把电话作为临别赠礼，至少让他在买到新手机之前，再用上一阵子。他最近一直忙工作上的事，想要尽量做好交接工作，根本没有时间去买新手机。他们就这样感谢自己？

再去保安部门，退还一卡通。卡里的钱还够喝一杯咖啡，算了吧。

最糟糕的时刻终于来临。一层一层，一个一个，和每位同事告别，行最后一个贴面礼[1]。大家都在忙，不是着急接孩子，就是瑜伽课要迟到了，要么快递在楼下等，总之没时间闲聊，不过还是说：“这些年合作愉快！退休后生活愉快！”

他走了，没人大惊小怪。退休嘛，符合规定，符合常理，符合自然规律。旧的不去，新的不来。

贝尔纳去找保安部门。他想留着自己的一卡通。卡上的照片底

[1]法国社交常用礼节之一，适用于亲友和比较熟悉的同事。

下写着“数据搜集员”，那是来公司第一天照的，多年以后，已经模糊不清。等他老了，可以拿来给孙辈讲讲故事。不过，平时从不离开的工作人员，今天正好不在，或许是忙着别的事情。大家都在忙，和他以前一样。

就这样，贝尔纳走过门禁，与同事仿佛天壤之隔。针对正在进行的项目，他还有两句话要说，可是他已经无权进入公司，像边境线另一侧的外国人，像城墙那边的敌人。不对，像逃出牢笼的动物，越狱成功的囚犯。

他本该觉得重获自由，可是，为什么感到这是个骗局，而他失去的价值，要高于这个自由？

他在接待处坐了一会儿，感受了一下精心设计的沙发带来的虚假舒适感。前台小姐仪表出众，发髻高耸，笑靥如花，绝对提升公司形象，关键是年轻。贝尔纳借此机会，从外人的视角审视公司。他看着矮桌上的杂志。墙上张贴的招聘启事完美无缺，总是能吸引到年轻一代。

贝尔纳远远看见保安走过来。二十年来每天见面，却发现不知道他姓甚名谁。顶层办公室的经理没必要知道一楼保安的名字。在领导眼里，一个保安无足轻重。

“先生，您能否把我的一卡通作废，但允许我把卡留着，当个纪念？就这样收走了，很残忍，请您网开一面。这上面有我年轻时的照片，那时我还满腔激情与梦想，还不知道以后会成为公司的大人物。”

如果记得保安的名字该多好……

贝尔纳走出公司大门时，一只手搭在他肩膀上，正是保安。贝尔纳挤出一个微笑。

“先别走。您忘了归还公务车的钥匙。”

如果当初记得保安的名字，可能会改变些什么，可能也没什么用处。

六十耳未顺

当天下午，布里吉特一边欣赏令人惬意的花园，一边等待丈夫结束最后一天的工作回家。黄昏，她坐在门前最高一级台阶上，观赏西下的夕阳。她一听见街上拖沓的脚步声，立即起身去迎接丈夫，好像一只经历了漫长的等待，终于望见主人身影的宠物。

“你自由啦？干杯！”布里吉特满心欢喜地亲吻丈夫，递给他一杯刚斟好的香槟。

贝尔纳没有伸手去接，皱着眉径直往屋里走去。

“不用了，改天再庆祝。”

布里吉特温柔地拉住丈夫的手臂。暮秋的夕阳映照美景，正是举杯欢庆的时刻。她把香槟递到丈夫手里。

“我太了解你了，贝尔纳。你说改天庆祝，就说不定改到哪天了。”

贝尔纳板起脸。

“你觉得有什么可庆祝的？”

“明天是个大日子，是你退休生活的第一天。”

“大日子，不是明天，是今天。今天是我正常生活的最后一天。接下来的日子，只能叫生存。”

“好吧。看起来你心情不错。”布里吉特言语冷淡了不少，她坐下来喝完自己杯子里的酒，“你妈妈和儿子都打电话来了，问你怎么样，他们可惦记着你呢。你得回个电话。我还请了你最好的朋友来吃晚饭。”

“哪个最好的朋友？”好像自己有五十个最好的朋友，争相前来拜访一样。

“什么哪个？让 - 马克呀！”

“哎呀，求求你，我都要犯心脏病了。我今晚什么都不想做，只想看看报纸，早早睡觉。我们两个现在都退休了，想什么时候见面都可以。退休，真不喜欢这个词，难听！就像看菜单，有的菜名听起来就好吃，有的听起来就恶心。退休，不是我的菜。听起来就像剩菜，不招人喜欢。”

布里吉特不想再听丈夫意志消沉地絮絮叨叨了。她猛然站起身来，去拿酒瓶。

“你不想见让 - 马克，就打电话取消吧。不管有没有你，今天晚上我都要好好喝一杯。”她一边说，一边自己斟了一杯香槟。

“说起医生，我又想起来一件事。我不要什么劳动奖章，也不敢奢求荣誉骑士勋章，不过至少可以得个劳模奖吧。我干了 35 年，猜猜我病过几次？”

“至少 300 次。我们每次接待客人，或者假期开始，你就一脸病相。”

“就算我利用假期做点工作时从不做的事吧。你想想，我请了几次病假？”他打了个冷战，“要不回屋里去吧？我有点冷。”

布里吉特拿起香槟酒瓶，发现丈夫滴酒未沾，脸色不好。

“你真的不想喝？”

外面并不冷，但贝尔纳的眼神让人心寒。布里吉特回到屋里，披上一件羊毛衫。丈夫坐在椅子里，继续他那骄傲的老生常谈。

“35 年，我一次病假都没请过。”

布里吉特有些不解，冷冷地反问：“不请病假，这很重要吗？”

“特别重要！这证明我是一个靠得住的员工。总之，这至少算个纪录。”

布里吉特两眼看天，随后一口喝干香槟。

“你说得对，他们不会因为这个给你发奖的。”

她不禁想，能忍受和这样一位丈夫一起过退休生活，历经风雨而不退缩，自己很快就会得个什么奖。

最佳德行奖！

鸵鸟战术

第二天一早，贝尔纳脸上印着枕头上的花纹，站在厨房里欣赏花园。树叶变黄，纷纷飘落。他看着树叶渐渐死去，不禁悲从中来。他就是树叶，生活就是秋天。

布里吉特打扮停当出来，见到丈夫时不禁停下来上下打量。贝尔纳披着睡袍，趿拉着拖鞋在厨房里看风景，她还是第一次见。她高兴地对丈夫说，今天是他退休第一天，自己已经把所有计划都取消了，要好好陪陪他。他如梦方醒，劈头盖脸地说：

“你听清楚了，我不需要你可怜我。你说过你很忙，我需要自己安排生活，那我就自己安排呗！我今天中午约了让 - 马克一起吃饭。”

这让布里吉特始料未及。

“好的，如你所愿，亲爱的。这样的话，我去参加协会的晚会，之后再见咯？你白天有什么打算？”

“没事闲得长胡子呗，应该够我忙的了。”

他得寸进尺，其实除了中午要和朋友吃饭，他根本不知道这一天怎么过。

“别开玩笑，贝尔纳。你确定，你还好？”

“好得很。用不着关心我，也用不着替我操心。”

布里吉特刚刚离开，贝尔纳就坐在客厅里，打开收音机。收音机里传出一首伊天·达荷[1]的老歌。一开始，他漫不经心地听着，后来仔细一听，歌词是这样的：“今天一切都将改变，今天是你余下生命的第一天。”他骂骂咧咧地关掉收音机。这个上午，可真是漫长。

随后，贝尔纳打开电视机，看早间电视节目。电视上刚好在播一个关于前列腺的报道，他觉得挺有意思。不过，他想起来，自己妈妈也喜欢看这个节目，于是立即换台。别的电视台里充斥着电视购物，卖的都是外表光鲜的无用之物。要么就是漫长的爱情电影，或者是震耳欲聋、听不懂一句歌词的“年轻人的音乐”。他深感失望，只好把电视机也关掉。

他躺在床上，躺在无数抱枕之间，静静地望着窗外天空中的流云。突然，他看到床头柜上有一本书。布里吉特一直在试图“推销”这本她“爱死了”的小说：《来日方长》[2]。他抄起书就读，有点漫不经心，似乎是想要给未来的生活找点灵感。不一会儿他就发现，这本书根本不是讲退休生活的，而是讲一个命运悲惨的小男孩。贝尔纳有些失望，马上放弃了阅读。不过，书名已经一目了然，《来日方长》并非“去日苦多”。

终于等来了和老友共进午餐的时刻。他昨天刚刚取消了妻子的

[1] 伊天·达荷（Etienne Daho），生于1956年，法国著名作曲家、歌手。

[2]《来日方长》（*La Vie devant soi*）是法国作家罗曼·加里的著名小说。

预约，今天又不得不重新预订。他来到通常与让 - 马克一起吃饭的那张桌子。这些年，两位老友总是不约而同，一定会点当日招牌菜。在鱼和肉之间，他们无须犹豫太多，两个人都是坚定的肉食者，再配上一瓶最贵的红酒。这天中午也毫无例外。

虽然岁月不饶人，但二人的相似之处并未改变。他们都爱大声说话，而且用词也几乎相同。退休之前，有时还会穿着一样的衣服来吃饭，别的客人很可能把他们当成一对兄弟。不过最近几年，他们的衣服不一样了。贝尔纳还是黑西装加白衬衫，大多时候打着领带，穿着尖头意大利皮鞋。让 - 马克则穿着高尔夫球衫、米白色的裤子和棕色真皮休闲鞋，外套搭在肩膀上，休闲贵族范儿十足。

让 - 马克心情不错。

“早上不用听闹钟起床的感觉怎么样？眼看着那群傻瓜堵在上班路上，拼死拼活去开那些无聊的会，暗自得意吧？退休了，是不是神清气爽？”

“扯淡。环境污染这么严重，怎么气爽？我昨天才看了《世界报》的一篇文章，讲的是环境倦怠症，又叫‘绿色抑郁症’。”

虽然让 - 马克退休前是医生，但他还是听不懂朋友在说什么。

“我只知道收入少了会抑郁，这一点你很快就会感觉到了。不过，绿色抑郁症？什么意思啊？”

“就是说，八月份虽然放三个星期假，但总还是得回去工作。这时候，不管你多么爱你的工作，你都特别想辞职，或者马上去筹划下一次度假要去哪个阳光明媚的地方。实际上，你无能为力，还是得按部就班。绿色抑郁症是同一回事。只不过，你花了整个夏天，了解到环境污染、气候变化和空气中的致癌物质导致婴儿出生畸形；

动植物不是已经灭绝了，就是即将灭绝；台风、洪水、火灾层出不穷，环境难民越来越多。与此同时，你听说刚刚进入七月份，人类就用完了今年的自然资源份额，剩下半年只能向地球母亲借贷。绿色抑郁症，就是发现自己受够了这一切。突然，你发现你的公司正在加剧全球变暖，而你工作上的紧急事务显得不再紧急。你不得不自我欺骗，接受现实，说：'好吧，我们改变不了什么，现实如此，也没那么糟糕。'然后你发现，你的生活没什么意义，你的工作背叛了你的价值观。我们这一代什么都经历过，我们年轻的时候，还相信香烟是对健康有益的呢！"贝尔纳一口气喝干了手里的红酒。

"你这篇文章，可够积极向上的啊！我怎么不知道，你还是个环保主义者？"

"我？我才不是什么环保主义者！而且，这帮人收走了我的公务车，我可要买辆敞篷车。给点建议吧？我想买辆二手的。这些新闻里的东西，能让我不想别的东西。我一个人胡思乱想的时候，就总是想到工作，夜里会睡不着觉。"

"至少现在你可以利用个人时间，做点自己想做的事情。你会明白的，退休以后是贵族的生活，全年都在放假。对了，你退休之后什么打算？"

贝尔纳咕哝了一下，继续说道：

"我就是搞不懂，什么叫'退休'。别人都在工作，你必须突然停下。这就好比，你跑了一辈子，训练马拉松或者短跑，为了总是冲在前面，每小时一万米。一下子让你停下，可你根本不想停，这也太难了。尤其，在一个重视实际、重视成功、重视青年人的企业里，我可吃了大亏。可我，我还不觉得累，我还能爬楼梯，我身体还行，头脑也清醒，没到垂暮之年。我害怕的是，你越是工作，就越有干劲，你越是休息，就越是懈怠。退休是一种慢性自杀。我想继续工作，我想像阿兹纳弗[1]一样，做自己喜欢的事，直到生命最后一刻。谁敢说，我没有这种权利？人们总说无常，退休就是无常！你的生命，在退休那一刻就突然终结了。最后一天上班，感觉很诡异，对吧？正常上班，正常下班，然后，就没有然后了，彻底终结！离开公司，失去工作，得到了什么呢？新生活？鬼才信！一堆烂日子推到眼前而已，骗谁啊？！”

“在你看来，退休是死亡的开始？”

贝尔纳毫不犹豫：“对，看看我父亲。退休毁了他！”

“你就因为这个害怕退休？行了，老朋友，你搞错了。你还年轻，尤其是今天。你身体这么好，只是想法有问题罢了。去散散步，学些新东西，认识些新朋友就好了。”

贝尔纳将信将疑地撇撇嘴，想喝一口红酒，却发现杯子空了。他举手示意服务员再拿一瓶酒来。

“你说的不对。退休了哪有社交？你说说，以后哪有机会和年轻人说句话？我可不是想找机会和漂亮女人搭讪。我只是说，和年轻人在一起，自己也觉得年轻……布里吉特整天和老人在一起，照顾他们，我真不知道她怎么过的。你不给我开点药，让我振奋一下吗？”

他学着妻子的样子，挤眉弄眼想假装可怜相，然而搞笑多于真诚。

---

[1] 夏尔·阿兹纳弗（Charles Aznavour，1924—2018），法国著名歌唱家、作曲家、诗人、演员和外交家。

“不开。书籍是治愈抑郁的良方，去图书馆办张读书卡吧！多参加体育运动，也会让你好起来的，要做全身运动哦。”

让 - 马克一边说，一边盯着朋友的啤酒肚。

“连你也觉得我有将军肚吗？我本来就不喜欢运动，以后也不打算运动，除非你答应我，像过去那样一起去潜水……”

“你的私人医生得先给你体检，确认你还可以潜水。”

“大不了，我到你诊所去。虽说你退休了，但给我开个体检证明总还可以吧？”贝尔纳根本没有考虑好朋友会不会同意。

“可以倒是可以，不过到了你我这个年龄，定期体检还是有好处的……”

“你我这个年龄，这是什么话？你说你自己就行了，我可还没老呢。我今年六十一岁，精力充沛着呢，比有些三十几岁的年轻人精神头还足。唉，说曹操，我儿子给我打电话……喂？！”贝尔纳拿着妻子从旧物箱里找出的老式手机，对着话筒大声喊道。

“爸，你还好吧？”

“好啊，怎么这么问？”

“今天气温高，你没中暑吧？”

“没有啊，怎么了？我用得着你担心吗？你还是给奶奶打个电话吧。”

“打过了。我先挂了啊，约了人。别忘了多喝水哦。”

“行了，尼古拉。你有点烦人了啊。”

贝尔纳挂掉电话，心里不是滋味。自己应对酷暑的能力，怎么也应该比老母亲强吧？在以前，就算是暑热难当，又算得了什么呢！

“真是讽刺！孩子要是因为天热就打电话过来，那可真叫人觉得自己老啦！这小子居然敢提醒我‘多喝水’。就为这，让 - 马克，再给我来一杯酒。咱们刚才说到哪儿了？”

“一句话，你不老，我也不老，但是过了五十岁，全身体检是明智之举。比如我要是去潜水，真不知道肺活量够不够。我这个年纪开开游艇、打打高尔夫球、散散步还不错。”

“哦，让 - 马克，你可吓着我了。接下来，你是不是要说，滚球戏[1]才是你最喜欢的运动？”

“别开玩笑。你需要一项适合自己的体育运动。我把同事的电话号码给你，他是个热心肠。你现在有的是时间，再没有借口不运动了。”让 - 马克没有忍住，目光再次落在朋友隆起的腹部上。

贝尔纳吃饱喝足，把双手放在肚子上，坐姿也松散下来。但他还是保持了矜持，没有把裤带松开。朋友之间，也不能越礼。

“以前的同事们也说我有点发福了。这些家伙，离我退休还有两天，突然给我开了个告别晚会。我早说过不要。他们送的礼物一个比一个没用：一本《老年健身圣经》，一看就是给快动不了的人准备的；一本填色画集，用来打发漫长的冬季；一本《二人世界的应急手册》；一盒拼图。还有一大堆破烂，我都懒得拆包装。如果他们送的礼物代表对我的看法，那我离开公司就对了。”

让 - 马克不怀好意地问道：“你呢？你给他们留什么惊喜了吗？”

“什么意思？”贝尔纳一点也不懂朋友想说什么。

“小惊喜，一个定时炸弹。等你不在公司，他们就会发现，发现

[1] 法国传统民间运动之一。由于运动量不大，节奏较慢，常被视为老年人的游戏。

之后会不知所措的那种惊喜。”

贝尔纳惊讶地张大了嘴。他从来没想到过这样的馊点子。一个人这样捉弄别人，肯定是气恼到极致了。

“不，我心里不爽，但可不是恶人。我想都没想过呢！我总是这样，只能当个老好人，像头只知道低头耕地的老黄牛。我为什么这样？我自己都不知道。”

“我们这一代，从小接受的就是这样的教育。”

让 - 马克虽然想到了这样的坏主意，但还是赞成老友的说法。

“没错。你知道吗，他们正在改变整个公司的架构。我敢说，这一定行不通。他们招了两个毛头小子替代我。领导层根本不知道自己在干吗，不到一个月，他们就会找我回去。到时候我可不能随随便便就答应！他们让我退休，就得好好道歉，我才能回去。”贝尔纳一边盯着杯里的红酒，一边浮想联翩。与此同时，让 - 马克正津津有味地欣赏着菜单上的甜点。

两个人一个点了提拉米苏，另一个要了婆婆蛋糕[1]。服务生离开后，他们陷入了沉思。让 - 马克第一个回过神来。

“我租了一艘游艇，漂亮极了，全柚木的。你周五陪我去看看船的内饰，好不好？”

贝尔纳没有回答朋友的提问，继续神情严肃地自说自话。

“他们与其这样自寻烦恼，为什么不事先咨询我呢？他们不会是真傻吧。”

让 - 马克静静地看着这位一根筋的老朋友，像一位医生在观察病人。

[1] 一种用酵母发酵、在朗姆酒和糖浆中浸渍的松软蛋糕。

“你确定，你不想好好休息一阵子吗？已经辛苦一辈子了。”

“我需要把个人简历的信息更新一下，以防万一。”

让 - 马克有些生气了。

“你听没听见我说什么啊？”

“没……”贝尔纳笑着说。

把天聊死

当晚，布里吉特吃过晚饭回来，发现贝尔纳正把脑袋插在冰箱里，大口吃剩下的奶酪。

“啊，你终于回来了！真是烦。”贝尔纳声音中有几分不快，“你得再买些餐前蛋糕和奶酪，都被我吃光了。”

布里吉特亲吻了丈夫的脸颊，说：“你应该说，你有点惦记我。你可别告诉我，你一整天什么都没吃啊。”

“是没吃啊！冰箱里什么都没给我留。我退休第一天，你就这样抛弃我，还真是个贤惠的妻子呢！”

他故意闭口不提和朋友一起用餐的事。

布里吉特没有上当。她双肘支在厨房的备餐台上，直视丈夫的双眼。

“别想让我内疚，没用的。‘今天让我静静’，这是你自己说的。你今天做什么了呀，谎话先生？讲讲吧，都告诉我。你去见让-马克了吧？”

“是的，我们一起吃午饭了。今天能出门逛逛还挺好。不过，他可老了许多呀！我很久没有好好看他了，他走路都有点吃力了呢。他是医生自然有发言权，不过在我看来，他可能得了什么病……”

“乌鸦嘴！我们就只有他一个朋友了。你别再看电视上的健康频道了，看多了整天胡思乱想，最后连觉都睡不着！除了这个，你今天过得充实吗？享受慢生活，是不是感觉很好呀？”

“享受慢生活，我吗？”贝尔纳好像被刺激到了，“我工作了一天，女士。我整个下午都坐在电脑前。我说过了，绝不能过碌碌无为的日子。”

“工作？你真让人操心。”

布里吉特皱起眉头，用询问的目光盯着丈夫。贝尔纳转身离开，边走边说：

“好，我去睡觉了，你也来吧？”

布里吉特抓住贝尔纳的胳膊。夫妻之间的对话，他居然敢这样敷衍了事，布里吉特必须立刻纠正这种错误。

“等等。以后我们俩，难道就这样过日子吗？连两句话都没说完，你就睡觉去了？你总有时间陪妻子说说话吧。”

贝尔纳拖着脚慢吞吞地回来，一屁股坐在厨房那张不舒服的椅子上，感觉有人用手枪指着自己的太阳穴。他违心地问道：

“好吧。那，亲爱的，你今天都做了些什么啊？女士，我们一日未见，如隔三秋。你究竟和谁在一起呀？”

布里吉特气上加气。

“你从来都不认真听我说话。我早饭时就说过了，要去敬老院照顾老人。今天是吕西安的百岁生日，我们庆祝了一番。之后，我去城里和一个新社团的成员们吃饭。我想要加入这个社团。”

“好啊，你就这么乱花钱！”贝尔纳火上浇油。

“我自己的退休金，我自己赚来的，想怎么花都可以。你总不能监督我花钱吧？而且，谁告诉你我们去餐馆吃饭了？我们是去负责出纳的女士家吃饭。你也不看看你自己！中午一定大吃大喝来着。”

贝尔纳没有反驳。看看他中午一应俱全的菜单就知道，要反驳妻子的话很难。他决定把话题引到妻子身上。

“对了，明天的午饭怎么办？你准备什么了，亲爱的？可别忘了去买东西，家里什么吃的都没有了。”

布里吉特对丈夫嫣然一笑，说道：

“你想吃什么都行。我告诉过你了，明天中午，不，每天中午，我都不在家里吃饭。我建议你自给自足，想吃什么就买什么。而且，明天有集市，可以买到很新鲜的菜哦。明天晚餐，我们做鸡蛋。”

“鸡蛋？那可是过了节了！晚饭要不要穿西装打领带啊？”

“如果你晚餐想要自己下厨，做一道小菜也可以哦。我会买面包回来。放面包的篮子里，已经只剩下两块硬面包疙瘩了。”

“家里也一样，只剩下我们两个硬木疙瘩……”

庸人自扰

过了一会儿，布里吉特卸妆完毕，对着镜子观察自己新长出的头发。发根是深灰色的，发颈是银白色，而发尖则被阳光晒得焦黄，真是难看。她不得不再去理发店，把头发染成同一个颜色。她刚准备好就寝，却发现打印机里掉出一张纸，上面赫然是丈夫一下午的工作业绩：一份崭新的个人简历！上面信息一应俱全，只是少了年龄一项！

简历上，贝尔纳极尽自吹自擂之能事：他说自己坚持潜水，还每周游泳两次。嘿，瞧瞧！

布里吉特想要逗弄一下丈夫，故意去问他。贝尔纳已经上床，正躺着读报纸。

“贝尔纳，你明天和我一起去游泳吧？”

“天啊，不去，你明知我讨厌游泳！”

他带着厌恶的语气，干脆地拒绝了。

“是这样吗？我原以为你热爱游泳呢……”她装出天真的语气，得意地把简历递给丈夫，“你是想把简历寄出去吗？”

“以防万一。你参加社团的时候，难道不需要上交个人简历吗？”

“啊，你是想当志愿者。太好了，在哪个社团？”布里吉特很高兴，还后悔刚才错怪了丈夫。

贝尔纳澄清事实。

“当志愿者？休想！我肚子里这些财务知识，怎么能分文不收，拱手送人？经验就是金钱。理论上讲，我现在可是个百万富翁！”

布里吉特叹了口气，恨自己居然相信丈夫能做出令人惊喜之事。不得不说，岁月并没有给贝尔纳带来什么成长。

“你真是没救了！”

“你要不要拯救我一下？”贝尔纳露齿一笑，像极了《爱丽丝梦游仙境》中的柴郡猫。

最终之最终

贝尔纳退休生活的第二天，就犯了几个新手级别的错误。他和妻子同时起床，打开自动咖啡机，准备咖啡的同时，快速地冲完了澡。他一口喝干咖啡，看到妻子正在把壁橱里的衣服一件件摆出来，弄得像摆地摊一样。还是不要惊扰到她，不然她会叫自己帮忙的。

8 点 56 分。他一切就绪，准备停当。

贝尔纳大步流星，像赶集一般去肉铺和蔬菜店，拿着报纸回到家，准备坐在扶手椅里，安静地看会儿报。布里吉特已经离开，地上的衣服也不见了。妻子讲今天计划的时候，他并没有认真听。她可能是去市政游泳馆了吧。

10 点 37 分。日常事务处理完毕。买回来的菜还没收好，但等到中午也不迟。一切就绪。

他看了一眼手表：10 点 38 分。

哎哟哟！时间怎么过得这么慢。他下意识地查了一下手机里的电子日程表，只打开一片令人绝望的空白。仅仅几周之前，他还不断地收到那些吵人的语音提示，不分白天夜里，无论工作日还是周末。如今，他的手机死一般沉默。

他认真想了一下，觉得最好采用一种新的生活节奏，也许慢一点更好，或者把家务分开来做……他还处在“最佳时间绩效”模式。不过，既然贝尔纳先生觉得时间如此漫长，还是减速行驶为妙。

“退休了，应该做点什么事呢？”

贝尔纳又想起了昨天下午的咬文嚼字，想起自己的个人简历和职位介绍。他的新职位是什么？职责何在？他又要负责些什么呢？

他用家里的电脑查询网络版《拉鲁斯词典》，想看看“离退休人员”的定义。

“离退休人员，即离开工作岗位、不再工作的人。”

他很气恼：“真是个积极向上的定义！”

不过，他刚刚发现退休生活的好处：一个人在家，可以自说自话，而且没有人会反驳他。

“怎样让我的退休生活充实起来呢？”

贝尔纳浏览了一下网页边上的自动推荐词：

“放弃、停止、撤销、躲避、失势……远离、孤单、后退、减少、终结……”

“这是什么破软件！”

他心里发苦，想让心情明朗一点，于是看了看同义词：

“抛弃、逃避、庇护、瓦解、离散、退失、取消、消失、离开、避难、停滞、退步、降低、退潮、收缩、撤退、孤独、空白！”

他砰的一声扣上电脑。

“真开心！”

他回到客厅里，打开沙哑的收音机，听见了亨利·萨尔瓦多[1]演唱的《冬季的花园》，优雅的慢摇更让他不舒服。以前他还有所怀疑，现在确信无疑，周遭的一切都在向他传达同样的信息：他已经沉入生活的谷底。

10 点 56 分。贝尔纳随手拿起茶几上的一本杂志:《老年之友》。

“哟，殡葬公司的广告。刚才还说生活到了谷底……”

他把家里的钟表都看了一遍，并没有哪个走得比别人快。他发现家里的钟表时间不统一，决定把它们调整一致。这项工作比预想中花了更多的时间，因为咖啡机和烤箱上都是电子钟。

最后，他头昏脑涨，沉沉睡去了。几分钟之后，电话铃声突然响起。他没好气地接起电话，但是听到电话那头尖利的声音，吓得几乎后退了几步。

“您好，先生！自我介绍一下，我叫阿娜伊斯。您是房主吗？”

“我是，这和您有什么关系吗？”

“您曾经因为年龄增长或为了行动便利而考虑搬家吗？您家里的楼梯，对您、您爱人和年长人士来说，是不是太陡峭了呢？您考虑过如果不小心摔下来，造成瘫痪，后果有多么严重吗？我向您推荐一种解决方案。它和搬家、改造和购买新房子比起来价格更实惠。您考虑购买 DANA 牌家用自动升降座椅吗？”

贝尔纳砰一下挂掉电话。

“谁再敢跟我提‘便利’二字，我准扇他一耳光！”

---

[1] 亨利·萨尔瓦多（Henri Salvador，1917—2008），出生于法属圭亚那，法国著名滑稽演员、歌手和流行音乐家。

结果，电话马上又响起来了：不知丧钟为谁而鸣。

这一天漫长得令人绝望。午后稍晚，布里吉特终于回来了。

“啊，我真是为自己高兴，亲爱的。我今天过得很有效率。”说完，她懒洋洋地倒在沙发上，脱掉鹿皮鞋，自己按摩双脚。

“我也很充实。我把所有的钟表都对好时间了，可真是累人。你注意过吗？我们家钟表一大堆！厨房、卧室、客厅里到处都是，而且卫生间和浴室里也有。我半天时间只干这个了。”他撒了个小谎，“你至少可以鼓励我一下吧？”

“真棒，不过可惜的是，这个月底就要改冬令时了。你不问问我今天做什么了吗？我还是告诉你吧。我扔掉，不，是送人衣服了。今天早上，我把衣服全部整理了一下，把之前的衣服都送人了。分类整理，真是让人耳目一新，感觉良好，也自由了许多！你也应该这样做，贝尔纳。”

贝尔纳瞪圆了眼睛，直愣愣地盯着她。

“我用不着整理，谢谢你。你都扔掉什么啦？”他看到妻子脸上挥之不去、心满意足的笑容，自己反而心下不安。

“所有的！以前那些让我紧张兮兮的衣服、数不清的高跟鞋、监考穿的职业装，都扔了！说到监考，我可比考生还紧张。我一辈子都在按照别人的希望穿衣服，好显得自己更高、更坚强、更苗条、更年轻、更健康、更入流、更时尚……”

布里吉特退休以后，像所有离退休人员一样，也必须与之前的生活说再见。不过，和别人不一样的是，她的告别没有任何伤感和遗憾。与之相反，她显得更加阳光。

“你知道，这些衣服根本就不适合我。黑色、灰色，多么忧伤！我要活得更快乐多彩。我不想再穿给别人看，也不管别人怎么想。我喜欢穿就好，衣服要简单、舒适，符合我的个性。我只想做自己。”

贝尔纳淡淡地评价道：“60岁都过了，做自己会不会晚了点儿？”

“晚胜于无，贝尔纳。晚胜于无。”

烦恼数不完

贝尔纳选择一生孤独，把自己关在办公室里，让自己公务缠身。如今，他发现找人陪伴难上加难。保尔·瓦雷里[1]说得真对："孤独是最坏的伴侣。"

于是，贝尔纳不得不找些事做。一大早，他慢悠悠地逛到报刊店、面包店，然后又在网络上闲逛，寻找针对经验丰富人士的招聘启事，结果一无所获。

他决定和医生预约体检，好让自己的一天有点意义。新来的医生说，17点可以给他体检。

他一整天盯着钟表，骂时针慢，说分针懒，说它们是在故意给自己捣乱。中午，他吃了黄油和干酪拌意大利面。午后，他又看了一遍报纸，漫不经心，一只眼看报纸，一只眼盯着钟。可千万不能迟到了。

16点，他开始准备。16点零3分，他钻进布里吉特的汽车。16

[1]保尔·瓦雷里（Paul Valery，1871—1945），法国象征派诗人，法兰西学院院士。

点零7分，他把车停在医生工作的医院门前。他来到候诊室，和大家一样等待。患者，缓也。

17点到了，医生还没到。他开始坐立不安。医生来到候诊室，叫的却是别人的名字，他差点从椅子上掉下来。17点12分。太不像话了！

贝尔纳非常尊重那些领导、高管和高学历人士，不敢在他们面前说什么。不过，这次漫长的等待一定是护士的疏忽失职导致的，他决定好好教训一下护士。

护士是位年轻女士，短短的卷发，身材结实。听到有人在耳边滔滔不绝地大声抱怨，她抬起头来，一脸严肃。

“小声点，又没死人。您怎么了，先生？”

“怎么了？这太不像话了！我在这里等了一个小时，还是没有轮到我。您是觉得我整天没事可做吗？！”

“您约了几点啊？”

“17点，可现在已经17点15分了。”

“我建议您少安毋躁。您姓什么？”

“太过分了，怎么能这么对我！我是德尔古先生，居然连我都不认识。”

“在医院里，您可不是什么名人，每个人都必须排队。”她看了一眼表格，“如果我没弄错的话，我建议您说话前想清楚，不要贸然批评那些严谨工作的人。您的预约时间是17点30分，先生。”

“胡说！这是怎么回事？”贝尔纳在包里乱翻一气，找出老式手机，翻看今天的日程。他神情严肃，不停地抱怨，找到了日程，还要找眼镜。戴上眼镜后，他的声音骤然变低：

“啊，的确，是的。”他抬起睁大的双眼，看到护士冷冷的笑容。她正在享受自己的胜利果实。

与此同时，诊室的门开了，一位身材高大的医生走出来。

“您看，您多幸运，医生来叫您了。而且，才刚刚 17 点 22 分。”她这最后一句，明显是想让贝尔纳注意到，体检不但没有晚，还提前了。

她还要用最后一根稻草，把骆驼压死。“别忘了让医生检查一下您的听力、视力还有脑子……”

贝尔纳简直要气炸了。

“您好，您感觉如何？”医生问道。他的握手差点造成贝尔纳手骨骨折。“我们之前没见过，但有同一个好朋友。让 - 马克没对我说过，您是从事什么职业的。”

刚刚被护士教训过，当头又是一个难题。贝尔纳闪烁其词。这个问题要怎么回答呢？他从来没考虑过。他心里想要说“前部门经理”“优秀经理人”。这些词都是妻子以前编造出来的，专门为了打趣自己没有升任总经理。他怎么好意思说“我退休了”？

傍晚时分，贝尔纳回到家。他并没有对妻子说，自己一整天无所事事，也没有坦白自己刚刚被护士抢白，更没有提各种各样的体检项目简直令他想放弃潜水资格证明了。他只是说，体检之后，他去电信公司购买了一部新智能手机。贝尔纳骄傲地拿出手机赏玩，却看见妻子严肃的眼神。她刚刚开始给丈夫讲自己一天的经历，可他只顾着自说自话。

到了就寝之时，布里吉特出于好奇打开电脑，看到丈夫没来得及关掉的网页，上面都是招聘启事。很显然，丈夫拒绝接受自己的新身份，还想对妻子隐瞒这一切。他不只是没了工作，还没了身份、没了自我、没了用处。

必须尽快让他打起精神来。布里吉特想到一个好主意！

姜还是老的辣

这天夜里，贝尔纳睡得并不安稳。自从退休，他就没怎么睡过安稳觉，要么整夜想工作上的事，想自己离职后的公司，要么被妻子白天说的话搅得睡不着。如今他终于有了充足的时间睡觉，却失眠了，多不幸啊！最糟糕的事情在于，他心里想着的，还是公司里那些重要的会议。他发现自己甚至会想念戈达尔这个蠢货。

吃早餐的时候，贝尔纳试探性地问妻子：

"布里吉特，你觉得疲劳吗？"

妻子精神饱满地回答："没有，自从退休，就再没有觉得疲劳了。我睡得像个孩子。退休前，我疲惫不堪，因为职场总是让人紧张。我必须展现出最好的一面，表现得有能力，善于思考和筹划，体现出责任感，还要会约束自己的言行。"

贝尔纳不得不承认："你真是幸运。对我来说，工作的负面影响仍在继续，特别是夜里筹划第二天的会议这个习惯。退休生活的好处，似乎还没有到来。"

很显然，布里吉特在退休生活中的幸福感更强。贝尔纳就算尽量控制自己，可还是忍不住嫉妒妻子，能不靠丈夫，独自一人生活得如此自在。

妻子关门出去的时候，他冒出一句："这位抛弃丈夫的夫人，祝你今天愉快。"

贝尔纳想搞一个创新工程：早餐自己煮一颗水煮蛋。

四分钟之后，他看着水煮蛋，颇有食欲地自言自语："看起来能吃。"

突然，布里吉特回来了。

"我忘记带包了。贝尔纳，你在和谁说话呀？"

"嗯？没谁。"

贝尔纳很享受自己的新习惯，每做一件事都要自言自语一番。能听到自己的声音，他才觉得心安。这样能感知到自己活在当下，就算边上没有人也无所谓。

"那好，我走咯。我要去见敬老院的埃里克，然后见贝蒂。我晚饭回来吃哦！祝你过得愉快，亲爱的！"

她再次出门。

"我为自己骄傲，因为我不需要布里吉特。"

这天早上，他发现自己的日程本里一片空白，感到颇为丧气。就连已经计划好的潜水也泡汤了，海上波涛汹涌，根本没法出海。他心里怪罪布里吉特，好像妻子应该对此负一部分责任。

贝尔纳并不知道，妻子从邻居那里接收到太多有关退休后离婚的负面消息。他无法理解，为什么妻子以前总是说他像个鬼魂一样，只会偶尔出现在家里，而现如今，他终于整天待在家里了，妻子却不愿意留在他身边，两个人一起做点什么。

过去，贝尔纳允许妻子有自己的事业，给她一个借口，可以不必总待在家里。但是现在，她每天不是去游泳，就是去找敬老院的小老头和小老太太们打桥牌，甚至去结交新朋友。他觉得这并不合理。一定是妻子不喜欢自己，而更喜欢这帮人。

中午，贝尔纳仍旧拒绝下厨。他不请自来，到母亲家吃午饭。玛格丽特表现得并不热情，她不喜欢突如其来的事情。丈夫去世后，玛格丽特离开波尔多附近的庄园，选择住在另外一个小镇里。

贝尔纳看到母亲开门时毫无笑意。“我打扰到你了吗？你是不是在等人？是不是让-皮埃尔……佩尔诺？”他打趣道。

玛格丽特亲吻了他的双颊，转身回到厨房。贝尔纳小心翼翼地跟在后面。母亲往高压锅里加了点水。

“你从什么时候开始关心起我的私生活了？这可真不巧，锅里只剩下个汤底，我们俩得分着喝。”

贝尔纳做了个鬼脸，俯身去看锅里沸腾的汤。汤里散发出的丁香味让他对午饭大失所望。

他抱怨道：“只有汤喝？没别的可吃吗？”

玛格丽特二话不说，塞了一勺子汤在儿子嘴里。“这汤好喝极了。先品尝，后评价。”

贝尔纳被烫了舌头，一瞬间失去了味觉。他一口汤下肚，也不知这兑了水的汤到底是好喝，还是难喝。玛格丽特在餐桌上多摆上一只弗米加[1]凹盘，在领口放好餐巾，以防汤溅到衣服上。她当了一辈子的缝衣女工，就算是没打算接待客人，穿着仍然不马虎。今

[1]一种密胺树脂层压制品的商标。

天也毫不例外：上身是一件漂亮的平纹布衬衫，外面罩粗呢开衫。在贝尔纳的记忆中，这件衣服已经穿了多年。母亲总是说，穿着体面是对自己的尊重。

贝尔纳抄起一张餐巾，随便放在腿上，给母亲盛了一勺汤。几分钟神圣的静默之后，玛格丽特首先打破了沉寂。

“怎么样，还过得去吗？”她指的当然是儿子退休后无所事事的新生活。

贝尔纳的脸抽搐了一下。母亲的话让他忘了吹汤，这次烫到的是上颚。

“我有些不适应。你从小就教育我，要‘勇于吃苦，耻于享受’。现在我无事可做，有种负罪感。”

玛格丽特把汤勺放在餐桌上，发出很大声响，两眼盯着儿子。

“自己的事情自己负责，可别来怪罪我。不是所有婴儿潮出生的人，退休了都像你一样唉声叹气。你瞧瞧你妻子！”她大声斥责儿子，劲头十足，差点把满满一勺热汤泼在儿子脸上。

贝尔纳早就习惯了母亲热情激昂的说话方式，及时躲开了。玛格丽特的眼神越来越严肃，贝尔纳见没有得到母亲的柔声安慰，决定继续抱怨。

“大家都告诉我，要‘享受人生’。可时光飞逝，我觉得自己在浪费人生。你做的汤确实挺好喝。”他一边说，一边去舀锅底的最后一点汤，“汤里放了什么？”

这句恭维话让老母亲眉头舒展。她一言不发，把自己的空汤盘递到贝尔纳面前，防止他独吞剩下的汤。她总是听人说自己瘦得皮包骨头，可不能让儿子把自己的口粮也抢光了。

“小南瓜，土豆，正当季的蔬菜。”她一边说，一边偷眼看儿子给自己盛了多少汤。“再来点。”她明知道锅里没剩下什么，还是这样命令，“好了，谢谢。有时候我会加稀奶油或者鲜奶酪，但这次什么都没加。你把剩下的喝完吧！”贝尔纳正准备坐下，他觉得为了半勺汤去刮锅底，实在是徒劳无功之举。

贝尔纳喝完第二盘汤，用面包擦剩下的汤汁吃。

“这汤真不错。”他一边满嘴嚼面包，一边说，“我回去让布里吉特也这样做。除了没什么可嚼的，别的都好。”他故意这样说，是为了提醒母亲，自己的牙还没有掉。

“你少跟我扯。你这个懒鬼，就不会自己学着做饭？煮汤有什么难的？你总得学着自食其力吧，小子，饭来张口的日子可没几天啦。退休生活，是最佳的学习时间。”她提高嗓门，因为儿子正在冰箱里翻东西吃。“你要是想找奶酪，我告诉你没有。学校生活，企业生活，这些都是过去了。以后要想想自己是谁，想过什么样的生活。别人总是拿‘是这样，不是那样’来规范我们，叫我们守规矩。人们遵守规则，疲于奔命，拼命赚更多的钱，忙忙碌碌，却从没问过自己是不是真的幸福。现在，再没人告诉你该怎么做了。来，帮我收拾碗。”贝尔纳正在她周围闲逛。

贝尔纳不耐烦地说：“你就不能像大家一样，买个洗碗机吗？”

他一生家务，只靠女人和机器。

“我才不需要洗碗机。我只有四只盘子，买了洗碗机，还得再买许多盘子才能填满，一点意义都没有。洗一只盘子花两分钟，有什么难的？双手是用来干吗的？可不是摆在那里只为白白净净。”她盯着儿子纤弱的手指。很明显，他除了圆珠笔和键盘，没碰过别的东西。

贝尔纳无论小时候，还是成家后，都没有做过家务。君子远庖厨，独生子自然是小皇帝。

他小时候在父母身边，童年时有同龄的亲戚当玩伴，后来进了男子寄宿学校，再认识了布里吉特，两人结婚，此后一直在同一家跨国公司任职，再后来就是儿子尼古拉出生。

“是时候思考人生了。你得问问自己究竟想做什么，而不是你应该做什么。你想成为什么样的人呢？”

贝尔纳觉得这个问题很滑稽。

“妈妈，你真逗！我想成为我自己呗！”

“但你真的了解自己吗？”

贝尔纳张开嘴想要反驳，却理屈词穷。玛格丽特知道自己的话正中要害。

他学到的知识里，并没有如何应对退休这一条。他不懂得欣赏生活中的小确幸，也没有准备好面对退休后的孤独、安逸、选择和空白。

“退休之后，你就自由了，可以放手做自己爱好的事。退休生活，好处多多。”

“爱好？我的工作，就是我的爱好。而且，我觉得能概括退休后生活的字眼，不是多，而是少。见的人少，听的话少，身体动得少，吃得少，睡得少，朋友少，爱情更少……”

“少着少着，到最后就没啦！”

“谢谢你，真提气。”

“爱情只是变了样子而已，从性感，变成了感性。”

贝尔纳不由得后退，脸上满是厌恶的表情。

“妈妈，和你谈这个问题，我有点不适应……”

玛格丽特抬头看了看天花板，好像在说“我可怜的孩子”。

“你瞧瞧，贝尔纳。如果到了你这个年纪，还是不能无话不说，那我明白为什么你谈话少了。对你来说，什么都是禁忌。那还有什么亲密可言呢？”说完这话，她话锋一转，轻声问，“喝咖啡吗？”

贝尔纳看到妈妈拿起滤压壶，立即谢绝：

“你冲的咖啡一股袜子味儿，我还是不喝了。等过圣诞节，我送你一台胶囊咖啡机。你也该进入二十一世纪了。”

玛格丽特不喜欢别人反驳她，所以还是倒了两杯咖啡，随后问道：

“你告诉我，儿子。你送别人礼物，是想让别人高兴，还是想让自己高兴？”

贝尔纳脸色难看，母亲显然又击中了要害，而且还要乘胜追击。

“而且，每次喝咖啡都要扔胶囊，这么浪费，还是算了。”

贝尔纳不知道如何反驳，但还是决定试试。

“你说的对，但我用的咖啡胶囊是可降解的，所以……”

“我认为最好的垃圾，是不产生垃圾。手动磨豆机，又不是摆在那里做装饰品的，对吧？你先停止使用那些一次性物品，然后再来给你老妈上课吧。”

贝尔纳撇了撇嘴，明知败北却不甘心认输。他试图转移话题：

“总之，你说服不了我。什么美好的退休生活，都是骗人。”

“贝尔纳，退休不等于衰老，你把这两件截然不同的事情混为一谈了。40 岁可以无所事事，80 岁也可以忙忙碌碌。何况，在生活中，一切都取决于你怎么看待。衰老也可以为你增加很多东西，比如吃更多药、见更多医生、参加更多葬礼、生活更多变数、更多恐惧、更多失眠、更多皱纹、更多小伤变成大痛，有时生活会变成一场灾难……”

贝尔纳吓坏了，在椅子里一点点萎缩下去。一谈到跟死亡有关的话题，他就深受惊吓。玛格丽特满意地笑了。

“我开玩笑呢，贝尔纳。我承认，退休生活是蛮难适应的，你不知所措，这很正常。退休第一年最难过，要彻底告别过去，从零开始。之后，很多事情会扑面而来，令人难以选择。好像一个什么都想吃的人，突然进了甜点店。你会犯一些小错误，慢慢摸索，没关系，要耐心。相信我，一切都会好起来。”她尽量安慰儿子。

“你确定吗，妈妈？”

“老猴子学不会新把戏，对不对？你退休这件事，布里吉特怎么看？”

她看到贝尔纳退休后的状态，想到儿媳的日子肯定更不好过。

“我们连个面都见不上……”

玛格丽特放心了，斩钉截铁地说：“她这样做是对的，不能老被一个无法自立的丈夫绑在家里。退休是二次成长！你好好想想！”

“我好香好香。”贝尔纳无话可说，只得玩儿起了无聊的文字游戏。

渐入佳境

贝尔纳回到自己家，一屁股坐在扶手椅里，按摩了好一阵子太阳穴。玛格丽特见一回儿子不容易，心里高兴，话匣子打开了关不上，一口气说到贝尔纳头痛欲裂。

他想起自己的至理名言："见妈妈越多，脑细胞越少。"脑细胞变少了，把说过的话忘得一干二净，也就理所当然。头这么痛，一定不是因为母亲唠叨了几句。是不是得了阿尔茨海默症？要么是别的什么病引发的？贝尔纳想都不敢想，只当头痛不存在好了。

不过，坏想法总在不断发酵。贝尔纳禁不住想，自己准是得了脑肿瘤。他抄起电话，决定把让 - 马克从"高尔夫 + 游艇"的死循环中拯救出来。他们约好，下午一起喝咖啡。贝尔纳最近心里有许多奇怪的想法，真是不吐不快。

他们的谈话热情澎湃，连邻桌的客人都能完整复述下来。

"你买了什么牌子的？"贝尔纳"审问"道。

"我真是太开心了，人生第一次哦。"

"所以你买了什么牌子的？"贝尔纳不依不饶。

“我选了个意大利牌子，质量最好。”

“是的，没错。”

贝尔纳尽管这样说，事实上却不懂行。

“我花了些时间适应，可现在没了它，都无法生活了。”

“啊，不是多功能的吗？”

“不是，不过还好啦。等我一下，我去下衣帽间。东西都放在衣服里了，我拿给你看看。你会羡慕死我的……”

等他回来，发现邻桌的客人都伸长脖子，想要看清楚到底是什么。贝尔纳虽然心有不甘，但还是不由得赞叹：

“真是件艺术臻品！”

一副新眼镜，让两位六十多岁的老人兴趣勃发，比买了辆跑车还高兴。周围年轻人偷听的热情迅速冷却下来。

“看看，高镜架，渐变光，全钛金属，轻盈舒适有弹性，镜片还镀了防紫外线层，没有比这更好的了。价格确实挺高，但我们这个年纪，不能再舍不得花钱。为了省钱而舍弃舒适可不行，尤其是眼睛的问题马虎不得。你呢，有这种眼镜吗？”

“啊，没有。我觉得戴眼镜不舒服，一会儿戴上，一会儿又要摘下来，开车进隧道的时候更糟糕。我配了眼镜，只是放在那儿接灰尘。而且，我戴眼镜会偏头痛。对了，如果得了脑肿瘤，会头疼吗？”

贝尔纳一边问，一边注意到一位女士从他们面前走过。她看两人的眼神，就好像见到了外星人。

“你可别再看健康频道了！你数过一天给我发多少个短信吗？每次都说自己这里有病，那里有病。有时候，外表没什么症状，突然就……唉，加贝尔的事情，你听说了吧？”

贝尔纳想了一会儿。加贝尔？这名字听起来耳熟，但有点想不起来是谁。啊，对了，是以前潜水时认识的朋友，跟他联系了几年。不过，贝尔纳对他没什么好感。

“他总是看我不顺眼，我也不知道为什么。成功人士就是这样，总是遭人嫉妒。”

“这么说，你不知情？”

“你可别告诉我……”

贝尔纳害怕自己猜测的是对的。

贝尔纳并不害怕衰老，老了这么多年，已经习惯了。不过，对死亡的恐惧一直挥之不去，退休之后，他更觉得无常时刻会到来。贝尔纳之前从没有思考过死亡的问题，如今他每天都会想到这两个字。退休后，人们经常张口就说：“你肯定猜不到谁死了。”让 - 马克也属于这类人。

“他活着的时候应该过得不错，不过，74 岁可不算长寿。应该说，他活得可充实呢，你能想到的和想不到的傻事，他每一样都干过。洗淋浴的时候犯了心脏病，就这样毫无征兆地走了，还真是可惜。他倒在浴室里，就再没起来，可怜的家伙。”

贝尔纳惊讶地张大了嘴。

“不可能！加贝尔死了？我们还没来得及和好呢！”他震惊不已，语气中满是遗憾，禁不住自言自语，“他一定是被悬浮颗粒物堵住了动脉，才心脏病突发去世的。”贝尔纳上午刚刚看过同一主题的电视节目。

让 - 马克不高兴了：“到底你是医生，还是我是医生？”

“我是认真的。悬浮颗粒物，比二手烟还严重，每年造成五万人死亡。”他自说自话，好像没听见朋友的差评。他把咖啡杯一推：“唉，我今晚又该睡不着觉了。你呢，你睡得好吗？”

“我睡得还不错。不过我的新女朋友，瑟弗琳，她可睡不好。我夜里打呼噜，她搬过来睡以后……”

“你是准备结第三次婚了？”

“瞧你这张嘴。我们各自独立，她有她的事做，我有我的事做。夫妻俩整天黏在一起，婚姻会变成爱情的坟墓。”

“未必……”贝尔纳低声抱怨。

“你呢，退休之后，生活好些了？”

“我还是愿意重回职场，就算为了躲避讨厌的邻居也好。我必须和你讲讲，他们把我们院子里的桦树……”

贝尔纳详详细细讲了邻居杜戈林一家的种种行径。让-马克对医患纠纷司空见惯，最后总结道：

“人无法选择家庭，也无法选择邻居，别想他们了。想一想，你现在可以没有目标地生活，整天做喜欢做的事情，不好吗？”

“荒唐！”贝尔纳笑道，根本没听懂问题所在。

“这是退休的最佳定义。享受生活吧，这是你应得的。”

贝尔纳突然严肃起来。

“让-马克，下一个对我说‘享受生活’的人，我一定扇他一巴掌！我睡了两天懒觉，行了吧，我享受了！我能感受到的，只是浪费时间！我连今天是星期几都搞不清楚，已经没有了时间观念，连脑子都不灵光了……”

“肯定不是阿尔茨海默症，我保证。你还没有盯着自己的车钥匙，使劲琢磨‘这东西是用来干什么的’吧？”

“没有，不至于。”

“那就好。过去的日子，已经找不回来了，你必须接受这一点。过去向你告别，你也必须向过去告别。以后过你自己的生活，不为了过去，不为了将来，而是要活在当下。生活眷顾会行动的人，而不是那些只懂得批评和抱怨的人。没人会求你把生活过好，花时间想清楚，自己真正喜欢的是什么吧。”

“没错。没人会求我把生活过好，你说得对。既然这样，我必须主动出击，帮助别人。我是不是可以搞个培训，收点培训费？要是有人需要财务咨询，我也会去，不收钱也行……”

贝尔纳的手机响了，他看了看屏幕上的来电人姓名，立即笑逐颜开。

“我觉得，还是有人需要我……喂，您好，不，我不忙。戈达尔要见我，戈达尔先生吗？等等……啊，今天恐怕是不行。等一下，我看看日程安排。”他不仅说谎，还故意按出声音，假装翻找日程计划。“不，16 点不行，17 点可以，不好意思。啊，我时间很紧。”他一边向让 - 马克挤眉弄眼，一边说，“那就 18 点好了……”

让 - 马克一直朝朋友做手势，想告诉贝尔纳，千万不要接受邀请，千万不要回到公司。

“好的，待会儿见。”贝尔纳挂掉电话。

“你刚才想说什么，让 - 马克？”他用嘲弄的眼神看着朋友，嘴角挂着胜利的微笑。

美梦难成真

和让 - 马克告别后，贝尔纳火速赶往公司。一路并不顺利，倒了两趟车，好在提前赶到。距离约定时间还有一个小时，他在这个了无生气的现代化街区闲逛了 60 分钟。等他到了公司前台，说和戈达尔先生有约，可对方却不接前台服务员的电话，提老同事的名字也没用。大家都不接电话，没人能证明他过去在这里工作。

等了 25 分钟，总经理的秘书贝尔纳黛特终于接电话了。贝尔纳还记得这个五十多岁、喋喋不休、老态龙钟的同事。上到自己过去所在的楼层后，他发现开放式办公区空无一人。大家应该都去开季度会议了，他还记得这个噩梦般的会议。

贝尔纳黛特显然很高兴再见到他，或者说，很高兴有人陪她聊天。她有无数问题要问，因为她也快要退休了。

"经理先生，退休生活过得如何？"

"很好呀，贝尔纳黛特。戈达尔先生约了我，18 点。"他感觉自己又紧张起来了，"他迟到了吗？"

"不，没迟到。他今天根本没上班。"

“我不明白。明明有人打电话，说戈达尔先生急着见我。他要给我……”

贝尔纳在头脑中回顾了一下对话内容。毫无疑问，他必须尽快赶到公司，戈达尔先生需要他。他觉得，公司一定是要给自己安排一个新职位了。

“啊，是的。戈达尔先生给我留下一份文件，他说必须找您亲自签名。等一下，我给您找支笔。”

贝尔纳无法理解秘书女士对他说的话。他只看见她的嘴唇在动，但脑子里什么都没记下。她刚刚说了什么呢？

“公司变了很多呀！您是第一个被赶走的。紧接着您，还有很多人。年纪大的人最多，还有新手也很多。真叫人搞不懂。谁要是搞懂了这里发生的事情，估计连死的心都有。别谈这些不开心的事情啦！”她递给贝尔纳一张纸和一支笔，以便尽快处理完公务，方便继续说闲话。

贝尔纳摇了摇头，让神志清醒过来。他离开公司一个月了，戈达尔居然没有回心转意？他必须保持身份，又不能表现出对秘书的轻视。对方倒是没发现什么，还高兴地自说自话。

“哎呀呀，我猜您一定还是个大——忙——人！看您都有点待不住了。”

贝尔纳假装自己仍然公务缠身，不过突然意识到，说出实际情况也没什么可耻的。

“算是吧，现在生活节奏不同了，可以这么说。我有了更多时间。”

贝尔纳黛特向来思维缜密，把人分成三六九等。只要是给某个人贴好了标签，放在某个框框里，她便觉得，对这人有了十足的把握。

“我敢肯定，您平时打高尔夫球！像您这样的身份，一定是的。”她说着，把手放在贝尔纳的胳膊上，好像要试试他有没有肌肉。

贝尔纳也摸摸自己的肱二头肌。

“我平时游泳、潜水，只喜欢这两项运动。”

她更来劲了，继续说道：

“您开玩笑呢，真逗。我可不相信，您会去潜水！”她大笑起来，笑声粗俗而令人不安，又拍了拍贝尔纳的大腿，好像两人是一家人似的。“您谦虚了，但我了解您。您是个全能手，哪里有事往哪里跑。动能满满，您还是老样子！”

最后一个词，她加重了语气，这让贝尔纳内心为之一振。

“我可能确实没怎么变，但我现在不需要到处跑了。”

她放开手，后退两步，好像怕被什么病传染了一样。她终于意识到了真相。

“啊！我懂了。您是闲得发慌！就因为这，您才把简历发给我们的吧？”

贝尔纳一言不发。他已经记不清当初为什么会把简历更新，发给公司了。他几乎一辈子都花在公司里，领导对他的职业生涯了解得一清二楚。突然，他想起来了。他投简历是为了告知新电话号码和电邮地址，以便公司有事可以随时找到自己。比如说，就像今天这种紧急状况……

贝尔纳黛特如今明白，过去虽然不被大领导赏识，但至少赢得了同事尊重的贝尔纳，如今落得这步田地。她连看他的眼神都变了。

她眼中的这个人，现在变成了一个瘫在椅子里、挺着将军肚、垂着肩膀、眼神空洞的老男人。她禁不住想，贝尔纳已经过了盛年，失去了“经理先生”的头衔，也摘掉了头上的光环。她大失所望。

“就这样把您扫地出门，真是太过分了。可您还没老，您有知识，有经验，有人脉。突然一下，公司就不要您了，这让我心里难过。就像扔一只破袜子一样把您扔了！袜子补补还能穿呢，真可怕！”

“没错啊，贝尔纳黛特……”贝尔纳站起身来。

他不等对方回答，拿起自己的那份文件，把副本交给贝尔纳黛特，迅速地离开了。一切就此结束。这次回到公司，他表现得有些无所谓，但还是痴心妄想，盼着被重新起用，对此他深感耻辱。他走在回家的路上，十分确定自己除了接受命运，开始新生活，别无他法。当然，家人朋友，也都是这样劝告他的。

壮士暮年

这天晚上，贝尔纳虽然与妻子相处得很愉快，却没有讲白天被戈达尔放鸽子的事情，他觉得被羞辱一次已经够了。洗漱之后，他久久地对着镜子观察自己。

他已经很久没有认真看过自己的面容了，这次的确有所发现。一直以来，贝尔纳都认为自己就是法国版的乔治·克鲁尼，如今不得不承认，自己已经失去与这位大明星最相像的地方：黑白相间的头发。他穿着黑皮鞋，活像一只大白鲨。好在自己深灰色的眉毛还在，这样看起来有一点点像肖恩·康纳利。眉毛是男人魅力所在……

“是的，你还是那么帅气。”布里吉特突然进入浴室，吻了丈夫的脸颊。

“令人叹息呀。我们花了一辈子，想要了解自己，有失败也有教训，只为了知道什么适合自己，怎么让自己快乐。等到真的认识自己，准备好享受生活，这辈子就快过去了！

“苏格拉底说过：‘认识你自己。’不过很少有人知道，他下面一句是：‘秉持中道。’他想告诉我们，要回归生活的本质，贝尔纳。

抛弃之前的生活，才能赢得新生活……”

“反正，我也没的选。退休金你已经看过了，我的收入少了一半，而且比我损失大的人比比皆是。”

“是的，我也一样。名义上叫‘退休’，可是退休金这么少，连休闲的钱都不够啊。反正我已经习惯了，你也会适应的。不过，从现在起要注意开支。不能再去那些表面光鲜的餐馆，也不能因为喜欢，就不看价格，也不考虑是否真的需要，胡乱买东西。”

“嗯，好吧，我接受这项挑战。就像一个新牌局，牌分完了，我手里只拿到一张7和一张2。让我们开始新生活，但也不能太寒酸了。我可不想别人不经我同意，就大幅削减开支。省下一大半退休金干吗呢？存着有什么用？你的退休金也是哦，不能太省了。”

“这是我们这个社会的宿命吧，大家都紧巴巴，生活在一起也是一样。”布里吉特边说边温柔地抱着丈夫。

这拥抱似乎软化了贝尔纳，他直视着妻子的眼睛说：

“无论如何，我得告诉你，布里吉特。我不知道以后该做些什么，但我知道，我想和你在一起。我只想我们俩能多见面，就我们俩。就算我们没那么年轻了，也还是可以像年轻人那样相亲相爱。”

行将就木

10 月 27 日星期五，贝尔纳第一个月的退休生活结束了，但失眠仍在继续。这天早上，他起床后喝了不止一杯咖啡，才勉强清醒过来。布里吉特打扮得比平时还要优雅。她告诉丈夫说，自己要参加一次重要的午宴。贝尔纳对此早已习惯，甚至都懒得起身，虽然妻子谜一般的眼神中，隐含着别的信息。他半敞着睡衣，头发凌乱，即便提起一点兴趣，也很快熄灭了。

妻子故意逗他："你就不问问我，要去和谁一起吃饭？"

贝尔纳叹了口气，用懒散的语气重复道：

"和谁？"

布里吉特轻轻抱了抱他。

"和你呀，大笨蛋。我们来庆祝你重获自由一个月！"

贝尔纳一开始没搞懂，等妻子来拥吻他的时候，却突然想起了什么事。

"什么？今天中午？可是，今天中午我有事啊！今天星期几？"他已经搞不清楚日子了，反正退休后的这一个月，每一天都像同一天一样。

他拿起手机，打开电子日程规划，发现了重大事项：什么安排都没有！他翻着白眼看布里吉特，妻子下达命令：

“很好，我们13点准时在意大利餐馆见面。待会儿见，亲爱的。别忘了给我带把伞。天气预报说，可能会下冰雹。”

“多好的预报呀。太阳呢，什么时候出来？”他抱怨的时候，布里吉特已经出门去敬老院了。她为自己的惊喜能够得逞而欢心，走起路来像一只快乐的小羊。

贝尔纳慢悠悠地准备着，12点整出门，正好赶上公交车。他站在车里，握着扶手，每到一个转弯处就随着车摇晃，同时观察着身边的乘客。他越是分析，就越是肯定：自己不可能是老年人，因为他讨厌老年人。

车上这些老人，全都表情忧郁，这让他莫名地担忧：自己是不是也这副模样？要是这样，还不如待在家里别出门。万一像今天一样，不得不出门，还是要显得精神一点，像个有头有脸的人！不久以前，他还是个堂堂正正的“在职人士”呢！

贝尔纳知道自己还没老，但乘客们似乎并不这么想。当一位年轻女性把座位让给他，他内心着实恼火，没有比这更糟的事情了。虽然他站得腿疼，却不肯表现出一点点虚弱。尽管已经退休，可尊严还在！

贝尔纳来到餐馆，看到妻子笑靥如花地等着他。她上下打量着丈夫：

“哇！你穿得真是体面！你不穿黑色的时候，看起来帅多了。”

贝尔纳有点腼腆地笑了。他找这身衣服，并没有费多少心思。

黑西装都送去了干洗店，只剩这一套干净衣服了。

点餐结束，布里吉特就打开了话匣子。毫无疑问，每天去敬老院给她带来了无尽的精力和巨大的幸福感。贝尔纳想，她真的去陪他们玩儿拼字、纸牌和猜单词游戏了吗？

他们吃甜点时，布里吉特毫无征兆地问丈夫：

“你有事吗，贝尔纳？”

“没有啊，你怎么这么问？”

贝尔纳有点纳闷，明明查过了，今日日程一片空白。

“我不明白，你为什么不停地看手表……”

可是，贝尔纳觉得自己已经非常专注了，他以前可从没有这么认真地听别人说闲话。那些敬老院里的趣事，什么米歇尔想要有阳台的房间，吕西安偏偏就是不让给他……妻子讲述的情节跌宕起伏，充满悬念，像极了《年轻和骚动不安的一族》[1]里面的情节。所以，贝尔纳并不承认妻子的说法。

“你说得不对，自从到了餐馆，我最多看过一次手表，或许两次……我只是想看看指针还走不走。最近一段时间，我总是觉得指针走得慢……”

妻子的表情里充满怀疑，丈夫的谎话可骗不了她。突然，她脸色一变，似乎有大事发生，包里的电话振动起来。她总是不能及时找到电话，结果每次都错过接听。她终于在对方第二次打来的时候，接到了电话。她没有掩饰自己的惊喜之情：

[1]《年轻和骚动不安的一族》（*The Young and the Restless*），美国 1973 年出品的日间肥皂剧。

“是尼古拉打来的，一定是想问万圣节假期几号来合适。喂？一切都好。我和你爸，在比萨店。不，我们享受一下生活。对，退休生活，多美好。你要爸爸接听吗？”

贝尔纳做足了手势，表示不需要，妻子看到了，继续和儿子聊天。夫妻二人中，妻子是比较健谈的那个，玛格丽特、爱丽丝，甚至让-马克都喜欢给她打电话。可是，儿子没有坚持要和父亲聊天，贝尔纳还是觉得有些不快。布里吉特似乎很享受和儿子多聊两句。

“今天上午？没发生什么特别的事情。对，我去敬老院了。不是，不是为了给我俩找房间！尼古拉，你太夸张了吧。我都在敬老院帮忙一个月了，你居然不记得。”这是第二次有人认为她该去敬老院，布里吉特觉得很挫败。虽然她已经六十一岁，可无论是精气神，都比那些八九十岁的老人强太多了。

布里吉特挂断电话，心情又好起来。

“他们万圣节会来看我们，让孩子住一个星期。难以置信吧？我真是高兴。另外，我们的儿子对你的看法，和我一样……”

“什么意思？是说我的白头发……”

“不是，是说你应该为以后的生活早做打算。”

“什么？没门！”贝尔纳差点呛到，“我可不去敬老院。我妈还没去敬老院呢！我们自己的家还没有好好住过，就要搬出去，和一堆老家伙住在一起吗？”

“别动气，贝尔纳。我同意，现在还不是去敬老院的时候。何况，我也想住在家里，开开心心地度过老年时光。我一点都不想离开家，可如今家里只有我们俩，有些不‘便利’。”

贝尔纳深吸一口气。“便利”二字让他浑身不自在。妻子并没有意识到这一点，继续说道：

“想想，万一你摔坏了哪里，你怎么上楼梯？要用浴室，或者要去二楼的房间怎么办呢？”

贝尔纳立即打断妻子。

“为什么我一定会摔坏哪里？我整天动都不动，能摔到哪里？”他说这话倒是有道理。

妻子紧追不舍。

“很明显，你没有看过关于家庭事故的统计数字。儿子已经成家立业，我们并不需要这么大的空间。我今天只是说说而已，但我觉得早晚应该把房子卖掉，看看有没有合适的公寓可买。这样，卖房子的钱存下来，还可以应对不时之需。”

贝尔纳并不买账，但他只是不满地说道：“也行吧……让我想想。我退休之后，还想好好享受一下住大房子的乐趣，你突然这么说，我无法接受。我们以后再谈，反正也不急在一时。我们俩还都没老呢！”

“我同事狄迪埃当初也这么说。结果，他刚刚为退休生活筹备好，你猜发生了什么……”

“不知道，不过我猜得出……”贝尔纳已经习惯了，人过了耳顺之年，总是意外不断。

布里吉特坚持自己的观点：“所以，我们要未雨绸缪，不能等到真晚了的那天！”

贝尔纳想了好一会儿，终于把自己的想法和盘托出。

“我想，天气好的时候，打理打理花园，会让我心情好。你知道，我儿时住在乡下。那些高楼大厦，我看到就紧张。所以，住公寓楼，我想想就反感。”

布里吉特的脸一下子有了光彩。她想到一个绝妙的主意，不由得心花怒放。

“我们在房前那片地的最远端，盖一栋小农舍，好不好？现在可以当客房用，等我们老了的时候，两个人搬进去住。只有一层会很方便。这可以是我们俩的共同计划，我负责打理房子，你负责打理菜园。”

“为什么不呢？我们还可以养几只鸡，甚至可以养蜂。”贝尔纳立刻浮想联翩。“或许还真不错呢。这样能赚点小钱，也不用搬家。”他一边说，脸上泛出笑容，心里越来越向往。

布里吉特迅速收拾好东西，吻别丈夫。

“你请客吧，我已经迟到了。不过，我这次去的地方，并不常有人去，他们不会在乎我迟到的。”

贝尔纳有点惊讶。

“你去哪儿？”

妻子脱口而出：“去筹备我的葬礼！”

贝尔纳一下子火气上升：“哦，布里吉特，你真是不可救药！”

“晚上见，亲爱的。我期待给你讲讲……”

傍晚时分，布里吉特回到家里，满脸笑容。这个下午真是梦幻。

“啊，贝尔纳，我感觉自己重生了！我必须要和你谈一谈。我觉得，我们一起生活了38年，却总是回避生命中最重要的话题：死亡！”

贝尔纳瘫倒在扶手椅里。布里吉特一边把文件放进五斗橱的第一格，一边满怀激情地继续讲话。

“我去殡葬公司的经历，必须要讲给你听。你想和我一样火葬，还是放在棺材里土葬呢？我给你带回来一份服务目录，你自己选。”

布里吉特毫不矫揉造作，也没有草率行事，而是心情平静地履行完手续。她觉得放下了一副担子，做了自己该做的事。

贝尔纳心情抑郁，认为妻子似有所指：“布里吉特，你就这么急着把我埋了吗？”

“贝尔纳，我们闭口不谈死亡，已经快40年了！我理解，你情感上难以接受。但无论如何，还是不要等到不得已的时候，才想到处理这些问题吧。”

她并没有发现，贝尔纳虽然活着，但已经感觉自己被深埋地下了。事实上，虽然不是故意为之，但布里吉特也应该承认，过去的近40年，她没有主动提起过这个话题。贝尔纳也是普通人，他有权利慢慢接纳这些问题。

“我没想过这事，也不着急。不过，要是我听明白了的话，你是不想我们俩合葬咯？”贝尔纳发现了这一点，并且意识到，他们以前从没有提起过合葬问题。

“你说对了。我已经决定死后捐献遗体。我觉得买棺材没什么用，而且你肯定也不想和一个不完整的妻子一直躺在一起吧？”

“这要取决于哪里不完整。”贝尔纳边开玩笑，边拉妻子坐在自己腿上。

“我都不记得，我们俩有多久没有罗曼蒂克一下了……”布里吉特笑着拥吻丈夫。

小鸡快跑

这天贝尔纳早早起床，把花园里的灌木丛清理干净，去回收站倒垃圾。随后，他想既然要开始种菜，那就到市场上去和菜农们聊聊。看起来，种菜似乎没什么难度。

他这儿转转，那儿看看，像发现新大陆一样，离开摊位前还不忘问个问题，然后心满意足地离开，什么都没买。

有那么一会儿，他有点自责，浪费了别人的时间，实在不好意思。但回家的路上，他就忘得一干二净，边哼着歌，边高兴地走着。

背后传来警笛声，警车呼啸而来，直接停在他身边。贝尔纳心下惶惶，停住了脚步。扪心自问，他也不是真的清白。这样没事闲逛，毫无目的，优哉游哉，连他自己都有罪恶感。

警察们没有看贝尔纳一眼，径直跑进一家咖啡馆。警报解除！贝尔纳继续上路，路上频频回头。

回到家，他发现天气不错，决定坐在折叠椅上，好好欣赏一下花园。鸟儿们在歌唱，在树枝间跳跃，树叶已经完全变黄。世界一片恬静，贝尔纳心里也一样。几个月以来，这是他第一次感受到安闲带来的快乐。就这样品尝一下退休生活的滋味，有何不可？

贝尔纳望着自家那片地，心里筹划着小农舍和大菜园。房子要建在最远处。以后如果有必要，还可以接待一些人，让他们住在现在这栋大房子里。

布里吉特已经拟定好行动计划。首先，要把三间卧室和一间浴室重新粉刷。之后，要把小农舍打扫干净。她会叫让 - 马克来帮忙，这位老朋友对修理东西十分在行。安装淋浴，检查水电，都是必要之举。

然后，贝尔纳上场。从儿时起，他就非常喜爱植物。母亲教会了他一些农业常识，可是这几年，他一直没有时间，所以每次尝试都以失败告终。一次突如其来的降温、一周前所未有的干旱，或者干脆归咎于“时运不济”，贝尔纳屡屡败北。

他用一条线划出了可耕种地带，用人工犁翻好地，又在地上盖好纸板。他用旧鸡蛋盒子培秧，冬季放入室内，等待春暖花开，找个合适的日子种到地里。

养鸡是第一要务，因为种菜要等春天，养蜂还得学习一下再说。他订购了一座小棚子，并用高栅栏围出一片场地。这样就能让鸡白天尽可能在草地上吃食，晚上再回到棚子里。他想给自己的荷兰矮脚母鸡们配一只大公鸡，但是布里吉特很快就否决了提议。

“你是不是想让邻居对我们宣战啊？”

小心眼的丈夫调侃说：“我们在挨着杜戈林家的地方挖个池塘，放上一池青蛙。我敢说，到了青蛙求偶的季节，他们准乐死了。”

布里吉特立即制止。

“傻瓜。你觉得我们是大地主吗？听青蛙叫的还不是我们俩，还有客人们？”

贝尔纳高高兴兴地去买了五只漂亮的母鸡。布里吉特常常站在台阶上，手里拿着热腾腾的茶，欣赏自家的鸡。一只暗红色，一只棕色，一只爪子很大，一只羽毛丰满，一只身上带小斑点，活生生的辣妹组合[1]。

两人很喜欢把鸡放到花园里，看它们做各种各样的事情。它们一会儿四处寻觅，一会儿在两棵树之间来回转个不停，一会儿用爪子刨地找虫子吃。可过了一个星期，没有一只鸡下蛋。卖鸡的人说，它们还没有真正安顿下来，内心紧张就不会下蛋。

贝尔纳负责打扫鸡舍，很大方地用剩饭喂鸡，觉得真是入不敷出，还不如把饭自己吃了呢。母鸡不下蛋，和公鸡有什么两样？它们最好还是把蛋下出来，不然的话，等学校放寒假，就等着上餐桌吧。煎炒烹炸！

退休生活逐渐有了起色，贝尔纳也找到了新方向。他唯一没有预见到的事情，就是花园里来了新邻居。地面上养鸡，地面下也有了动静。鼹鼠！

这只鼹鼠什么都破坏，草坪和鸡舍的围栏全都惨遭毒手。贝尔纳决定反击。用大蒜不是他的风格，何况老方子未必管用。他想要放鞭炮炸，但布里吉特不同意，要是爱丽丝、尼古拉、夏洛特和保罗放假来，看到爷爷在炸鼹鼠，那多糟糕。

贝尔纳最想做的，就是找到这家伙的行踪，把它抓到袋子里。

---

[1] 辣妹组合（Spice Girls），英国流行乐女子音乐组合，成立于1994年，由五位女艺人组成。

他一边窥视着花园的角落，一边畅想休闲舒适的生活。可没过几分钟，邻居杜戈林先生的鼓风机就呼呼呼地响了起来。贝尔纳叹了口气。

“不要紧，他一定不是故意的。他肯定不知道我在花园里。”

“您好，贝尔纳，这声音没有吵到您吧？”

当然，杜戈林先生不可能没有看到贝尔纳走过两家共用的栅栏，坐在花园的折叠椅上。

“哎哟，您居然养鸡了？您就不担心它们被貂鼠或者猫咬死吗？”

“不担心。”

邻里之间，谈谈天气是常事，可是杜戈林一家偏偏不讲寻常话。贝尔纳觉得，这些奇奇怪怪的谈话乏味至极，和他们讲话是浪费时间。

“今天天气不错哦？”

“对这个季节而言，气温太高了，令人担忧。”

“十月末了还能有这么好的阳光，有什么可抱怨的呢！就像人们说的那样，现在四季不分。我想，这已经成为流行词汇了……”

“这不是流行，而是事实。如今，夏季高温后，就是寒冷的冬天，过渡性季节已经消失了，暴风雨和洪涝灾害也越来越多。”

“别管它，我们这地方还好啦。行啦，我要继续打扫落叶了。打理花园，不但要把落叶吹走，修剪枝条，还要除草，定期浇水。气候变暖，真不是开玩笑！政府要我们每两年就把汽车换成排气更清洁的型号。经济损失谁负责？”

“您当初别买越野车不就得了……”

“现在都是这种车，越野车更安全。而且，开着大吉普，别人也会更尊重你。那些小老太太都不敢在过马路时磨磨蹭蹭……”

“可是，这种车多污染环境……”说完，贝尔纳后退了一些。

杜戈林先生吹了一会儿叶子，停下来，对正准备读信的贝尔纳说：

“不管怎么说，气候变暖，我们又能改变些什么呢？什么也改变不了。”邻居说完，把抽完的烟头抛在自家花园外面的大街上。

贝尔纳用手指指向烟头：“注意，您没有把烟头扔在垃圾桶里。”

“差不多就行。您看到街上有多少狗屎了吗？我只是扔点烟头而已。我缴税了，交了钱，政府拿钱找人扫大街。街上脏了不是我的事，总不能让我替所有人扫垃圾、倒垃圾吧？”

贝尔纳恼怒地叹了口气。他深深地呼吸，想要控制自己的情绪不要爆发。他去捡起还在冒烟的烟头，把它掐灭，放在垃圾桶里。

他觉得浑身不舒服，再不想听邻居胡说八道。邻居的话有毒，会消灭他最后一点积极心态和潜在的幸福感。

是不是就这样，抛下乱糟糟的世界不管了？反正世界没救了，就这样放任自流？享受生活，这就是所谓的“享受生活”吗？

当鼓风机的声音再度响起，贝尔纳知道自己没办法好好休息了，也知道总有一天，他一定会给邻居点颜色瞧瞧。他对一件事确信不疑：在安静的退休生活和邻居之间，他必须做出选择。

贝尔纳回到房间里，看见妻子正一件一件地翻找家里的东西。

“你知道我的夹鼻眼镜去哪儿了吗？我想要在孩子们来之前，把家里的药品重新分类。”

尼古拉、爱丽丝和孙子、孙女过几天就要来度假了。

布里吉特是家里最警觉的一个，她总是知道贝尔纳把东西放在哪儿了。家里每一件小东西，不管丢了多长时间，她都能记得清清楚楚。不过，她也有自己的弱项：眼镜！找不到眼镜，就没法看清，也就不能收拾东西。

贝尔纳问："那你看到计算器放在哪儿了吗？"他根本就无心回答妻子的问题。

他的眼神和鼹鼠差不多，连插在钥匙孔上的钥匙都看不清楚。

布里吉特蹲在地上，一边在家具下面找眼镜，一边回答："还在老地方，五斗橱第一格。"

多年来，她一直这样，每天要花上二三十分钟找眼镜。丈夫和家人都劝她，最好给眼镜拴上坠绳，挂在脖子上就不会丢了。现在，有些款式的眼镜挂绳或眼镜链已经非常漂亮，但布里吉特就是不肯戴。"玛格丽特戴挂绳眼镜还差不多。而且，每天找眼镜也花不了几分钟。"何况，找眼镜的时候，还可以顺便找到很多遗落在家里各个角落的小东西。

布里吉特找东西的时候，总是不忘记翻找冰箱、洗碗机、垃圾桶、烤箱，因为以前就在里面找到过很多丢失的物件。

贝尔纳作为前任财务经理，决定这次一定要说服妻子，于是从五斗橱第一格里拿出了计算器。

"布里吉特，你每天找眼镜，得花上个 15 分钟吧？"

"对，不止吧……"

"鉴于你一天至少弄丢两次，就是 30 分钟。你这辈子戴眼镜 40 年的话……"

布里吉特打断丈夫："我不知道，你算这个有什么用呢？"

“你很快就会懂了。你这样做，会损失……一年。你会花掉生命中差不多一年的时间来找眼镜！准确地说，是 304 天。你是不是应该改变一下习惯了？”

“你站着说话不腰疼。贝尔纳，把计算器给我。咱们算算我每天找你弄丢的东西花多长时间。”

没错，布里吉特又得一分！贝尔纳自讨没趣，把计算器塞到衣兜里。

“女性的平均寿命比男性长，或许是上天为此给的补偿吧……”

布里吉特在沙发的枕头和扶手间找到了眼镜，随后去找药箱。所谓的药箱，就是一个大包装箱而已，里面放着七七八八的药盒，半数以上都是空盒子，而且都过期了很长时间。

“布洛芬？没有了。对乙酰氨基酚？ 2017 年 5 月过期。必达净？过期。止咳药水？剩下四分之三，过期。”

“布里吉特，你不会把药都扔到垃圾箱里吧？”

“不，‘动嘴不动手’先生。我把过期药放在一起，带到药店处理。你放心了？太宁膏，2008 年 3 月过期。这药是干什么用的来着？”她问有疑心病的丈夫。

“痔疮膏。”

“你瞧瞧，我们从……至少 2008 年起，就没犯过痔疮。”

“喂，就你这样，还说我缺少浪漫情调呢！”

胜利在望

一周以后，万圣节假期开始了，布里吉特在窗前焦急地等待着尼古拉、爱丽丝和孩子们。他们从巴黎开车到波尔多，不久就会到了。玛格丽特住在附近的小镇，也借此机会和家人团聚，尼古拉会顺路去接她。贝尔纳和布里吉特答应照顾孩子们一整周，因为爱丽丝和尼古拉周末一结束，就要返回巴黎工作。这对祖父母很是开心，布里吉特尤其如此，她以前可从没有和孩子们相处整整一周。孙子孙女也可以好好享受一下和祖父母一起生活的快乐。

布里吉特把每一张床整理好，铺上床单，给烤箱定好时间。丈夫有时出现在她面前，过一会儿又消失不见。

“贝尔纳，你在干什么？他们随时都可能进门。你来来去去不下五十个来回了，一会儿去买面包，一会儿去买菜，一会儿买肉，一会儿买酒……你是找机会出去放风吗？”

“我不是做得挺好嘛！”他满脸自豪。

“啊，他们到了！”她大声宣布，同时向窗外挥手。

“我们的孙子孙女，可真是对儿漂亮孩子。他们又长高了，临走一定要记得给他们量身高。哎呀呀，尼古拉和爱丽丝，两个人看起来，可是有点狼狈……”

的确，小夫妻俩虽然三十出头，看起来却精神不佳。

贝尔纳说：“尼古拉看起来老了很多呀。”

布里吉特说：“是呢，好像不止我们俩会变老。”布里吉特总是喜欢从别人的年龄中找到一点优越感，包括敬老院的老人和身边的人。这是她小小的缺陷。

贝尔纳根本没想到去帮孩子们把行李从车里拿出来。他交叉双臂，继续品头论足。

“看看他的头发，以前可不是这样的！是不是又少了许多？”

布里吉特也添油加醋。

“爱丽丝呢，你说，她看上去瘦了多少斤？是因为她母亲去世，还是有别的事情？咱们可得给他们打打气呀，贝尔纳！”

“头发的事，我可无能为力。肚子嘛，我还可以管一管……”他边开玩笑，边张开双臂，迎接孩子们。

大家一下车，就发现了花园里的新客人。

尼古拉问：“妈妈，你们开始养鸡啦？”

布里吉特边开心地笑着，边把大家的大衣挂好。“是的，它们是我俩的新宠物。我会给你们解释的，但先来拥抱一下吧，宝贝孩子们。”

她蹲下身，夏洛特一下子扑进奶奶怀里，尼古拉也立即跟上，可嘴上却没忘了问关键问题：

“亲爱的奶奶！我们吃什么呀，我饿死了！我们今晚吃雷恩馅饼，好不好？”

“吃馅饼？真是个好主意，小伙子。”

“傻瓜蛋，那叫洛林馅饼。”小姑娘刚刚五岁，可是对于哥哥的语言错误已经难以容忍，比法兰西学术院[1]的终身院士们还要严格。

“闭嘴，‘百事通’女士。”保罗气呼呼地反驳，随后大声说，“爷爷，节日快乐！”

贝尔纳给每个人倒了一杯水，正端着托盘从厨房里出来，被孙子吓了一跳，差点把托盘扔掉。

他立即站住，好在杯子没有掉在地上。“今天不是我过节！”

“今天是老人节！”保罗坚持己见。

“不对，今天是去世的人过节。小朋友，你搞错了，死人和老人可不是一回事……”

听见儿子说的话，总是能让父亲尴尬不已，尼古拉咯咯笑起来。他决定放点音乐，缓和一下气氛。

两个小孩子下车没多久，就各自去做喜欢的事情了。夏洛特钻到旧物箱里翻找东西，保罗一直在看自己喜欢的漫画。小孙子一边盯着漫画不放，一边对爷爷说：

“反正呢，爷爷，我已经想好了。等你死了，要把全套《丁丁历险记》留给我！”

尼古拉得寸进尺地说：“唱片要留给我。你有些唱片现在已经是‘收藏级’的了，你知道吗，爸爸？”

玛格丽特忍不住偷笑。她在布里吉特耳边说了些什么，布里吉特也笑起来。贝尔纳瞪大了眼睛。曾祖母终于开口，大声把刚刚的

[1] 法兰西学术院（Académie française）的职责之一是规范法语语言。

悄悄话公之于众。

“贝尔纳，你变得和我一样了。你已经不属于老人，而属于Vintage[1]级藏品了。”老奶奶独特的英语里带着浓浓的法国风情。

贝尔纳气不打一处来。“啊，你们这些吸血鬼！”他把手按在胸前，模仿心脏病发作。“真是寡廉鲜耻。寡人尸骨未寒，你们就抢着分遗产？”他边笑边说。

老祖母又说：“反正呢，要是哪天我儿子比我先走，可别指望我帮你们收拾东西。”

贝尔纳差点背过气去。

“妈，你别乱说！一语成谶，你不懂吗？”

玛格丽特一边慢悠悠地找纸巾，一边说：“谶也是谶你。我发现你十八岁之后，就没怎么扔过东西。你的柜子里，全都是没用的旧玩意儿。”

丈夫去世后，玛格丽特搬到一个更小的公寓里，因此不得不扔掉很多旧物，只留下少数年代久远的东西。

布里吉特接下了话茬：“你说得对，玛格丽特。我一直在对贝尔纳说，他太在乎过去的东西了，好像往事还能重现一样。他就是这么怀旧，没法进步。”

玛格丽特纠正说：“让你们俩都没法进步。”

“我把自己的衣服和文件都整理了，东西真多啊！如今家里来贼我都不怕，只要不偷我的家庭相册就好。除此之外，我没什么值钱的东西。可是贝尔纳，如果有人拿走他一点点东西，他就会郁闷好

[1] Vintage，英语，指年代久远、质量上乘且具有特定时代特征的收藏品。

久。可是，他留着东西又不是为了使用。他买过的东西有一半都放在那里吃灰，从来没用过。是不是这样，亲爱的？”她故意逗弄丈夫。

“今天怎么都针对我？难道我过节吗？”

“对啊，爷爷，我不是刚说过节日快乐嘛！”小保罗眼睛看着漫画，耳朵却在听大人们说什么。

“你就这样把我诋毁成一个物质主义者，好像我不存在一样？何况，我哪有那么恋物呢？”

“那就证明我错了吧，贝尔纳！你是不是还留着公司一卡通的绳子？人家没让你留着卡，你还是把绳子留下来了。该扔就扔吧。我马上就要清空尼古拉以前的房间，把柜子里没用的东西都扔掉。你来打个帮手好不好，亲爱的？”

贝尔纳立刻抱怨起来。尼古拉坐不住了。

“什么？你要把我的房间清空？你不能这么做！”

“你和你爸一样，也忘不掉过去吗？该把你那些足球海报和奖杯扔掉了，让孩子们来的时候，住在一个适合他们年龄的房间里，你不觉得更好吗？你要是想留着，我把你的东西都放在纸箱里，你带回巴黎去吧。”

“想都别想。”爱丽丝正在看报纸，头都没抬，却突然发话。“每次圣诞节的时候，带一箱子乱七八糟的东西……想到这个，我现在就头疼。”她叹了口气。

贝尔纳斜眼看着她。

爱丽丝总是能挑动贝尔纳的敏感神经。儿媳的女权主义和各种小资理念都让他受不了。在他看来，她总是看到事情的负面，甚至有些神经质。她活在自己的世界中，那是一个想象中的世界。布里吉特却总是站在儿媳一边，迫使贝尔纳言行谨慎，三缄其口。他虽然照做，可忍耐总是有限度的。

“我要提醒你，爱丽丝，我们圣诞节所做的一切，都是为了让家人开心。”他终于没忍住说了出来。

爱丽丝可不会服软，立即反击：

“非要送礼物的话，请您听听我的建议。不要新玩具，不要塑料制品，不要粉色和蓝色的东西。尤其是，一个孩子只能送一件礼物，而不是一堆。送的礼物多，不代表爱孩子就多。”

贝尔纳狠狠瞪了儿媳一眼，可心里却想：爱丽丝越是得理不饶人的时候，就越是好看。这倒是坏事中的好事，因为她总是得理不饶人。

爱丽丝年轻，身材高挑纤瘦，栗色长发，额前梳着刘海，看起来有些调皮。气质有些像露易丝·布尔昆[1]，眼神有些高傲，不说话时尤甚。她静默时反而说明内心千头万绪。心里有事，修长的脖子上就会泛起绯红。她随便开个玩笑，也会引起身边人的关注。爱丽丝是个十足的魅力女郎。

“贝尔纳，你把你手里的报纸借给我两分钟，好吗？我想比较一件事情。”贝尔纳心不在焉，他正在回忆往事。爱丽丝出现在这个家那天的情景，他仍然历历在目。贝尔纳那天高兴得不得了。未来的儿媳活力四射、聪明机敏，无论身体还是精神，都可以去当天气预报员了。当然，人们看天气预报可不只是为了看天气。

---

[1] 露易丝·布尔昆（Louise Bourgoin），生于1981年，法国女电影演员，主演过《摩纳哥女孩》《阿黛拉的非凡冒险》《莫哈韦沙漠》等电影。

不过，贝尔纳很快就发现，这小女子口无遮拦，面对原则问题毫不退让，有时甚至会影响到他的正常生活。环保购物，零垃圾生活，低碳出行，连思维方式也要改变。他开始觉得她讨厌，尤其是缺乏尊老敬贤的品德。贝尔纳还十分肯定，她是导致自己与妻子关系不和的罪魁祸首。因为每次只要爱丽丝来，妻子的思想就很容易被带偏。他虽然愿意成人之美，但绝不想自己受罪。

有很长一段时间，他希望儿子能移情别恋。天涯何处无芳草。何况，尼古拉的工作性质，使得他能接触到很多女性。贝尔纳正希望满满，突然噩耗降临。爱丽丝逐渐隆起的腹部无异于成为正式家庭成员的门票。之后便是婚礼，第二个孩子也迅速降临。贝尔纳只好面对现实，接受了这位不请自来的“母老虎”。

贝尔纳把《世界报》递给儿媳。

“今天有一则关于‘暴动小猫’[1]的报道，挺有意思的。现在这世道，要想登上报纸，除了一脱成名别无他法……”

“贝尔纳，我认为，她们这样做是为了让我们关注一些重要的话题。她们裸露出镜取得关注，也就避免了使用暴力手段。你注意到了吗？只有性能提起男人们的兴趣，我可没说你呀。我刚刚读的这篇讲的是‘婴儿车暴动’：为呼吁政府增加4000个幼儿园的名额，马赛的妈妈们纷纷走上街头。大家对这种事情都不关注，男人们尤其漠然。可是，只要是半裸游行，媒体马上会争相报道。但我想确认的还不是这个。”

“你读的都是些什么呀？你在同时读《世界报》和……《纽约时

[1]暴动小猫（Pussy Riot），俄罗斯女性主义朋克乐队。

报》？女士，我们真是不一样……”

“这个嘛……我敢肯定！”她随口回答，目光专注在报纸上，似乎没听到贝尔纳说什么。

贝尔纳撇撇嘴。他不知道刚才儿媳是在说自己，还是在评论报纸上的文章。

“《世界报》和《纽约时报》上的讣告还真不一样。”

“你现在也看讣告啦？我可不是说我经常看，但有时候……”

“您发现了吗？”

“没有，发现什么？”

贝尔纳瞪大了眼睛。

“比较一下，太有意思了。看看，在法国，讣告写的是：‘杜布瓦先生，荣誉骑士团骑士，法兰西科学院院士……’介绍一位死者的时候，注重的是社会地位和身份。可是，美国的报纸介绍一位死者，首先要写他一生做过什么，对他人是否有益，以及他做过哪些事，让身后的世界变得更好。”

儿媳思考了一会儿，总结道：

“我们终此一生，应该扪心自问：如何最大程度地利用自己的天赋，造福社会，造福子孙。如果大家都看中死后的名节，而不是生时的享乐……”

贝尔纳赶紧把话接上：“地球会更美好，未来会更美好。”

他猛然想到邻居杜戈林先生和他的烟头，因此陷入了沉思：他留给子孙后代的，就是一堆烟头吗？就算儿媳爱讲大道理，万一这次，她说的是对的呢？万一自己人生篇章的后半段仍有待书写呢？他思考了很久，深吸一口气。

“这些看似有道理，但你不得不承认，死亡是对人生的浪费。看看我，积累了这么多职业经验，最后又有什么用呢？前人说过：一位老人被火焚毁，等于一座图书馆进了火葬场。[1]”

“大致如此，贝尔纳，大致如此……”

[1] 这是一句法国谚语，正确的说法是：一位老人进了火葬场，等于一座图书馆被火焚毁。

顺遂人意

当天下午，阳光非常明媚，全家去海滩玩耍。尼古拉一家在巴黎住惯了，能感觉到一缕缕阳光照在脸上，真是惬意极了。

他们在沙滩上铺好浴巾，戴好墨镜，齐刷刷躺下来欣赏海景，真是岁月静好。孩子们当然没什么耐心，他们跺着脚，想要在海浪里蹦来蹦去。不过，按规定 16 点以后才能下海游泳。夏洛特觉得这规定毫无道理，下午 4 点还洗什么海澡？那是吃零食的时间嘛！

保罗跑过来坐在妈妈的长裙上，想要悄悄问一个问题，却不懂得压低声音：

“妈妈，爷爷奶奶为什么不在家里换好泳衣，在海滩上还不穿衣服呢？”

“我不知道，保罗……”爱丽丝漫不经心地回答。

贝尔纳并不聋，他开口想要回答，可儿媳并没有听清楚。

“贝尔纳，您说什么？”

当她回过头时，看到贝尔纳盖得很随意的浴巾下，裸露出她并不愿意看到的部分。

“啊，对不起，我没有看……应该挺凉快的吧。事实上……”

天上飘来一片乌云，气温骤然降低。

爱丽丝虽然在泳衣外面还包了三层浴巾，仍然冷得发抖。“真的要下海游泳吗？”

连玛格丽特都因为怕冷，穿了一件全身冲浪服。看起来别有风韵。

风吹得更紧了，而且越来越冰冷。小孩子们穿着全身泳衣，好像看不出大人们已经要冻僵了。

贝尔纳精力不足，已经躺在那里睡着了，还发出满足的鼾声。

夏洛特尽可能表现出耐心。她在沙滩上来回奔跑，不止一次想要跳到海里，每次都被爱丽丝及时阻止。最后，爱丽丝精疲力竭，决定放弃抵抗，让孩子吃东西。小女孩快乐地吃着巧克力，还有一块不知道掉到沙子里多少次的饼干。那块饼干一定沾满了节日的味道。

吃饱喝足，小女孩想方设法引起父母的注意。然而，父母二人忙着讨论怎样回巴黎路程最短，并没有太在意孩子。夏洛特抓起一大把沙子，马上被妈妈抓个正着。

“别往你爷爷脸上扔沙子！”

爱丽丝及时阻止。

夏洛特自圆其说：“我是为了把他叫醒啊。”

“不行，这样会打扰到别人。己所不欲，勿施于人，记得吗？”

“好吧。那我可以朝他扔海鸥粪吗？”

爱丽丝叹了口气，女儿花样迭出，真是服了。这么一折腾，还真有了效果：贝尔纳已经醒了。他站起身，根本没注意到阴郁的天气，坚持要带孩子们下海潜水。大家都说海底世界色彩斑斓，保罗和夏洛特怎么能不欣赏一下。贝尔纳发现，孙子 7 岁了，却还不会游泳，夏洛特更不会。这让他的计划有点受挫。

“我小时候，用不着人教自己就会了。可是瞧瞧他，这么大了还是旱鸭子。你们为什么不教他呢？”

尼古拉看着爱丽丝，爱丽丝深吸一口气，尽量控制自己，不要火上浇油。两个人都没有时间教孩子游泳，但到了别人口里，会变成不愿意把时间花在孩子身上。巴黎的生活并不轻松，无论做什么事，都需要妥善规划，条件俱全而且坚持到底。好在保罗的学校有泳池，也刚刚开始上游泳课。

“别担心，我会亲自教他的。一个星期足够了，小菜一碟。”

这个新任务让贝尔纳重新有了投入感。一定要把这小子训练得如鱼得水。没准以后，他还能陪爷爷潜水呢。

爱丽丝怀疑地撇了撇嘴。公公这是第一次照顾保罗和爱丽丝，而且当初照顾尼古拉，他也没出什么力。儿子整个成长过程中，他唯一一次亲子活动的尝试以失败告终。尼古拉至今还记忆犹新，父亲的耐心非常有限，因此也不太放心就这样把保罗托付给他。

“你想怎么样都行……不过，要是能陪孩子做作业，就真是帮了大忙。保罗需要写一份报告。”

贝尔纳自信满满地说：“没问题！”

尼古拉不太相信，担心父亲神经大条，会导致孩子成绩不佳。

“你确定？”

“别担心！”贝尔纳脱口而出。

尼古拉和爱丽丝日后会因此后悔莫及，他们根本不知道给自己挖了多大的坑……

有得有失

当天晚上，孩子们洗过澡，跑到花园里去追母鸡。爱丽丝忍不住说，洗过了澡，最好只在屋里玩儿。不过，看起来在乎干净的只有她自己，家里其他人都无所谓。她只好自我安慰说“也没什么大不了”。于是，她到厨房里，想要帮婆婆做家务。

布里吉特知道儿媳不是那种轻易坦露心声的人，所以很谨慎地问：“上次葬礼之后，一切都好吧？你脸色不太好。如果需要我帮忙……”

“您真是太好了。您能照顾孩子一周，尼古拉和我就可以稍微喘息一下。我们得过一点二人世界的生活了。何况，这个周末，我们也恢复了不少精神。有您在真是太好了。布里吉特，您现在是我唯一的家人了。”

爱丽丝说到这里不禁哽咽。她转过脸，清了清嗓子，立即换了话题。

“贝尔纳还好吗？”

布里吉特坦言：“他勉强过得去，我也一样。他现在有的是时间追求幸福，可还是不幸福。慢慢来，会有好起来的一天的，要有耐心。”

爱丽丝笑笑。

“只要下定决心幸福，就会幸福的。”

“说的没错！另外，他常常自言自语，不过我觉得，这是个好兆头。”

“他在鼓励自己，这是好现象，这样我就放心点了。他每天都做些什么呢？”

“最近他在忙菜园子，不知道春天会不会有些成果。有时候他会看看电视，一般是早间节目。我觉得，他比他妈妈还爱看电视，而且他特别喜欢健康频道，绝不会错过任何节目。至于果树栽培节目，更是必看……”

“我知道。主持人是史蒂芬妮·玛丽，老少通吃的电视明星！”爱丽丝边笑，边把洛林馅饼放进烤箱。

这时候，贝尔纳走进厨房，胆大妄为地宣布：

“今晚，由本大厨来做晚饭！我向你们保证，绝对是一场味觉盛宴！”

“贝尔纳，你想做饭很好，不过你来迟了。晚饭已经准备好，再过二十分钟开饭。”

贝尔纳用不满的眼神看着妻子：

“你总是这样。我说过了，放手由我来，你却不管不顾，自己做！之后，还要抱怨我不帮忙。”

贝尔纳身心疲惫，自己倒了杯红酒，掐了块面包，蘸着肉酱吃。爱丽丝一边看他，一边偷笑。

“您来者不拒嘛！”

“你不来一杯，爱丽丝？”

“不用了！您忘了，我不喝酒，何况是这种便宜的红酒。”

“你搞错了，这不是便宜的博若莱新酒，而是正宗的博若莱红酒。爱丽丝，你错过了生活中的小确幸，真遗憾……”他喝了一口酒，转身去花园里找孩子们。

儿媳颇为惊讶，忍不住问婆婆：

“我可不记得，贝尔纳什么时候说过想做饭……他真是变了。”

“是的，他会做些小菜，这样也帮我减轻些负担。不过，他手艺可不怎么样，还把厨房搞得乱糟糟。每次做饭，都留下个烂摊子，最后还是得我来收拾。我现在不说什么，他想做，就让他做好了。”

和午饭一样，晚饭也是大家各抒己见的时候。一家人用讨论世界政治经济格局的劲头，来讨论退休问题。

贝尔纳想要的并不多，他只想找回自信。或许在心智上占不到上风，但日常生活中，自己亲力亲为的那些事，总是值得自豪的。煮一顿饭、买一次菜，自己种菜、修整、浇水，或许有一天能吃到自己种的菜呢。

贝尔纳爱吃，但之前从没有时间动手做饭——尝试、失败、再尝试。退休之前，他都是对别人指手画脚，现如今也决不能示弱，让人觉得自己无能。这么多年，他认为自己只是疏于练习，凭自己的双手，完全可以赶超星级大厨。不过这个潜力，只有他自己承认罢了。

贝尔纳又来到厨房，打开烤箱，想看看馅饼烤熟了没有，随后卷起袖管，劲头十足地宣布：

“既然还剩二十分钟开饭，就由本人来负责甜点好了。你们都让开！”

尼古拉有点饿了，轻手轻脚地来厨房，想要偷块面包吃。他看到婆媳俩正忧心忡忡地盯着贝尔纳。父亲脑袋插在橱柜里，一只脚挡着冰箱门，一只手里拿着面粉袋子，另一只手里擎着量杯。尼古拉眼看着悲剧就要发生，为了大家好，忍不住想提个建议。

“爸爸，你不必这么劳累吧？大家吃酸奶就好了，很健康啊。你下次有机会再慢慢做。临时抱佛脚可不是你的强项。”

“谢谢你关心，尼古拉，可我就是要做。你们都出去好不好？”贝尔纳一边说，一边把妻子连同儿子和儿媳都推了出去。

布里吉特走出厨房，心里非常不安。为了拯救丈夫，更为了拯救自己的厨房，她做出最后的尝试。

“亲爱的，我来给你帮厨，两个人做更快。”

“不，让我自己做！去去，都出去！”他一下子关上了厨房的门。

大家在客厅里，听到厨房里一会儿发出“哎呀呀”的叫声，一会儿发出关橱柜门的砰砰声，一会儿不知什么袋子掉到地上。不过，一切似乎都好，直到……

“布里吉特，你把绞肉机放在哪里了？”

“就在你眼前！”她在客厅里大叫道。

一片沉寂。

布里吉特起身，想要去帮忙，但立即被儿子拉回来。她又大声问：

“找到了吗？”

这时，贝尔纳冲进客厅，围裙上沾满面粉。

“等等，我看见菜园里的土隆起一块，肯定是鼹鼠干的！我要用鞭炮炸死它，看它还捣乱不……”

贝尔纳跑出去追，不过看起来追的是喜鹊，不是什么鼹鼠。爱丽丝、尼古拉和布里吉特面面相觑。

布里吉特忘了告诉儿子儿媳鼹鼠的事，只好快速地介绍了一下情况。最近一段时间，老父亲生命中的第一大敌人就是那只鼹鼠。

他们瞪着眼睛看了一会儿，意识到问题比想象中严重多了——天已经黑了下来。他们终于明白，当务之急不是打鼹鼠，而是要拯救大兵贝尔纳！

扰人清梦

吃过晚饭，贝尔纳和布里吉特钻进被窝，开始慢慢地算账。

“我不是说过嘛，你应该让我把甜点做完。”贝尔纳抓住把柄不放。

“是的，不过你不是为了追鼹鼠，扔下厨房不管了嘛。我当然挺身而出，你该感谢我才是……”

贝尔纳对抓鼹鼠的兴趣更大，根本不想道歉，马上转移话题。

“嘘，尼古拉正和‘母老虎’吵架呢……快听！”

“喂，你有毛病吗？别人的事少管，偷听别人谈话可不行。还有，不能再这么叫儿媳。我要戴耳塞了，这房间隔音不好。晚安，贝尔纳。”

“不对，他们好像在说馅饼……”

他要起诡计。

“什么？”布里吉特心情大变，放下耳塞，也伸耳去听，“说馅饼不好？我们可是一起做的啊。”

旁边的房间里，既不是在卿卿我我，也不是在品评美食，小两口在吵架。爱丽丝似乎很生气。

“你知道，一个女人要想事业上成功，首先要有另一半的支持……”

“我支持你啊。”

“是吗？男人必须承担起 50% 的家务，在照顾孩子方面也一样。不然的话，就是思想守旧。”

“我平时都帮你做家务，你有什么可抱怨的？我拿快递，熨衣服，早上还送孩子上学。”

“凭‘帮你’这两个字，就说明你什么都没懂！我辞职跟你到巴黎，把好好的事业都放弃了，我知道肯定回不去公司了。现在，我是个兼职网站管理员，这可不是我的理想职业。我觉得已经迷失了，让我烦恼的还不只这个，你知道吗？”

“不知道，但我猜你马上会告诉我……”

“工作的女性以为自己争取到了自由，实际上等于打两份工。吃完晚饭还要工作两小时，我受够了。每天 18 点就要把手头的一切放下，去接孩子。我希望有时候，能两个人一起共度良宵。”

“我呢，我只想早早下班，和孩子们在一起，晚上再工作。”

“才怪……看你给孩子们讲故事的样子，就知道你心不在焉。”

爱丽丝模仿丈夫讲故事的语气。

“从前有一只小白兔，兔子困了，它上床睡觉，马上就睡着了。好了，晚安！”

“我哪里是这样讲的！你为什么就不相信我呢？难道我是故意回家很晚，让你自己一个人做家务吗？”

爱丽丝没有回答，选择在这个问题上保持沉默。

“算了吧，已经很晚了，我们睡吧。至少，说出来心里就痛快了……”

爱丽丝拿掉床上的十多个抱枕，钻进了亚麻被子。尼古拉躺好，关掉床头灯，但随即又坐起来。妻子刚刚最后一句话，让他思前想后。他说：

“现在，反而是我心里不痛快了……”

爱丽丝亲吻了丈夫：“晚安，亲爱的。明天还要开很久的车呢……”

在漫长的工作之后，爱丽丝和尼古拉利用假期讨论孩子们的事情，决定好好享受一下二人世界。他们被繁重的生活耗尽了精力，过去两年，他们身心疲惫。

尼古拉难以入眠，又打开床头灯。

“你这样批评我，说我为孩子们奉献的时间不够，我觉得不公平。”

爱丽丝从床上跳起来。

“你开玩笑吧？给孩子洗澡，是我；讲故事，是我；连找毛绒玩具也是我，一找就花好几个小时。你的借口是‘我眼神不好’……”

“你还说要重归于好呢……我告诉你，不能再要孩子了。不，决不！”

在另外一个房间里，老夫妻俩还在偷听。

布里吉特向贝尔纳撇撇嘴：

“这下明白了……他们根本不是在讨论馅饼，亲爱的。”

“当然是馅饼。他们刚刚说‘放鲑鱼好’，不就是说馅饼里放了鲑鱼，结果吃撑了吗？明早记得准备助消化的药。”他胡编乱造一通。

“行了，贝尔纳，你是不是把我当傻瓜了……”她一笑置之，“等等，要坏事。他们可不知道我们什么都听到了！”

尼古拉的男中音又响起来了。

“保罗要退出足球队？这是怎么回事？”

“他抗拒足球，不喜欢踢球，他每周都这样说。你认真听过孩子讲话吗？”

“可这是原则问题！一旦开始做一件事情，就要坚持到底，我可不想咱们儿子成为遇到困难就退缩的人。不然的话，就输在起跑线上了。要是他只喜欢读书和拼图，怎么交朋友，怎么了解社会呢？”

爱丽丝不满地问：“这么说，你是把责任推到我身上咯？”

突然，小两口听到一声巨响。贝尔纳刚刚不小心把床头灯弄倒，砸到自己脸上了。布里吉特目瞪口呆，爱丽丝和尼古拉也吓了一跳。

“声音是从你父母的房间里传出来的，我们小声点。我敢肯定，你爸爸一定在偷听。”

“你别发神经了。”尼古拉这么说，既针对妻子对自己的谴责，也针对她对父亲的怀疑。

爱丽丝压低了声音：“我只想说，保罗又上体育课，又上音乐课，事情太多了。他不能多线作战，我也不能。我还有自己的工作呢。”

爱丽丝一边尽力保持平静，一边试图让丈夫明白，可尼古拉就是不明白。谈话陷入僵局。

“你在家里工作，能够自己调整时间，别拿孩子当借口。”

爱丽丝觉得丈夫为了把架吵赢，有些不择手段。她说的都是事实：儿子从没想过要上足球课，都是丈夫一个人的主意，而且没和任何人商量。何况要去送孩子踢足球的，只能是爱丽丝。她觉得自己的愤怒就快要爆发了，只好尽力控制情绪。

她小声说：“我不是拿孩子当借口。你问问楼下杂货铺的老板娘就知道了。她每天都能看到我跑着去接孩子，真的是跑！你觉得这正常吗？上次我跑，是去赶上班的班车，你记得吧？那次我摔倒了，还怀着七个月的身孕。”

“我当然记得，当时我们俩都很担心孩子的安危。”

“尼古拉，每天疲于奔命，这是不正常的。我们在消耗健康，自己给自己增加压力。我们消瘦，是因为过度紧张，连三顿饭都无法保证。还有，自从夏洛特出生以来，我就没有睡过完整的觉……”

“你觉得我就睡得好吗？”

“尽管我们已经这样了，他还是要为孩子考虑吧。你儿子有自己的好恶，我希望他能做自己喜欢的事，能自食其力。看看你父亲退休后的生活，他根本不会自己安排时间，就是因为没人教会他自食其力。看他现在，做什么事都那么吃力，简直像个软体动物。”

听到这话，一墙之隔的贝尔纳惊得瞪大了双眼。儿媳居然这么说自己，让他很不痛快。

“你看，‘母老虎’也不待见我。”

妻子温柔地吻了他一下：“晚安啦，爱听闲话的贝尔纳。”

他还是想替自己辩驳：“我不是软体动物，只是个寄居蟹！我哪有那么软，我还是有点尊严的嘛！”

墙那边，爱丽丝的声音柔和了许多。

“我想教他观察自然，做一个有创造力的孩子，能自己思考，就算不出人头地也行。我希望保罗能少些课外活动，让生活慢下来。”

“他够慢的了，你听见老师怎么评价他吗？”

“行了。等你运动了，再让孩子踢球吧。从小学一年级开始，就把孩子的日程表排得比国家总理还满，这算什么家长？你就没听说过，孩子也会身心崩溃吗？”

“你每次都这么夸张，爱丽丝。我们以前还能保持一致，可现在你太护着孩子了。”

“以前我有原则，现在只有孩子！”

她察觉到自己的声音变了，转过头去，不让尼古拉发现自己不知所措。丈夫对妻子非常了解，从身后抱住她。他们有一个共同的约定：一定不要生着闷气睡觉。不过，这只是理论上的，实际情况要复杂得多。一般是尼古拉先提出和解。

“我们圣诞节时一起出去几天，好吗？就我们俩。你想到圣诞节要什么礼物了吗？”他一边问，一边抚摸妻子的头发。

“我不需要什么，我什么都有，我应该很幸福才对。”说完，她哭得颤抖起来。

她倒在尼古拉怀里，任凭泪水奔涌。在丈夫面前，她一直尝试克制自己，可她已经克制得太久了。

她一边啜泣，一边说：“我们到底怎么了？我们从前不是这样的。”

尼古拉不知道该怎么回答。爱丽丝擦干泪水，伸手到床头拿起两人的结婚照。她打开相框，尼古拉有些紧张。她把相片翻到背面，读道：

“‘我向你承诺，爱你一辈子。我要照顾你，陪伴你，握着你的手，直到老去。即便垂暮之年，我们也要一起欢笑，一起谈论这个世界。特别是，我要和你一起建立美好的家庭。’这是我们的结婚誓词，是我们那天的承诺。我觉得，我们离它越来越远了。每天吵吵闹闹，无非是些生活琐事，动不动就生气。我们很久都没牵过手了吧？”她认真地问，自己也不记得多久了。

尼古拉想了很久，想到了一个比较合理的回答。

“应该是有了孩子之后吧。孩子小的时候要推婴儿车，大一点了还要抱着。”

“不可能什么都是孩子的错。我们俩疲于奔命，都在忙自己的事，只是偶尔碰面，不再有什么交集。除了工作，除了处理家里的突发事件，别的也都不重要了。家庭、朋友、休闲，甚至健康，都被忽略了，特别是我们两人的关系。我们是什么时候开始，变得这么急功近利了呢？我们以前不是这样的啊！”

尼古拉不知道该怎么回答，爱丽丝继续读下去：

“我们要分享、互助，令家人骄傲，自主自决，不随波逐流；努力改变世界，给孩子一个更美好的未来，让他们关注那些生命中真正重要的事物……”

“我们把自己活丢了，尼古拉。”

丈夫低声说：“现在改变还不晚，亲爱的。”他想要和爱丽丝共度余生，这一点从未改变。

尼古拉关掉床头灯，两人相拥睡去。

长久的沉寂笼罩黑夜。贝尔纳耳朵贴在墙上，回头看妻子。布里吉特已经睡着了。他吻了妻子的脸颊，自言自语道：

“生活真是无奈。35 岁，我们有事做，可是没时间。65 岁，我们有时间，可是没事做。”

早睡早起

第二天清早，天还没亮，爱丽丝和尼古拉就踏上了回巴黎的路。保罗偷偷溜出房间，悄悄来到爷爷奶奶床上，睡在两人中间。

这个小男孩一直是早起一族，有时候起得太早，让父母应对不来。于是，他习惯了一起床就去找爷爷奶奶。老人家总是乐于早早见到孙子，而且也不介意在准备鸡饲料之前，先给小孙子做顿早餐。

保罗抱住奶奶，闻到奶奶脸上的护肤品味儿。他喜欢这味道，对他而言，这是假期的气味。布里吉特已经醒了，温柔地拥抱着孙子。他喜欢这个特殊的时刻，身边没有妹妹，奶奶只属于自己，这份爱不需要分享。

贝尔纳整晚被失眠困扰。此时，他正快乐地打着呼噜。早上丈夫鼾声如雷的时候，布里吉特习惯从床上溜走，到旁边的椅子上读书。夜里虽然睡不踏实，但早晨的时光仍不宜浪费。一日之计在于晨。

保罗有些惊讶地问：

“奶奶，为什么爷爷的鼻子，会发出大象一样的声音呢？”

“不知道，他睡觉就会打鼾，年纪越大，鼾声越大。我已经替他约好了医生，查一查是哪里出了问题。”

保罗一本正经地说：“打鼾声音这么大，怪不得会耳背呢！”

“推理正确。希望医生能找到办法让他不再打鼾。不然的话，下次我就赶爷爷到花园里，让他搭帐篷睡。”

孙子马上兴奋起来：“哦，奶奶，我想和爷爷一起睡在帐篷里，求你了，奶奶。”

“好，这样也行啊……既然我们俩都睡醒了，应该做点什么呢？来吧，穿上你的拖鞋和家居服。我要告诉你一个小秘密。”

他们一起轻手轻脚地离开房间，站在房门前的台阶上。布里吉特静静地等待着，保罗不知道会发生什么，眼睛四处打量。

奶奶宣布：“开始了，快看！”

保罗望着花园远处的树梢，突然天空的颜色变了。深蓝色的天空尽头，闪出一个金黄色的亮点并且逐渐变红。太阳播撒着温暖的橙色，从地平线露出笑容。鸟儿们几小时前就开始叽叽喳喳，随着旭日初升，闲聊变成了齐唱。

小男孩惊讶得合不拢嘴。

“睡不着觉也是有好处的吧。”

“起得早也有好处！像夏洛特那样睡懒觉，也太可惜了。”

“是的，有些事你看到了，她却错过了。能目睹这个神奇的瞬间，是上天的恩赐。每个清晨都独一无二。知道太阳永远在那里守候我们，是一件令人安心的事。我们出生前，它已经在等候；我们死亡后，它仍在发光。无论什么时候，在世界的某个角落，总有人惊叹于日出的美丽。这种享受不花一分钱，却给我带来无上的幸福。”

孙子有点担心：“那我呢，我也能给你带来点儿幸福吧，奶奶？”

“何止是一点，是很多幸福。想想，我能和最喜欢的孙子分享这个秘密，有多么高兴啊……”

布里吉特非常喜欢和孙子孙女单独相处。她也希望，某一天能和心爱的孙女一起欣赏日出。

“看呀，太阳好像对着我们笑，小鸟特地为我们俩唱歌。照我说，是因为这个，谚语里才说‘生活会对那些早起的人微笑’。”

“世界属于你，保罗，要好好享受。”她把自己的披肩让给孙子，“我进屋了，去给你准备早餐。”

最近一段时间，贝尔纳总是发现孙子坐在门前的台阶上。这是自己妻子欣赏风景的固定地点。孙子一个人静静地坐着，不和妹妹拌嘴，也用不着父母陪伴，并非寻常之事。贝尔纳走过来，坐在他身边。

“你还好吧，小伙子？早餐准备好了，有自制果酱哦！”爷爷想勾起孙子的食欲。

小男孩并不买账：“还吃果酱？我们就不能把花园修剪一下？看看，这都是什么呀！”

贝尔纳揉了揉眼睛，以为花园里来了鼹鼠。等他看清楚，才知道孙子指的是“杂草”。

“这不是杂草，是我种的农作物！”他的自尊心有点受伤。

孙子撇撇嘴，有点困惑地说：“这些草和《花园之友》图片上的不一样。”

这本书是爷爷去年圣诞节送给他的。看起来，孙子比爷爷读得更认真。突然，保罗向远处冲过去，母鸡从围栏里出来了。他回来的时候，手里捧着三颗鸡蛋，满脸胜利的骄傲！

“你看，爷爷，它们今天工作很卖力哦！”

自从买了母鸡，它们还是第一次下这么多蛋。终于见到成果了！只剩两只母鸡仍然“一毛不拔”。

“收获不少。来吧，爷爷给你煮颗鸡蛋吃。你给我讲讲最近有什么有趣的事！你看起来对园艺挺在行，再跟我说说应该怎么种菜。”

保罗用长条黄油面包蘸上新鲜的半生蛋黄，大快朵颐，很快吃了个饱。他很享受自己第一份无糖早餐。在巴黎生活时，父母从没有时间准备这样一顿大餐。

贝尔纳穿着胶靴，手里拿着笔记本，出现在孙子面前。他递给保罗一双 33 码的鞋，又让他把外套穿在家居服外面。孙子学着他，自己穿上了外套。两人一起出门时，他对孙子说：

“保罗，你帮把手，和我一起把春耕的地准备好。我们来看看，巴黎来的小先生做得怎么样。”

他们来到贝尔纳事先规划好的田地面前。这块地方方正正，看起来并不像个菜园。

“再过几个月，等冬天过去，我就会种上各种菜。你喜欢吃什么菜呢？”爷爷拿起笔记本，准备记录。

保罗费尽心思，想了很久，才把自己喜欢的东西一样样说出来。

“我想要巧克力，给爸爸种点咖啡，妈妈要红色水果，给夏洛特呢，就种沙拉吧，她最讨厌沙拉了。”

“我是想问你喜欢什么蔬菜……”

糟糕，保罗想的根本不是这些。

“妈妈没和你说过吗？我一点都不喜欢绿色蔬菜。”

贝尔纳撇撇嘴，不肯就这样败下阵来。无论孙子喜不喜欢蔬菜，他都决心让他尝尝。

“那别的颜色的蔬菜，可以吗？”

贝尔纳有点虚情假意。

“可以。我对绿色过敏，自从吃了食堂的菜就过敏。”孙子的逻辑天衣无缝。

贝尔纳儿时的记忆中，中午和小伙伴一起在食堂吃饭，是一件相当快乐的事。

“那是因为你没找到好食堂。我想种的蔬菜有：番茄、茄子、土豆、萝卜、南瓜、欧防风[1]、白豆、黄色和红色的甜椒、菜花和地瓜。”

“这么多？你地方够用吗？而且，你确定我会喜欢这些菜吗？至少不是绿色蔬菜吧？”

“我保证，骗你是小狗。”

“别忘了种小黄瓜，我只喜欢吃小黄瓜！”

“黄瓜不是绿色的吗？”

保罗开心地笑了，露出两排小牙。

“爷爷，你总是不认真听老师的话。生活中，凡有规则的地方，就一定有例外。”

[1]二年生草本植物，根茎可食用。

老猴子学不会新把戏

当天下午，多云的天气带来温暖的气温，贝尔纳不失时机，到海边教孙子游泳。他可是一诺千金。这位有点笨拙的爷爷决定，第一堂课只在海浪里玩儿玩儿就好了，这看起来不难。

他给孙子搬来了全套装备：一套冲浪衣，保证孙子不会着凉，也能增加浮力；一双护臂，用来保护手臂，也能让爱丽丝觉得孩子保护得很好；一双鞋，以免被龙腾鱼[1]咬到；还有一块复合纤维冲浪板，只是为了好玩儿才带来的。

贝尔纳来到海滩，首先教孙子识别海岸上的海况旗。今天是绿色的旗，说明海况良好，风平浪静。随后，两人开始了游泳课。保罗腹部紧贴着冲浪板，趴在上面冲浪。他只选浪小的地方尝试，爷爷跟在后面推他。在小风小浪里玩耍，没什么比这更让他开心的了。贝尔纳看见孙子如此开心，自己的心情也明朗了许多。

突然，贝尔纳觉得海里有什么咬了他脚一口。他咬着牙，可还

[1]一种生活在海边的有毒的鱼。

是骂出了声。与此同时，保罗被一个侧浪掀翻，从冲浪板上掉下去了。他脑袋浮出海面时，已经呛了不少水。贝尔纳赶紧把孙子抱出水。保罗气坏了。

“这是什么浪呀，爷爷？这可不行！你刚刚去哪儿了？”

“什么？”

贝尔纳并没对孙子说自己脚疼得要死。龙腾鱼咬过的地方，一阵阵刺痛传来。

“你看，海里刮台风了，和电视上演的一样！”

贝尔纳一边把孙子身上擦干，一边望向大海。大海和他们刚开始冲浪的时候一样，仍然波澜不惊。他试图让保罗平静下来，可却毫无用处。爷孙俩第一次相处，他可不想让孙子回家到处宣传：这次和爷爷去海边，自己差点淹死。

“你自己吓唬自己罢了，保罗。没什么的，一切都好。学游泳没有不呛水的。不要紧。”

“我们要去投诉，爷爷！”

“向谁投诉啊？向你父母吗？”

贝尔纳担心死了。

“向海岸搜救员。这么大的浪，应该插红旗的！”

“对，至少红旗，至少。”

真不知道胡说八道是不是家族遗传。

两个游泳健将回到家，见到布里吉特和夏洛特。奶奶发现家里没有吃的，赶紧去超市买东西，回来做晚饭。夏洛特和奶奶今天过得非常开心。她们一起粉刷了新客房的墙壁。

保罗擦干身体，穿好衣服。贝尔纳给两个孩子准备零食。

“谁要吃自制果酱？”

夏洛特马上举手：“我要！”

哥哥早就发现橱柜里放着一瓶榛子巧克力酱。他等着爷爷提出别的建议。

贝尔纳惊讶地问：“你不要果酱？”

“我想吃那个。”他用手指着巧克力酱。

夏洛特满脸嫌弃，好像老师抓住了正在干坏事的学生一样。她摆出高傲的神色：

“你很清楚，我们不能吃巧克力酱。”

老两口都不吃这东西。爷爷知道，奶奶是为了两个孩子，才专门去买了巧克力酱。他惊讶地问：“是吗？为什么不能吃？”

保罗面露羞愧：“是妈妈说不能吃，因为红毛猩猩。为了生产巧克力酱，人们会砍掉棕榈树。红毛猩猩生活在树上，树倒了它们会掉下来死掉。”[1]

夏洛特翻着白眼望天。

“他不是真傻吧！”哥哥的简化版故事，显然令她难以接受。

“事实就是这样的，没错。你别再装聪明了，夏洛特！你真烦人。”小男孩撸起袖子，显然是动了肝火。

贝尔纳想要息事宁人。在他眼皮底下，同一天又是呛水，又是打架。这可受不了。

“好啦，下次我买一瓶不带棕榈油的。”他一边以和缓的语气说，

[1] 生产棕榈油需要大面积砍伐原始森林，改为种植棕榈树，侵占红毛猩猩的栖息地，导致其种群减少，甚至灭绝。

一边在夏洛特“不给我吃就告密”的注视下，抹了一块面包。“你可以吃，但是不能告诉妈妈，知道了？”

布里吉特购物回来，拎着大包小包的东西。

“孩子们，一切都好吧？”

贝尔纳接过话：“完美！”

“保罗，你还没跟我讲呢。今天和爷爷去海边，感觉如何？”

“嗯，我差点死在海里……”他说了一句，继续咬面包，上嘴唇留下棕色的巧克力痕迹，活像长了胡子。

“什么？”

奶奶立即紧张起来，看着丈夫。眼神中说，你给我解释一下怎么回事。

“哪有？他开玩笑呢，对吧，保罗？”贝尔纳用恳切的眼神盯着孙子。

“啊，对！我没有差点死在海里……是一个小浪，对吧，爷爷……”他一边说，一边用手肘顶了一下爷爷。太明显了。

爷爷正在沉思。

“就算可以慢悠悠地生活，你还是喜欢跑来跑去，兔子布里吉特。”他一边收拾桌子，一边说。他走起路来，还是有些跛脚，刚刚被咬的地方，仍然十分疼痛。

“亲爱的，你受伤了吗？”

“完全没有！”他做了个鬼脸，“让我帮你把买来的东西收好。”

丈夫提议帮忙，这可是少有的事情。她当然不会拒绝。布里吉特吻了吻孩子们的额头，虽然心里知道贝尔纳瞒着什么，但看到丈夫和孙子之间渐渐升温的默契，还是满心欢喜。

“孩子们，谁想来量一下身高，看看谁长高最多？”

“我！！！”两人齐声叫道。

哥哥妹妹两步并作一步，同时跑上阁楼。在阁楼里的一根柱子上，布里吉特精心记录了每次孩子们来访时的身高。

“来来，我们和上一次比一比。保罗，来，靠着墙站好。太好了，你长高了……1厘米！挺不错嘛，小伙子！夏洛特，该你了。”

布里吉特让小姑娘站好，扶了扶眼镜，好能看清楚。

“天啊，3厘米！太好了，你真是个大姑娘。”

保罗有些不满。

“这很正常。吃那么多东西，怎么能不长？奶奶，该你了。别动。”

保罗爬到一个凳子上，手里拿着尺子和铅笔，在奶奶头顶的位置认真地画了一条线。布里吉特转身看自己那条线。每次都是画在前几次的线上，只是让线变粗了而已。

布里吉特眯着眼睛：“来，让我们看看……”

她忘了戴眼镜，一开始没看清楚。保罗心直口快。

“矮了1厘米，奶奶！小心哦，我就快赶上你了。”

他颇为自豪。

奶奶吓了一跳。

“这是怎么回事？”

“多喝点汤就行了，奶奶！没关系！”

老眼昏花

孩子们第一次在没有父母陪伴的情况下睡觉。听了爱丽丝和尼古拉关于睡前故事的争吵后，布里吉特决定抢先占领高地。

“今晚，爷爷来给你们讲睡前故事。”

贝尔纳正舒服地坐在扶手椅里，听到这话差点背过气去。

“什么？平时不都是你讲吗？我讲什么？怎么讲？”

贝尔纳从来没有给尼古拉读过故事，这可是头一次。布里吉特试图给他吃粒安心丸。

“你能行，别担心。”

爷爷走进浴室，问孩子们：“谁想听爷爷讲故事啊？”

孙子孙女安静得出奇。他们睁大了眼睛，以为自己中了彩票。

贝尔纳抱起孩子，检查了一下牙有没有刷干净，坚持让夏洛特换好睡衣。这个小姑娘除了性格强势，力气还特别大。然后，贝尔纳不胜其烦地帮保罗系好睡衣上的扣子，把两个人哄到卧室里。

“快点，都给我上床！你们准备好啦？拿好毛绒玩具了没？”

“没有！”两个小孩儿齐声大叫。

贝尔纳没好气地叫布里吉特来帮忙。

“不能什么都我一个人做啊！你能不能戴上眼镜，帮我找找那两个臭烘烘的什么玩具，亲爱的？”

爷爷关掉房间里的灯，借助走廊的光亮，想创造一种晦暗神秘的气氛。他根本没想选本书来读，而是自编自创，跟着感觉走。

“从前，一只兔子遇到一头饿极了的狼。狼看见有个耳朵长长的家伙走过去，伸出爪子抓住它，一口就吃掉了！讲完了！晚安。”

贝尔纳转身出门，到客厅里找妻子。他一边下楼，一边自以为是地想：其实这也没什么难的。这时，楼上传来鬼哭狼嚎的叫喊声。

“奶——奶——！”

爷爷无动于衷，径直坐进扶手椅里，好像根本没有听见楼上持续不断的喊声。他一脸奸诈地说：“我觉得，他们还是喜欢听奶奶讲故事。”

接着他开始翻看手机：“别忘了把他们的玩具带上去，哈。”

布里吉特气坏了，她站起来，用气恼的眼神瞪着丈夫。

“贝尔纳，你刚才又干什么好事了？”

“没有啊……你不是让我讲故事吗，那我就讲了一个故事呗。你至少得谢谢我吧，我把两个小孩都弄上床了呢。”

“你开什么玩笑？他们都快吓死了。你是故意想让我……”

贝尔纳一边戴上头灯，一边说：“你就是总对我不满。去吧，我得去外面看看有没有鼹鼠。”

“真是不靠谱！”

“真是牢骚多！算啦，就算你饿昏头了。我们吃点什么呀？”贝尔纳突然觉得肚子咕咕叫。

看到妻子的脸色，他自觉地溜进厨房，借助头灯的光，烧水准备煮意大利面。他学着妻子的语气，模仿她的回答：

“我不知道呀，你是不是做点什么呢，亲爱的？”

贝尔纳站在煤气灶前胡思乱想，不知不觉煮过了头。待会儿让妻子烤成千层面吧。他心不在焉，眼睛不停地往窗外瞟，总是觉得自己看到什么东西在动。可是，外面太黑了，根本看不清是什么。

他受够了这些鼹鼠。这些家伙每天一大早在露天交配，晚上破坏草坪。必须想办法让这些地下邻居搬家。它们每天能挖 20 米长的洞，花园里到处都是鼹鼠洞，看起来像一场小型战争后，布满弹坑的战场。

贝尔纳和妻子吃过一顿简单的晚餐，决定正式对鼹鼠宣战。他打算搭好帐篷，在花园里过夜。他用一个桶制作陷阱，想要把敌人生擒活捉，心里想着，捉到之后，不如放到杜戈林家的花园里去……

布里吉特拒绝陪丈夫在花园里监视鼹鼠。她还有更重要的事要做：在没有鼾声当背景音乐的环境中，好好睡上一觉。贝尔纳平躺在妻子的瑜伽垫上，后悔自己准备不足，就像一个没带足口粮就出海的船员。这时他看见一个穿睡衣的小人钻进帐篷，躺在他身边。保罗铁了心，非要和爷爷睡在帐篷里不可。爷爷无论做什么傻事，他总是乐于参加。这可是他第一次抓鼹鼠啊！

他满怀希望地问：“爷爷，你觉得我们会看见熊吗？”

“这儿可能看不到熊。不过，很可能会抓到鼹鼠，我们要好好和它算个账。”

孙子有些疑惑。

“为什么？它做什么坏事了吗？”

“你看到它挖的那些洞了吗？它觉得可以无法无天。我得让它明白，谁才是这里的主人。”

贝尔纳本可以睡在他温暖的房间里，等着天敌来消灭鼹鼠。可是，这位前任财务经理下定决心，亲手消灭这个花园破坏者。这可是原则问题！

“爷爷，你还记得吧？去年，圣诞老人送了我一本《花园之友》。我仔细读过了。书里面说，鼹鼠翻过的土地，最适合种植蔬菜了。它在替我们工作呀，你不觉得吗？”

贝尔纳自言自语：“难道是个双面间谍？可能……”

“爷爷，天上正在移动的是什么？是流星吗？”

“不，现在还不到流星的季节。那是一颗人造卫星。如果闪光，就说明是飞机。”

“飞机？飞机能在夜里飞吗？什么都看不见啊！飞机有大灯吗？”

贝尔纳对航空航天一无所知，只好转换话题。

“保罗，你了解星星吗？”

“不了解，你呢？”

“我也不了解，我以为你会知道点呢。你们在学校不学吗？我只能找到大熊星座，像个长柄勺的那个。”

保罗钻出帐篷，观察着夜空。

“对，我找到一个。仙后座，像个W。你说，别的星球上，也有鼹鼠吗？”

“也许吧……”

“对了，说到学校，爷爷，你明天可以帮我写报告吗？”

贝尔纳本来有意先陪保罗冲浪，以为玩乐会让孙子忘记自己的承诺，这样就可以避开假期作业辅导。然而，面对孩子天真的面庞，像观察星星一样看着自己的眼神，贝尔纳无法拒绝。

“当然可以啦，小伙子，不然，要爷爷有什么用呢？”

保罗想了好一会儿，好像这是一个需要严肃回答的问题。

“爷爷会陪我做各种爸爸妈妈不让做的事情。”

“你的回答，我最喜欢。对了，我们在花园里睡觉的事情，可不能告诉你妈妈。不然，她又要说教我了……”

小男孩狡黠地说：“可以，不过我不说，你就得给我一块巧克力。我看见你兜里的巧克力了！”

同室操戈

第二天，贝尔纳如约和孙子坐在餐桌边，准备写作业。桌子上摆满文具，爷爷戴上眼镜，卷起袖子。

“小伙子，你的报告是关于什么主题的？”

孙子兴奋地回答：“第七大陆。”

贝尔纳差点被口水呛到，这个题目他听都听不懂。他为什么要答应陪孙子写作业呢？当老师的明明是布里吉特呀。帮孩子写作业，当然是她更有资格。然而，这次她故意逃避责任，借口是“帮孩子写一次假期作业，也不会让你难受到哪儿去”。

“没问题，地理从来都是我的强项。我要是记得没错，世界上有欧洲、美洲、非洲、亚洲和大洋洲。我说的没错。”他自豪感爆棚。

保罗立即拆台：“这才五个，爷爷。”

“你确定吗？”

贝尔纳竖起手指，一个一个数过去，确实只有五个。

“你抄作业题目的时候没抄错？老师是不是留错题了？”贝尔纳边说边怀疑自己，“除非加上南极洲。等等，奥运会的旗帜上，不是只有五个环吗？真是搞不懂。我们来问谷哥哥。”

“老师不让我们上网查。”

“这老师可真严格。不上网查，那怎么办？”爷爷有点烦躁。

保罗轻声建议：“或许，我们可以去图书馆查？”

“你小子还真不傻。我们去书里查吧，就像以前那样。”

两人告别夏洛特和布里吉特，到市政府的图书馆去了。他们很快找到放地理书的书架。不过，他们不知道哪本书里有想要的信息，只好求助管理员。管理员问，他们说的“第七大陆”，到底是一个确切的地理位置，还是只是一个概念。贝尔纳不知道两者有什么区别，他苦思冥想。

“你的老师真是胡说八道。根本就没有第七大陆。给我看看题目。”

了解我们周围的世界，

“很好。”

找到已知的六个大陆。

“好的，有进步。”

我们今天称作“第七大陆”的是什么？

“这就有点不懂了。”

它是由什么组成的？

“到这儿就看不懂了。”

其短期、中期和长期影响有哪些？

“这哪是二年级的孩子能回答的问题啊！”贝尔纳很焦躁。

该你了！找到证据，按照地点和用法归类。想一想，有哪些个人和集体可以实行的解决方案。

“她还不如直接留作业，让孩子们画蒙娜丽莎呢。”

你有什么想法？你（或你的家人）决定采取什么行动？例如：昨天我那样做，今天我这样做。

“这老师主意可真是多……”

在报告中可以使用手绘、照片、剪贴画和其他图片。

“我说什么来着！当然可以查……”

可以重复使用的关键词：环境、垃圾、塑料、蜂鸟……

贝尔纳一边挠头，一边找图书管理员在哪里，他需要帮助。

“你们老师留作业，都是这么拐弯抹角的吗？你就没有什么数学作业可做？我连这题目都看不懂。”

“你还是承认吧，你什么都不懂。没关系，和我一起学习就行了。”

小孙子看起来倒是挺高兴。

“我可不太想……”爷爷表示反对，他从小就对作业不感兴趣。

保罗一眼就看出爷爷的心思，绝不会让他就这样溜掉。他问：

“你说，爷爷，对学习的渴望，到什么年纪就消失了呢？”

“我不知道。但我知道，我现在有点渴。”

保罗跳起来说：

“等着，我去找水，然后我们一起学习。”

保罗离开的这会儿，贝尔纳赶紧打开手机上的搜索引擎。他可不能在小孙子面前丢人现眼。他翻了好几个网页，想知道“第七大陆”是什么。孙子一回来，他马上把手机藏在衣兜里，微笑着遮掩尴尬。他又想起高中毕业会考时的窘境了。

“好的，好的……我想起来了。”贝尔纳一边摸鼻子一边说，“要是我没搞错的话，它指的不是某个大陆，而是海洋中的垃圾带，有

5个法国那么大。”

保罗很惊讶。

“你一下子就想起来了？突然就记得了？”

“对，我需要的只是静静地想一会儿。”贝尔纳恬不知耻地说，“我觉得，我们能写出这个报告来。”

他心里想：“老夫还真是说瞎话不眨眼。”

快到中午时分，爷孙两人终于写好了报告的梗概。保罗虽然理解了这个所谓的“大陆”是由塑料垃圾组成的，但他不明白塑料从哪里来。从土地里长出来的？还是像橡胶一样来自树木？又或是从海底开采的？塑料是怎么形成的？它是如何来到我们日常生活中的呢？

“一次性水杯，是塑料的？”

“是的。”

“我的圆珠笔呢？”

“我认为也是。”

爷爷有点不太自信。

“哇，这下报告好做了。塑料到处都是嘛！”

保罗四下打量各种塑料制品。他搞不懂，自己明明按正确的分类方法扔垃圾，为什么塑料会跑到海里去，形成这个“第七大陆”呢？

他们告别图书馆，回家吃午饭。路上，贝尔纳建议孙子像个真正的调查员那样，和自己去搞一次实地调查。他带保罗来到了垃圾回收站，随后两人在市中心闲逛了一会儿。他们进门时，布里吉特正在和孙女一起准备三明治。爷孙俩迅速巡视了一下家里各个房间，尤其是浴室和厨房。

贝尔纳不善教学，也缺乏耐心，对孙子的很多问题都是敷衍了事，一带而过。不过，他还是没有弄懂，孙子的老师到底想让他们明白什么。他坐下来，想到一个细节。

“保罗，我记得你老师提到了‘蜂鸟’这个词，不过我不懂为什么。你知道吗？”

“我只记得妈妈给我们讲的一个睡前故事。那是我最喜欢的一本书，但我不知道和作业有什么关系。”

保罗已经把蜂鸟的寓言故事熟记于心：小蜂鸟为了扑灭森林大火，飞来飞去千万次，每次只能用鸟喙含两滴水。虽然其他动物都嘲笑它，说既然徒劳无功，何必白费力气，但它并没有放弃努力，它回答：“我要尽到我自己的一份责任。”最后，所有的动物齐心合力，试图扑灭大火。

贝尔纳去厨房里，温柔地拥吻了妻子。午饭是自制三明治，大家吃得都很香。

吃完饭，夏洛特宣布要和奶奶骑自行车出去。贝尔纳和保罗则留在家里。他们要继续学习，继续写报告。

布里吉特在门槛那里原地踱步，等了孙女好几分钟。小女孩准备了这么久，时间不等人。

“夏洛特，你确定要骑车去买东西？开车去会更快的。而且，待会儿可能会下雨，你会被浇湿……”她一直不停地唠叨。

布里吉特找遍了借口，她不太想骑车。杜戈林女士最近刚刚给她讲过，一位邻居退休后骑自行车出去，结果出了大事。他“先是摔破了脸，之后又摔破了嘴”。

她虽然无法判断邻居讲的是真是假，但宁可信其有。她可不想做无谓的冒险。

“夏洛特，你在哪儿？”她发现孙女还在房间里看书呢，“小姐，快点穿好衣服！”

孙女突然问：“对了，我早上洗澡了吗？”

“现在不是洗澡的时候。我们下午回来再洗！”

“可是，昨天是不是也没洗？可不能告诉妈妈。”小女孩接着说。能有一个和奶奶一起保守的秘密，她显得很高兴。

“我已经准备好了！”

她们花了几分钟时间，找到了蓝色的毛绒玩具。小姑娘说，少了这个可不能出门。之后，夏洛特戴上头盔，活像一名真正的自行车手。

“奶奶，我赢了！我第一个准备好了。”她一边急忙穿好鞋，一边说。

“才不是呢。我都等了你 20 多分钟了！来吧，我们出门……”布里吉特打开门。

孙女立即表示反对，不肯上车。

“奶奶，你不戴自行车头盔，我们就不能出门！”

“我呀？我不需要戴。”奶奶想要回避问题。

“那你开车的时候，要不要系安全带呢？”

孙女的逻辑天衣无缝，虽然布里吉特不懂二者有什么关系。

“当然，那又怎么样？”

“自行车和汽车是一样的，需要安全措施。”

“没错！”她承认事实，同时四处找头盔。

“找找吧，奶奶。我们等你！你看，兔兔都有头盔呢！快点呀，去晚了面包店里的蛋挞就卖光了！”

毛绒兔子头上确实戴了一条方巾，在下巴那儿系了个结。

“我想要戴头盔，可是我没有……”

“那就戴妈妈的头盔吧！”

爱丽丝确实把自己的头盔放在这儿了，这小家伙是个万事通。再找不到别的借口了。布里吉特费力把卷发弄平，塞进头盔。她看起来有点像业余版的珍妮·隆戈[1]，如果骑术也能像她那样娴熟就更好了。

两人路上很小心，一路骑到面包店和肉铺，买了许多肉酱、火腿和香肠，以备晚餐做餐前菜用。爷爷奶奶家里的假期，好像过节一样。

夏洛特和保罗每次获准和大人们一起吃开胃菜，总是弄得乱七八糟。就算是只给他们两个人一小碗咸糕点，也会引起轩然大波。三十秒内，他们就会把自己的东西都吃完，然后像鬣狗一样窥伺大人的碗盘。

更糟糕的是肉食。他们的吃相，就像一个月没吃过饭似的。他们会在爷爷奶奶惊讶的目光中风卷残云，连父母都来不及阻止。夏洛特说，在“香肠大战”的诱惑下，他们根本没办法控制自己。

回家的路上，夏洛特突然急刹车。布里吉特差点仰面摔倒，吓了个半死。

“怎么了，宝贝？”

“奶奶，我从没看过这个！你看呀！”

[1]珍妮·隆戈（Jeannie Longo），法国著名女自行车手。

“什么？”

“奶牛狗！”夏洛特大声叫道。

一只大白花狗跑过来，似乎并不在乎小女孩乱起外号，亲热地舔着她。每次被舔到，她都发出快乐的笑声。

“奶奶，这下好了，我今晚非洗澡不可啰！”

每天进步一点点

后面两天，布里吉特和贝尔纳与孙子孙女相处融洽。到了星期五，与他们相处的一周就要过去。当天吃完午餐，布里吉特接到一通恼人的电话。虽然她已经提前规划好，尽量避免意外发生，但敬老院还是打电话来，说下午需要她帮忙。

她只好把照顾两个小家伙的任务交给贝尔纳。虽然一周以来表现尚佳，但妻子出门时，他还是有些忐忑。

“爱丽丝和尼古拉来之前，我就会回来准备晚餐了。我会尽快赶回来，你们可不要太嗨啰！”

夏洛特提醒道：“这我们可保证不了。奶奶，你知道的。山中无老虎，猴子称霸王！”

贝尔纳之前计划带孩子们出去，找找哪里有塑料垃圾。保罗显然很感兴趣，下面还需要说服夏洛特。贝尔纳有预感，要这个小家伙同意可不容易。

布里吉特和贝尔纳都对兄妹俩的差异感到吃惊。保罗和夏洛特在所有方面都大相径庭。

保罗安静、内敛、独立、喜欢独自一人。他不爱说话，但诚实、可靠、守规矩。夏洛特冲动、满脑子鬼主意、胆大妄为又聪明绝顶，嘴里不闲着，脚下也不稳当。

保罗从没对妹妹表达过什么看法，但如果真有人问，他一定会说，与其要个妹妹，不如养条狗。自从二人住在同一个屋檐下，妹妹就一直欺负他，还不停地干坏事，和哥哥吵嘴。她反复捉弄哥哥，而保罗只想着一件事：让我静静！

贝尔纳准备好出门，想召集两位小朋友。

“来吧，孩子们，我们走啦。夏洛特，你藏在哪儿了，宝贝？”

保罗听见爷爷叫他，马上放下手里的漫画跑过来，而夏洛特却没了影子。贝尔纳找了十分钟也没找到。虽然他从来不擅长找东西，但这次找不到可不行。而且，要是连孙女都弄丢了，以后哪有脸面再因为找眼镜取笑妻子呢？

他粗声大气地喊道：“夏洛特，别藏了，快出来！”

他还想说，要是再不出来就会被骂，不过想到小孙女伶牙俐齿，也就放弃了。

贝尔纳找过每个房间，看过每件家具下面，翻遍了整个家里，还是没找到。他筋疲力尽，跑到街上，立即觉得心跳加快：这虽然不是机动车路，但事故危险无处不在。万一……

“夏洛特！！！你在哪儿？”他撕心裂肺地喊了半个小时，突然想到去鸡舍里找找。

他跑进花园，一个个打开鸡舍，就差去杜戈林家求助了。

这时，保罗轻声提醒他：“上面，爷爷，在树上！”

贝尔纳放下心来。他抬头看见树上的夏洛特毫发无损，真是长出一口气。

爬树是贝尔纳小时候喜欢的游戏，夏洛特像极了爷爷。不过，现在他上了年纪，开始理解为什么自己当时越爬越高，父母却越来越害怕。

“上帝呀，你爬那么高干吗？快下来，马上！你奶奶要是看到，还不生剥了我的皮。”他也找不到什么更好的说辞了。

小女孩灵活得像只猴子，以飞快的速度从树上爬下来。爷爷在边上直叫“慢点，慢点”。她双脚落地，贝尔纳用手弄乱她的头发，以示惩罚。

“你可不能再这么吓唬我了，知道了吗？”他边命令，边把孩子抱在怀里。

夏洛特不生气，也不觉得内疚。她从衣兜里拿出一件宝贝。

“爷爷，看看我找到了什么！”

“这是什么？手链吗？这可是纯金的。你从哪儿拿的呀？”

“我不是偷的，是在树上找到的。我发誓，爷爷。”

“夏洛特，看着我。你得说实话。”

“我刚才说的就是实话。真是的，爷爷！你一点都不相信我吗？”

这个问题足以让任何父母或祖父母偃旗息鼓。孩子们虽然听过这样那样的故事，但在他们这个年龄，还没有学会睁眼说瞎话。

“树上有一个鸟窝，里面有各种各样亮晶晶的玻璃和塑料。我害怕割手，就只拿了首饰。”

保罗跑过来，拿起妹妹找到的首饰。

“我敢说，一定是喜鹊干的。《丁丁历险记》里的喜鹊都是小偷。”故事书里的情节，终于在现实中应验了，他很高兴。

队伍终于集合好，三人上路。他们到房子后面的小树林里散步，除了找塑料，还想采些蘑菇。但今年雨水少，三人只好改成捡拾栗子。他们捡了整整两个小时，胜利果实越来越多。贝尔纳不知道这东西怎么弄熟，但觉得很好看。几个人衣兜都装得满满的，决定启程回家。

夏洛特问："我们从哪里回家？走大路还是穿过树林？"

保罗请求说："按原路返回吧，爷爷！"

"按原路走，可不近啊。"

两个孩子齐声说："可是这条路最美！"

他们走过林中一片空地，夏洛特惊恐地叫起来。

"爷爷，快看！那是什么？"

爷爷解释道："你们看，孩子们，这就是塑料！"

"可我们不是刚刚从这里经过吗？真恶心！"

有人在树林里随便倾倒垃圾。酸奶罐、塑料瓶子、食品包装……刚刚风景宜人的小路，现在竟然成了垃圾场。

"太过分了！"保罗补充道。说完这话，他有些担心"犯罪嫌疑人"就在附近，于是抓住爷爷的手，同时四下打量。

附近一辆汽车开走，保罗被声音吓了一跳。

小男孩天真地问："你觉得，这会是喜鹊干的吗？"

"不会。只有人能干出这种事，一个不尊重环境，也不尊重他人的人。"

保罗突然想到了蜂鸟的故事，明白了这个寓言里最令人悲伤的部分：结尾。故事的结局中并没有说，动物们一起努力，是否能够扑灭大火。

“爷爷，你说，我们应该怎么对待这些坏人呢？”

“这个问题问得好！应该好好教育教育他们。”贝尔纳也开始懂得幼儿园老师的用意了。

孙子有点失望：“就这样？”

孩子不知道自己应该如何教育一个大人，陷入沉思。爷爷的回答并不能令他满意。

他苦闷地说：“如果努力的只有我们，我觉得所有动物加起来，还是无法拯救地球……”

三个人站在小垃圾堆边，群情激奋。附近的人来树林里倒垃圾，已经不是第一次了。尤其在夜里，那些懒得去回收站或者不愿意分类的家伙，就会来树林里倒垃圾。滥倾垃圾已经成为地区一害。

“你说得对。垃圾分类只是第一步，但还要更进一步，停止浪费。最好的垃圾，是不产生垃圾。”贝尔纳临时抱佛脚，一个字不差地重复了母亲的话，“我们对自然的索取，应该只限于生活必需品。比如说我，现在我有很多时间，我想试试只吃自己菜园和鸡舍产出的食物。”

“这样你可吃不到什么啰！”夏洛特打断了爷爷，还是她头脑清醒。

“不要把这当儿戏，小姑娘。应该尊重自然，不然她会报复人类的。”

贝尔纳给孙子孙女讲了自己在报纸上看到的一则新闻：瓦兹镇长惩罚滥倾垃圾恶行。他每次都能找到肇事者，亲自打电话过去，告诉对方只有两条路可走。

“哪两条路？”两个孩子齐声问。

“要么，肇事者自己来把垃圾清理干净；要么，镇政府派人把垃圾扔回他家里。”

贝尔纳没有看到刚刚的汽车什么样子，也没能记下车牌号，但他俯身拾起一个信封。犯罪嫌疑人总是会留下蛛丝马迹。干坏事的人是他的老相识。今天夜里，贝尔纳准备给他留点惊喜……

兔子，等着瞧……

尼古拉和爱丽丝一周的工作结束，来到父母家。他们发现贝尔纳穿着全套潜水服，连潜水头套都戴好了。保罗也穿好了冲浪服。

尼古拉很惊讶："你们这是干吗呀？保罗，你不是应该和妹妹洗澡去吗？"

"我们正在练习。我跟爷爷讲了关于'垃圾大陆'的作业，他带我去海滩上捡垃圾。我在岸上捡，他去海里捞。我们要保护海龟，避免它们因塑料垃圾窒息。然后，我们会把所有垃圾放到回收站。我们是'秘密警探'，对吧，爷爷？"

"现在已经下午 5 点了，我们改天好不好？外面又黑又冷。爸爸，你这样做我很赞赏，真是个好爷爷。但是，这时候带孩子外出，我看还是算了吧。来，保罗，去浴室洗澡。对了，你的报告呢？还没跟我说写得怎么样，有趣吗？"

保罗生起气来。

"爸爸，你真是什么都不懂！首先，这个题目不是有趣，而是令人警醒。第二，地球上不是只有一个塑料大陆，而是五大洲每个上面都有。派船出海去捞垃圾，只是杯水车薪。我们每捞回 1 千克的垃圾，世界上的人同时会扔掉 1000 万吨的垃圾。”他显然夸大其词。

尼古拉有点担心：“你和爷爷一起确认过数字了吗？我可不想你不及格。”

“我们一定要停止扔垃圾！”

“零垃圾是不可能实现的！”

贝尔纳立即反驳：“‘对法国人来说，没什么不可能。’至少可以尝试一下。”

尼古拉问：“你打算怎么做呢？”

“爸爸，应该说，我们打算怎么做。每个人都要参与，就像妈妈讲的那个蜂鸟的故事。爷爷已经志愿尝试零塑料生活。如果他成功了，就会成为大英雄！我会在全校同学面前讲他的事迹！”

贝尔纳穿着“超级爷爷”套装，显得志得意满。

他自豪地说：“大英雄，没错！尼古拉，你和我们一起去吧。我们潜水后，需要你帮忙执行秘密任务。”

尼古拉不愿帮忙：“我不是不愿意，可是爱丽丝……”

“别找借口。拯救地球，让我孙子感到骄傲，二者刻不容缓。你，我……”

“还有我！”保罗大叫道。

“我们要准备一个零垃圾大惊喜！”

小男孩抓起爷爷和爸爸的手，高兴地喊道：

“这是普通人的一小步，人类的一大步！”

君子报仇，十年不晚

贝尔纳开着布里吉特的红色轿车，尼古拉坐在副驾驶座上，保罗坐在后面。他们去海边捡垃圾，满载而归。正在路上时，被警车拦住了。警察让他们把车停在路边，还用手电照他们的脸。黑夜里身穿潜水衣，戴着潜水头套开车，确实很可疑。

一位警员问：“请你们解释一下，为什么穿成这个样子？”

尼古拉说：“我们刚刚去潜水了。”或许他解释得太简单了。

“大晚上去潜水？当然啰，你们把警察当傻瓜，是不是？趁着夜里从事非法捕鱼的家伙，我们可见得多了。你们知道会受到什么惩罚吗？先生，请你们从车里出来，把驾照交给我，打开后备箱。”

贝尔纳紧张得不停流汗，只好听从警察的命令。警察检查了后备箱，发现一大堆垃圾，更是起了疑心。保罗解释道：

“我们拯救了 86 只海龟，71 只鸬鹚。”他把从海里捞上来的垃圾和海滩上捡来的垃圾都算上了，“看看我们不到一个小时，捡回了多少塑料垃圾！”

两位警察很长时间不知所措。小男孩继续解释：

“这是为了写报告，是学校留的作业。你们看到这些瓶子了吗？大家都把大海当成垃圾桶了。现在，我们要把垃圾送到回收站。”

警察没有发现任何违法迹象，只好放行。正当车子要启动时，警察又把他们拦下了。贝尔纳虽然没做任何坏事，但还是被吓了一跳。不过，警察打开警灯，对他们说：

“跟着警车，我们送你们去。”

尼古拉和贝尔纳不知道警察是为了确认他们所言非虚，还是觉得自己这样做也是为环保出了力。不管怎么说，两个警察开警车，送三个穿潜水衣的人去垃圾回收站，这种事应该不常见到。就这样，他们由警车开道，开着红色的小汽车，趾高气昂地来到回收站。

皆大欢喜。他们三个很是自豪，回收站的负责人也很自豪。他们开车回家的路上，保罗说：

“我喜欢爷爷，因为他总是有鬼点子！”

爷爷的鬼点子，保罗可还没全见识到……他们到家时，后备箱里还有很多垃圾，保罗不明白，为什么不把所有垃圾都留在回收站呢？

“爷爷，我们留着这么多垃圾干什么？”

贝尔纳小声，但非常自豪地说：“你等着看好戏吧，小伙子。我们要给某人来个大大的惊喜，他做梦也想不到……”

尼古拉和保罗趁着夜黑风高，蹑手蹑脚，费了九牛二虎之力，把在树林里收拾好的垃圾一股脑扔到了杜戈林家的花园里。

贝尔纳面带胜利的微笑，双手叉腰，庄严宣布：

“哪里来，哪里去！”

一切都好，侯爵夫人[1]

第二天，贝尔纳起了个大早，去花园里偷看邻居家的情况。杜戈林夫人正和丈夫一起把花园里的垃圾搬上皮卡车。他们气喘吁吁地收拾好，准备送到回收站去。贝尔纳忍不住打招呼。

“一切都好吧？”贝尔纳心里乐开了花。

这是他第一次主动和邻居打招呼，心情还不错。

很奇怪，杜戈林夫人这次似乎不想讲述自己的遭遇，就好像什么事都没发生一样。她也没有说，在那堆垃圾上面，是一堆信封，上面都是他们的姓名和地址。真是一次完美的犯罪。何况，垃圾堆的最顶端，摆放着一纸法规，上面写道：“滥倾垃圾会被处以 75000 欧元罚款。”这足以威慑他们不敢再犯。

邻居们开车出门后，贝尔纳开始了普通的一天。他修整菜园，

[1]《一切都好，侯爵夫人》是保罗·米斯拉奇（Paul Misraki）于 1935 年创作的歌曲。歌中描写一位侯爵夫人离开庄园后，打电话给仆人询问家中情况。天生乐观的仆人表示虽然发生了火灾等种种不幸，但“一切都好，侯爵夫人”。后来，这句话成为法语中的固定表达，表示虽然命运多舛，但应平静接受。

决定把各个区域重新分割一下。他区分出香料种植区、蔬菜种植区，还特地留了一块地方，准备以后养蜂。这些还没做完，他就浑身大汗，四处酸痛。这天下午，他跪着种完菜，踮着脚修剪完树篱，弯着腰给矮树墙剪枝，觉得疲惫不堪。这下不用人提醒他多锻炼身体了。

他叫夏洛特和保罗帮他耙净草坪，清扫落叶。不过，两个小孩正抓着父母的手机玩儿个不停，根本没听爷爷的召唤。

尼古拉和爱丽丝一从巴黎回来，孙子和孙女的行为就完全变了。过去的一周，两个小孩如此可爱，对祖父母言听计从，可一旦在父母身边，就变回了娇生惯养的模样。贝尔纳和布里吉特对此非常惊讶。

贝尔纳不由得想，孩子们的哭闹，本质上都来源于现代生活的“福利”：手机、巧克力酱、糖果……过去的一周，没有这些，也就没有哭闹。他每次叫孩子们来花园里看松鼠，他们都会乖乖的。

小农舍打扫好，不需要的东西也都清理干净。布里吉特叫来工程公司做预算，内部装修正式启动。这栋房子某天可能要卖掉，她并不排除这种可能性。所以，她叫人把房子腾空，再重新装修，好让它更符合当代人的品味。如今她正重新粉刷房间。爱丽丝决定在一家四口重返巴黎之前，助婆婆一臂之力。

她好奇地问：“你们这是在干吗呢？”

“我要把房间都重新粉刷一遍。这样哪天要是卖房子，会看起来很完美。”

“嗯，嗯。不过，既然要卖房子的话，让新主人自己选择要怎么装修，不是更好吗？”

布里吉特很自信地说:“信我的没错。所有装修节目都说,要让买家看到焕然一新的房子。”

爱丽丝看了看刷好的房间。

“刷这个浅黄绿色,真的会让房间看起来焕然一新吗?”

布里吉特笑了。

“绝对的,等刷完你就知道了。你要是想帮忙,就帮我去花园的仓库里再拿一桶油漆。谢谢。”

爱丽丝乐于效劳。这时候,杜戈林夫人从垃圾回收站回来,隔着栅栏伸出头,想给新来的一个惊喜。好奇心太强,这是她最大的缺点。

“您一切都好吗,爱丽丝女士?我说的是工作上!我听说您现在自食其力啦?”

杜戈林夫人时不时能从布里吉特那里窃取一点关于她的信息。

“您关心我们家的生活,真是感谢。不过,我现在有点忙。再见!”爱丽丝边说边走开。不过,对面的老妖不肯轻易松手。

“您眼圈那里,是不是都长皱纹啦?”

“这不是皱纹,这是脱水导致的。好了,您没什么特别的事情找我吧?”爱丽丝有点烦躁,虽然天气寒冷,还是挽起了袖子。邻居好像什么都没看见。

“您真幸运,有这么一位善解人意的老公,肯让您出去工作,给您自由。我呀,我家那个老头子……”

“等等!”爱丽丝愤怒地打断了她,“您听说过有人会对一个男人说‘你妻子允许你去上班’吗?不,我不需要任何人允许。夫妻平等,我有我的工作,他有他的工作,一切都很好。谢谢。”

“我不想火上浇油，不过我听说，你们两口子也不是一切都好。而且，您那个老公公也够喝一壶的。你们不在的时候，我可是看到贝尔纳怎么带孩子的。您能放心把孩子交给他，那是您心肠好。换了我的话，可没那么放心呢。当爷爷，哪能一两天就学会。贝尔纳嘛，一看就是个彩鸟……”

“您是说‘菜鸟’？杜戈林夫人，要么您就直说，要么您就别说。”

邻居显然没有听懂爱丽丝话里有话，还继续自己的碎碎念。她确实是个爱玩儿火的人。

她大咧咧地说：“我不知道，他这种二百五，怎么还能有女人看上他。”她忘了，自己家里还供着个五百。

与此同时，杜戈林先生走出来，朝爱丽丝挥挥手。

“说到二百五，那是您先生吧？他是不是退休之后，就决定赤裸面对人生了……”

杜戈林夫人回头看看，连眉头都不皱一下，似乎没什么可大惊小怪的，回过头来继续说：

“这是因为我现在正罢工，不给他洗衣服，让他难受难受！”她小声小气地说，好像她们是经常互诉衷肠的闺蜜一样。

“看起来，他并不觉得不穿衣服难受。不过，我嘛，我都快吃不下饭了。这……”

爱丽丝拎着油漆，躲进屋子，再无二话。她见到布里吉特的时候，满肚子都是气。

“这个婆娘，开车撞死她得了！我不知道，您怎么受得了这样的邻居？我可没那个耐心。一定要找到什么方法，让杜戈林一家搬走。”

布里吉特之所以能如此冷静，是因为每天都坐禅。这是贝尔纳搞出的一个误会，也是她自己一时兴起的结果。一次瑜伽课后，同班的一位同学带她去体验日本传统“侘寂”艺术。这种艺术教导人们，应该正面接受因时间久远而变得不完美的事物。

一张被孩子划出痕迹的书桌，正在讲述一个独一无二的故事。这种时间的痕迹会让事物变得更美，并赋予它们新的价值。布里吉特努力接受自己，学会改变眼光，重新审视自身“缺陷”。这有助于她面对衰老。

她一生中，最忧恼时光流逝，仿佛看到一件件去而不回的事情从指间溜走。45 岁时，她遗憾不能再给尼古拉添一个弟弟妹妹。55 岁时，她相继失去双亲，父亲死于疾病，母亲死于悲痛。与此同时，她自己的死亡也提上了日程。这是一种如影随形的焦虑。如今，她要作出最大的努力，放下那些不可能的事情，着眼于那些仍可实现的事情。

就像贝尔纳一样，当她照镜子时，能在镜中看到自己的过去。自己的前半生，生活是幸福的，也有对的人相伴，那为什么要否认过去呢？几个新增的老年斑让她想到去年夏天和孙子孙女们一起的日子，眼睛周围的皱纹仿佛凝固了生活中的欢乐，手上的这道疤痕提醒她生命无常。

她终于意识到：看到每件事物中的美好，包括那些不完美的事物，这种天赋并非人人具备。

爱丽丝说的话，让她一下子从白日梦中清醒过来。

“这张扶手椅很好看，是新买的吗？”

“是买的，但不新，在二手网站上淘的。这把椅子少说有 50 年了，看看多漂亮！万一扔掉了多可惜呀。”

“这五斗橱也是？”爱丽丝很惊喜。

“没错。它有一段神奇的历史。原来的主人是一个特立独行的人，他就住在两条街外。我们只要在身边寻找，就会遇见很多不可思议的事情……淘到的时候它几乎是全新的，我只是把上面漆成了黑色。”

“真不错，这样看起来很有品位。至少，没人会有和您一模一样的五斗橱了。自己动手，丰衣足食。”

布里吉特为了装饰客房，会经常上网找二手货。一开始只是打发时间，但现在已经成了嗜好。

“能淘到这么多好东西，我特别开心。它们在我家得到重生，而且原来的主人也能赚点小钱。真是双赢。”

“完全同意。我已经看腻了我朋友家里那些千篇一律的家具。买新家具不但破坏森林，东西还这么丑。与此同时，那些老家具则没人要。而且，家里摆上老家具，气氛真是有点不同。”

“爱丽丝，你这么说我真高兴。你要是愿意，我也会给你和孩子们淘些好东西。我在网上看到很多老式书桌，但不知道你喜不喜欢，就没敢买。”

“我当然喜欢了！连圣诞节礼物，我也想要一件您抢救回来的二手货，而不想要新东西。而且，最近几个月，我决定让全家过上知足少欲的生活，重在提高生活质量。”

爱丽丝在家庭消费方面，是个呼风唤雨之人。她总是想进行一些小小的变革。不过，上次“多吃绿色食品、减少肉食摄入”的倡议并不成功。“禁止购买巧克力酱”更不受欢迎。人们都说，教育一位男性，只改变了一个人；教育一位女性，则会改变一家人。爱丽丝就是这方面的典型。

布里吉特和爱丽丝这样深入的交流并不多见。她们在一起的时候，不经常谈论各自的爱好，一般都是以准备晚餐和子女教育作为共同话题。爱丽丝给人的感觉有点疏远，很少表露自己内心的想法。不过，提到原则问题，她总是乐于开口。

“每个人都应该根据自己的条件和认识高度来保护环境。比如说我，我决定不再买新东西，以此作为对抗商家的手段。他们只会把消费者当成傻瓜和摇钱树。我们真正需要的是历史、价值观、人与人的交流，还有生活的意义。您觉得对吗，布里吉特？”

“那还用说！我一直以来都喜欢那些有历史感的东西。”

“我以前一直想不通，您为什么会看上贝尔纳呢？现在我明白了。”

对牛弹琴

当天晚上，孩子们上楼去洗漱，大人们准备吃饭。这时候一个奇怪的场景出现了：爱丽丝好像在屋里跳芭蕾。

她在屋里转来转去已经快二十分钟了。她四处翻找，抱枕下面、家具下面，她低头、弯腰、抱怨、大口喘气，然后跑到已经找过的房间里再找一遍。全家人都在惊讶地看着她，只等她一个人开饭了。葱白馅饼要凉了。

爱丽丝脸红脖子粗："千万别起来帮我找……"

贝尔纳说："我们倒是想帮你，可是你在找什么呀？大家等你吃饭呢，快来吧！"

"我在找什么？看不出来吗？"

三个人面面相觑。

"我在找都都！"

布里吉特一下子站起来。

"我知道！"

爱丽丝看着婆婆，心下纠结：她明明知道都都在哪儿，却不帮忙找出来，应该冲上去掐她吗？她现在帮了自己一个大忙，要跳过去拥抱她吗？

“它在……它就在……”

虽然贝尔纳感觉儿媳妇马上要爆炸了，但对于这个经常重复出现的场景，他还是乐于坐而观之。他站起来，从五斗橱最上层拿出一件小东西。

“我们来算一算。按照每天晚上 15 分钟，每个孩子 10 年算……你们打算再要一个孩子吗？”他明知故问。

尼古拉说：“爸，你还真是见缝插针。我们现在一点都不想……”他站起来，也不知道怎么才能帮到妻子。布里吉特还在客厅里转圈。

“它在……今天早上，我明明看见了，它在一个很奇怪的地方。当时我还自言自语：‘他们把玩具放在这儿，肯定再也找不到了。’”

尼古拉气不打一处来。

“你当时就不能把它拿出来？”

爱丽丝不耐烦地问：“当时玩具在哪里，布里吉特？”

奶奶想了很久，好像一个世纪都过去了。

“不知道！我想不起来了。不好意思。”

贝尔纳说：“算了，吃饭吧……”他看见妻子去别处拿了两个毛绒玩具，给孩子们作为替代品，于是皱起眉头。

一家人吃完饭，最后品尝奶酪。爱丽丝不能吃，因为她决定只吃不含乳糖的绿色食品，而且因为长湿疹，不能吃谷蛋白。贝尔纳嘲笑道：

“要不你干脆什么都不吃得了呗？”

每次大家一起吃饭都不容易。有人不吃肉，有人不喝酒，有人像爱丽丝一样，吃东西很特别。在外人眼中，这些习惯都很奇怪，理所当然成为饭后谈资。每吃一顿饭，都要讲讲吃饭的理由，这让爱丽丝很受不了。她只是想要改变一下生活方式，却经常被说成是一个心情忧郁、不会享受生活的人，这让她深感挫败。丈夫立即替妻子辩解。

“我听说有一种‘单一饮食法’，只吃一种食物，连续七天，比如说圆白菜，这样能达到排毒的效果。爸爸，你应该试试，肚子或许能瘦下来……”

大家都笑了，只有贝尔纳拉长着脸。布里吉特说话了。

“贝尔纳用单一饮食法已经好多年了哦！他可以一周只吃奶酪！瘦身嘛，他可做不到，因为他除了奶酪，还要喝葡萄酒、吃香肠。”她一边逗丈夫，一边抚摸他的手。

贝尔纳刚想发作，却吓了一跳：爱丽丝尖叫起来。听到这么大的叫声，就算他还没耳聋，也快了。

“在那里，贝尔纳！我看见那只鼹鼠了！”

“哪里？哪里？”贝尔纳踮着脚问。

“就在厨房玻璃窗外面，小矮墙墙根那儿。”

贝尔纳跳起来，连带倒了椅子也不管，踉踉跄跄跑到花园里，手里挥舞着随手抄起的苍蝇拍。其他人在屋里听见他吼叫，撞到东西，在树墙里四处寻找，乱抓，在土里乱翻。随后，一切都静下来。

几分钟后，贝尔纳回来了。他满脸通红，浑身泥土，脸上有擦伤。大家都盯着他，看抓到鼹鼠没有，发现好像一无所获。贝尔纳与其说失望，不如说愤怒。

“爱丽丝，你搞什么鬼！这下你高兴了吧？”

布里吉特和尼古拉不明所以。爱丽丝却乐开了花。

“非常高兴！我们以前找都都的时候，您可没怎么帮过忙，这对我来说太重要了！您看到自己什么样了吗？放过那只可怜的鼹鼠吧，贝尔纳。别生气了！算了算了，一笔勾销好不好？”

贝尔纳皮笑肉不笑，只好转移话题。

“你们别忘了告诉保罗的老师，我是自愿接受挑战的。我宣布，从今天起到明年六月末，尝试‘零塑料’生活。”

大家一齐点头，好像在说“当然，当然”，不过表情多少有些怀疑。他们还不知道，自己的生活将就此改变。

晚上布里吉特和贝尔纳上床的时候，终于找到了两个孩子的毛绒玩具。他们悄悄到两人的房间，送上玩具和一个吻。今晚过后，要等到十二月，也就是一个半月之后，才能再见到孙子和孙女。贝尔纳和布里吉特静静地看着躺下的孩子们天使般的面庞，似乎发现了生活的真谛。

两个孩子还没有睡着，爷爷奶奶决定给孩子们一个长长的拥抱。随后，他们想到了一个关键性问题。

“孩子们，你们希望圣诞老人送你们什么礼物呢？”

保罗叫道：“我知道。我想要的礼物很简单，而且爸爸也会喜欢的。”

布里吉特很好奇：“是吗？”

“我想让圣诞老人从他的酒店里，抓一只工作鼠送给我。”

贝尔纳很惊讶：“为什么？难道他的酒店里有老鼠？保罗，你还是改改主意吧，这个礼物可能会很难送哦。要活捉一只老鼠简直不可能，它们非常狡猾。”

“当然可以抓到。不然，我掉牙的时候，小老鼠为什么能随意进出我家呢？”

“没错！我得想想。工作鼠，可不是一个简单的问题。你别抱太大希望。要不，还是买个足球，好不好？”

保罗脸色略变，贝尔纳也就不再坚持。

“你呢，亲爱的夏洛特，你喜欢什么？”

小女孩克制地说：“爷爷，我什么都不要。”

奶奶穷追不舍：“什么都不要？总有你喜欢的东西吧？”

夏洛特低下头，表情很忧郁。贝尔纳抚摸着她的头，孙女突然打开心扉。

“有我想要的东西，但非常难找到，所以还是不告诉你们好了。”

布里吉特温柔地说：“能找到，告诉我们吧……”

夏洛特低着头，大眼睛里闪着稚嫩的光，终于把话说出口：

“我呢，我希望能多和爸爸在一起玩儿！”

贝尔纳试图解释：“但是，你爸爸有很多工作。这可有点难！”

布里吉特说：“我希望他不要把工作当成最重要的东西。掐指算算，我们俩也不剩多少年了……”

爷爷奶奶对孩子们的要求很惊讶，而在门后偷听的尼古拉更惊讶。女儿的要求让他如梦初醒，特别是他意识到了整件事背后的真相。

“糟糕！我变得和爸爸一个德行了！”

不算太难

孩子们离开次日，贝尔纳一早起来，做了他如今很拿手的水煮蛋。吃完水煮蛋大餐，他打电话给尼古拉，确认两个孩子顺利到达巴黎。当然，电话是布里吉特让他打的。以前都是奶奶主动打电话，这次她要求爷爷做出点努力，贝尔纳听命照做。

他必须承认，孩子们走了以后，自己觉得屋子里空荡荡的。他忍不住回忆那些与孙子孙女共度的时光，想到自己即将开始的挑战，会让孙子多么自豪。

不过，他忘了尼古拉曾经说过，不能在星期一早上孩子上学之前打电话。

“对不起，爸爸。我们忘了发短信报平安。谢谢你打电话来，可是现在不是聊天的时候。我得挂电话了，你晚点再打过来吧。我们都快迟到了。”

这一点连街对面的小卖店老板也了如指掌。每天早上 8 点 23 分，爱丽丝拽着孩子狂奔出大楼，真的是狂奔。她一只手拉着保罗，孩子书包拖在地上，衣冠不整。尼古拉跟在后面，胳膊下面夹着夏洛特。不知情的人可能会觉得，家长一定是和孩子进行了一场战争，或者这是某种疯狂的行为艺术。两人一个带着家长签字的作业本，一个带着毛绒玩具，冲向学校。在学校门前的路边，或轻轻一吻，或浅浅一抱，敷衍了事地告别："今天过得愉快，宝贝。"

然而，这一天的种种遭遇，尼古拉无论如何也预想不到。起初一切正常：咖啡，毫无建树的会议，中午有紧急文件要处理，午饭默认省略。下午，咖啡，开会，会上他因低血糖而大发脾气。然后，为感谢公司老员工而组织的告别会搞砸了，不过好在抢到一块蛋糕，囫囵吞下。之后，咖啡，一个充斥着个人攻击的会议。18 点 30 分，继续工作。从早上到现在，电子邮箱里积攒了 150 封待回复邮件。

这个酒店集团总部的工作模式，散发着浓浓的法式传统。同事见面要称"您"，领导下班之前，员工绝不能离开公司。

尼古拉一直等着晋升，已经好几个月了。领导去年就许下了承诺。当然，他期盼除了晋升，还有与职位相应的加薪。事到如今，除了各种借口和"请您理解"，什么都没有。必须耐心等待，因为集团整个欧洲事业部的职位晋升都被搁置了。可是，要让他等到什么时候呢？他已经进入新的岗位，在履行新的职责，只是还没有相应的职称。他只能继续忍辱负重吗？付出更多时间，更早来公司，牺牲更多个周末，却得不到任何认可？

上级的要求越来越多，越来越快，手头的资源越来越少，预算缩水，团队缩编，进度缩时。而且，连最基本的生活所需都要给工作让步："您中午没打算吃饭吧？"或者"我给您发了一封邮件，附件是修改过的文本。您必须重审确认，并于周日前下发。"

会后，所有的同事都走出会议室，尼古拉要求留下来和老板谈谈。

“我想和您谈谈我晋升的事情。这件事已经拖了几个月了，我觉得已经无法忍受下去了。”

“我理解，但我没有什么新消息可以传达。尼古拉，我们俩之间从来都是有话直说。我得提醒您，一时半会儿可能还没法晋升。”

“您到底什么意思？请您给我更准确的时限。”

老板挠挠头，看起来十分尴尬。

“要等至少一年，或许不到一年，或许一年多，我也不确定。不过，一有名额，保证您第一时间晋升，这个我可以保证。”

尼古拉一直都是公司的排头兵，凡事都靠得住的得力干将。无论有多么重要的私事，只要公司有需要，他都会第一时间回复。

不过，如果老板随意改变游戏规则，尼古拉就不想玩儿了。

“我今晚会把辞职信放在您办公桌上。”说完，他在老板惊讶的目光中，离开了会议室。

尼古拉回到办公桌前，在电脑的搜索引擎里寻找“辞职信范本”。凡事一旦开始，他就会坚持到底，一板一眼地把事情做完。

这一点和他父亲一样。

不过，和父亲不同的是，尼古拉很清楚自己之后的自由时间怎么打发。他想多和孩子们在一起，见证他们的成长。他不希望某天早上醒来，发现自己已经老去，还错过了孩子们生命中的一切。

虽然辞职会带来生活中的种种变化，但尼古拉并不焦虑，反而觉得轻松了许多。人生中第一次，他确定自己这天夜里会睡得像个孩子。他觉得自己的神经将放松下来，没有纠结，没有压力。他认为自己做了正确的决定，剩下的只是告诉爱丽丝……

祸不单行

这一天，尼古拉回家出奇地早。爱丽丝整天忙于家庭事务，虽说名义上是在家里工作，但工作上的事情没有丝毫进展。每次尼古拉结束漫长的一天，从公司回家，爱丽丝都没有好气。这天晚上，尼古拉做好了同样的心理准备。果然，妻子又是气鼓鼓的。

"我知道'遍身罗绮者，不是养蚕人'，可是养蚕人的老婆已经受够了！"

"你也晚上好，亲爱的！你今天过得好吗？看起来不太好。"

"我这样忙来忙去，已经受不了啦。我需要立即放假，过一个像模像样的假期，不然，我就坚持不住了。我也是需要工作的呀。"

"你这是怎么啦？我今天提前回家，你都没注意到，还这样针对我。"

这时一个小孩的喊声响起："妈——妈——"

"他们还没上床睡觉？"

"没啊，才 19 点 30 嘛。你去哄他们睡觉吧，我受够了！"

"来吧，孩子们。妈妈今天头疼。谁想听故事？"

孩子们齐声大叫："不要！不要爸爸讲故事！你从来都不把故事读完。"

尼古拉面对生龙活虎的孩子，咽了口唾沫，随后选了保罗最喜欢的蜂鸟的故事。他颇有激情地读着，只略过了少数句子，不过孩子们还是发现了，不满地瞪着他。读完故事，他温柔地拥抱了两个孩子，让他们睡下，随后心满意足地到客厅里找妻子。不过当他想起自己要宣布的坏消息，满足的表情马上就消失了。

他决定先从积极的方面说起，爱丽丝可是个顺毛驴。

"我有个好消息……"

"啊，太好了！我需要听个好消息。今天过得真是糟糕……"

"你明天晚上不用给我的同事们准备菜了，晚餐取消了。"

"这就是你说的好消息？菜我都买好了。算了，这周省得买菜了。"她自我安慰道。

尼古拉暗自寻思：和刚才想的一样，气还是没消呀。

"我还有第二个消息……"

"这次是个好消息吧？"

"算是吧……"

他深深吸了一口气，脱口而出：

"我辞职了……"

与此同时，尼古拉的手机响了，来电人是他父亲。照片上的贝尔纳像个快乐的傻瓜。早上刚刚捣过乱，现在又来了。老父亲认为晚上打电话更合适，肯定是忘记了三口之家的日子是怎么过的。尼古拉现在后悔了，早上不该说让父亲再打过来。他看见妻子质疑的眼神，决定不接电话。

爱丽丝一脸震惊:“啊?辞职?什么意思?”

“就是‘协议离职’。你会高兴的:我通过谈判,让公司给我多发一年薪水,作为对我高质量忠实服务的回报。”

“我是做梦呢吧?告诉我,你不是真这么做了吧?你都不提前问我一下!”

爱丽丝再也坐不住了。她双手抱头,在客厅里来回踱步。她尝试理解丈夫为什么辞职,但一时想不到原因。尼古拉以前从没有提过辞职的事情,他很喜欢自己的工作。

“我是临时决定的,就这样。你想想我们多久没睡过好觉了?”

爱丽丝想不到失眠和尼古拉突如其来的辞职有什么关系。

“对,可是有孩子就会影响睡眠,这很正常。”

“还有,你瘦了多少公斤了?我们有多少顿午餐和晚餐没吃?等到有空吃都饿过劲儿了。你觉得这正常吗?这难道不是身体在敲响警钟吗?这不是身体在崩溃之前提醒我们吗?”

“你觉得是吗?”

爱丽丝一屁股坐回沙发里。

“我不想再当模范员工,全情投入,不问回报。最近三个月,我每个周末都加班,每天凌晨 2 点上床,6 点起床。这都是为了什么?我真的快乐吗?还有多久就挺不住了呢?”

尼古拉靠在爱丽丝身上,抓住她的手。他此时比任何时候都更需要妻子,需要她的支持。

“问得好。”妻子承认他说得有理。

两个人十指相扣。

“我本以为自己是公司不可或缺的人物,可是本应属于我的晋升，无论如何也等不来。他们当我是傻子……妈的，我真是想骂娘！”

尼古拉的公司里，一切一成不变。尽管有人因压力而崩溃，员工们上街游行表示不满，但领导层好像不觉得公司的组织有问题，也看不到工作任务太繁重，管理有缺陷，企业文化里充斥着道德说教。而且最近几年，公司环境日趋恶化。加班费没有了，35 小时工作制被视为无物。晚间和周末不接工作电话的权利也消失无踪。每个人都收到了公司的“有毒礼物”：罪恶的智能手机。

爱丽丝没有完全听懂丈夫的逻辑，想要进一步理解他的想法：“可是，这些变化也不是一天产生的。每次你都能适应新变化，昨天你还没觉得公司有什么问题呢，不是吗？”

“因为我和所有人一样，身在此山中，根本看不清状况。所有人都埋头工作，根本没有时间思考，更没有时间分给生活中真正重要的事。我们没有意识到，这一切没有任何意义！”

尼古拉身体颤抖起来。他今天做出了人生中最困难的决定。此时，他的身体对此做出反应。爱丽丝抚摸丈夫的脸庞，想帮助他平静下来。

“辞职也有好处，至少你会经常在家里陪我们。”

爱丽丝把头靠在丈夫肩膀上。尼古拉长出一口气。妻子的反应与自己预期的不同，似乎比较顺利地接受了现实。他决定乘胜追击。

“此外，我想，既然要改变，不如改变得彻底一点……”

妻子的脸瞬间抽搐了一下。

爱丽丝有时会在尼古拉身上发现和贝尔纳相同的行为方式，这让她很担心。父子俩很容易心血来潮，一个未经斟酌的决定，就有可能把全家人带入疯狂的窘境。尼古拉并没有注意到妻子皱眉头。

“我们借此机会，干脆离开巴黎怎么样？”

他直视着妻子的双眼。

“什么？”爱丽丝差点从沙发上掉下来。丈夫脱口而出的荒诞想法让她大吃一惊。

“我想回波尔多老家……”

爱丽丝心想：我就知道要说这个。一个坏消息背后，总是隐藏着另一个坏消息，祸不单行。

“回去和你父母住在一起？你还有别的好消息要告诉我吗？”

本末倒置

尼古拉最担心父亲怎么看待他辞职这件事。他非常害怕让父亲失望，原地徘徊了很久，还是决定当晚给父亲回电话。

他小时候学习成绩优异，却没能追求自己的理想，只能屈从于周围人的压力，尤其是他父亲。

父亲强烈建议他进预科，考高等商校，这样才不至于埋没他的才华。尼古拉一提到别的专业，所有人都表示反对。他只好听天由命，虽然他内心知道，自己对绘画的兴趣要远远超过商业。父亲无比自豪：儿子同样从商，但进了比自己好的学校，拿了比自己好的文凭，坐上比自己高的位子，刚刚进入职场，就拿到高位数的薪水。他觉得儿子顺风顺水，个人爱好可以放在一边了。

参加预科班的时候，尼古拉有时会哭泣。他不觉得学业紧张，成绩也不低，但他发自内心地认为，自己不属于这里。他没有勇气抵御周围人的影响，觉得自己很可耻。

尼古拉下定决心时，已经接近午夜了。贝尔纳接电话的声音含混不清。他害怕孩子们家里发生了什么意外。尼古拉听见电话里母亲在边上小声说话。当贝尔纳听懂了儿子说什么后，却一言不发。他好不容易回过神来，开始问一些实际问题。

“你知道自己以后要做什么吗？你辞职前，应该联系过阿基坦酒店集团吧？”贝尔纳只怕儿子没这样做。

“没有。我想改变一下生活方式。我不想在企业里工作了，不想再听人使唤了。我不知道以后该做什么，不过，我打算花一年时间想清楚。我喜欢自由职业，喜欢动手的事情……”

贝尔纳深吸一口气。儿子一定是精神出了问题，简直不可理喻。他可不是这样培养儿子的呀！突然撂挑子不干了，绝非乃父之风。在他看来，尼古拉从来都是按部就班，如今却行为脱轨，不受控制。

“你不会也去卖猪肉吧？上了那么多年学，拿了那么好的文凭，你总不能全部放弃吧？从零开始，紧巴巴地过日子哪行？你又不是单身一个人。就算不为自己考虑，也该为家人考虑。爱丽丝居然容忍你干这种傻事，我真是惊讶！”

尼古拉咽了口唾沫，父亲真不善解人意。

“爸爸，我不想冒犯你，但我不想过和你一样的生活。我想看着孩子们长大，帮他们做作业，在重要的时刻陪伴他们。我不想到了60岁才意识到自己错过了生命中最重要的事情。我想要幸福，因为生命无常。”

贝尔纳怒吼道：“你给我上完课了吗？”他清了清嗓子，内心很难接受儿子指出的种种事实。

“我还没说完。我知道自己在做什么，不是胡来。经济上的确会有些困难，我的确放弃了很多，但这是我自己的选择。”

“尼古拉，你这么优秀，怎么能没工作？”贝尔纳还在坚持。

尼古拉叹了口气，父亲不愿意听他倾诉，也不愿意换位思考。他冷静了一会儿。

“爸爸，我们俩对成功的看法不同。你衡量成功，只看工资和福利，我注重的是个人能力的发挥。你知道，不走寻常路需要莫大的勇气。我内心也很恐惧，因为我的决定可能是错的。”

贝尔纳心里想：你的决定当然是错的。

“可你不能想做什么就做什么。你天生这么好的脑筋，无论愿不愿意，都必须承担自己的责任。”

“正因为我脑筋好，所以我不想再用它，为一个我不认同其价值观的公司服务。放手让我找到自己的路吧。我决定辞职，因为我觉得职场给我带来了负面的心理变化，我整个人都变了。”

贝尔纳叹了口气。

“你是个空想主义者。”

尼古拉突然想起来，自己给父亲打电话只是为了告知，不是为了征求同意。他不打算说服父亲，更不能被父亲说服。如今他是个成年人，可以自己做决定。尼古拉本来希望父亲不会谴责他“干了人生中最大的傻事”，而是为了能和儿子团聚而高兴。看起来，父亲还是没怎么改变。

贝尔纳情商超低。在恰当的时候，说合适的话，这技能他一时半会儿学不会。

心急吃不了热豆腐

十一月中旬，天气骤冷。贝尔纳最怕冷，每天出门的时间越来越晚。布里吉特一如既往。年节将至，她要去商场购买全家的圣诞礼物。

布里吉特与丈夫正好相反。得知儿子打算回波尔多，她非常开心。她还来得及和儿子儿媳讨论细节问题，因为她觉得孙子和孙女学期没有结束，一定不会这时候搬家。她暗自希望明年暑假，孩子们能彻底告别巴黎。

贝尔纳试着把这一切抛诸脑后，反正儿子辞职又不是自己的问题。他尝试专注于对孙子保罗的承诺：现在是开始挑战零塑料生活的时候了。

贝尔纳有八个月时间减少塑料制品消费，到六月时彻底实现零塑料。挑战看起来很简单。他每周都要为垃圾桶称重，然后把结果告诉保罗，保罗再把爷爷的进步告诉老师。他每减少一点垃圾，就能获得 10 到 50 分的奖励。如果除了在家里实行环保措施，还能到外面去捡拾垃圾，他就能获得额外加分。每捡拾 1 千克垃圾能获得

100分加分，这样保罗就会越来越接近目标。他要成为班里第一个达到5000分的学生。

今天是贝尔纳第一天挑战。他还没开始喝咖啡，就发现问题非但不简单，还十分复杂。

他睡眼惺忪地去洗手间，发现卫生纸筒外面就包着一层塑料膜。很多年前，他们开始用环保卫生纸，它们远不如儿子酒店里的卫生纸白。可是，这环保纸的外包装，正是他要禁用的塑料。这一点必须改变，可这仅仅是第一点而已。

他下楼去喝咖啡。前一天刚好用完了一盒咖啡胶囊，今天要打开新的一盒。他刚要撕掉外包装的塑料膜，突然有了条件反射式的思考。他低头凝视着垃圾桶，思考了很长时间。他不能这样下去，早晨一起床，就让生产厂家占了上风。为什么非要过度包装呢？他咬了咬牙，必须找到不用塑料包装的咖啡。这是第二点改变。

最终，他还是缴械投降，撕掉了塑料包装。他一边吃早餐，一边看自己喝的牛奶和酸奶、吃的人造奶油。他闭上眼睛，叹了口气。通！通！禁！止！他终于认识到，自己要做出的改变远超预想。这个计划已经让他快喘不过气了。他决定不再计数，因为结果实在太令人沮丧了。

贝尔纳走进浴室，几乎犯了心脏病。目光所到之处，满眼是塑料制品。在他和保罗一起游玩的那几天里，这间浴室给了他很多快乐，此时，这些好处全部被他抛诸脑后。他不用牙膏，刷过了牙；不用沐浴露，洗过了澡；不用足底刷，洗过了脚。他拒绝须后护理霜，拒绝发胶。突然，他看见妻子放洗漱用品的架子，决定必须彻底改变生活方式，而且不仅仅是自己。

他走出家门，他需要发泄。如果他是个拳击运动员，或者体操运动员，此刻一定会发足狂奔，能跑多久就跑多久。他心想，这时候要是遇见鼹鼠，或者邻居，一定要打上一架。他抄起大号修枝剪刀，把杜戈林家的树上越界的枝叶剪了个精光。他为了拿好剪刀，就用身体把它顶住，可是每剪一下都会胸腔疼痛。他深深吸气，可疼痛依旧。每剪掉一根枝条，好像都会弄断一根肋骨。

一阵风袭来，吹得他鼻孔发痒。贝尔纳没忍住，打了一个很响亮的喷嚏。他发现自己胸腔的疼痛变得难以忍受。树枝上的山雀吓了一跳，纷纷飞走。他一边看鸟，一边随手从裤兜里抓纸巾擦鼻子。他轻轻擤鼻涕，然后立即把纸巾扔掉，好像会烧到手指似的。这时他发现，纸巾的包装也是塑料的！

他无法想象，要怎么样才能坚持到六月末。他接受老师的无聊挑战，纯粹是出于骄傲，想让孙子崇拜自己。他是个不修边幅、不守规矩的人，而且一遇到困难，马上就放弃。自己的毛病，自己最清楚。为什么要打肿脸充胖子呢？

贝尔纳在花园里的思考，让他承认自己已然失败。他回到电脑前，上网查询信息。

“那些成功实现‘零塑料’生活的人，都是怎么做的呢？”

不用牙刷、卫生纸、纸巾、浴液，不喝咖啡、牛奶、酸奶，根本没法生活。而且，不能因为生产厂家忘了使用环保容器，就放弃使用这些产品。

这个计划是个大错误，是自己在冒傻气：绝对不可能成功！他必须找到一个让孙子可以接受的借口放弃挑战。不然，他会疯掉的。

布里吉特回到家里，手里拿着各种各样的礼物。贝尔纳提醒她：

“告诉你，我至少六个月内不能再用吸尘器，也不能打扫房间。”

妻子一边打开礼物包装，把它们藏在自己的房间里，一边用异样的眼神看着丈夫。

“我不明白，和平常相比有什么不一样呢？”

“最新消息：我弄断了一根肋骨。”他故意夸大其词，“我胸腔很疼，尤其是打喷嚏的时候。”

“啊，我明白了！你找到了一个借口。好，我记得了。现在是十一月，到明年一月，你肯定会成为家务小能手，对吧？”

贝尔纳向“完美夫人”做了个鬼脸。

“我做这些是为了剪掉杜戈林家越界的树枝，这些邻居真是累人。你知道吗？现在地球需要种树，保护树木。就为了一点点邻里纠纷，为了让自己的花园看起来整齐，要砍多少树……真叫人难受！”

布里吉特走向窗户，贝尔纳也跟上来。

“我告诉你，院子里的桦树，我绝对不会砍掉，除非我死了！此外，我有个消息告诉你，保罗的计划，我仔细想过之后，还是觉得……”

布里吉特只顾着收拾东西，想用行动提醒贝尔纳闭嘴。这时，她的电话响了，是爱丽丝打来的。

“嘘！”

“居然敢嘘你老公？这女人胆子真是越来越大了！”他一边心里想，一边看着妻子弄好头发，接起电话。

布里吉特接受视频聊天，看到屏幕上出现小孙子的脸。小家伙满嘴吃的，正大快朵颐，说话也含混不清。她试着听懂孙子想说什么，之后迅速地把电话交给丈夫。保罗是要找爷爷聊天。

小男孩一边大声地嚼着东西，一边说："爷爷，你猜发生了什么？"

"保罗？你可真会勾起爷爷的好奇心啊。"贝尔纳一边说，一边把电话放到耳边。

"喂，爷爷，认真点好不好？我只能看到你的头发啦。"

贝尔纳发现自己落伍了，科技进步太快，跟不上时代。他把电话放在面前，屏幕上孙子正开心地笑着。

"老师对你的挑战非常支持。她已经在班里宣布，正式启动'零塑料'竞赛。已经有另外七个家庭参赛了，但我敢肯定，赢得比赛的一定是你。你一定不能忘了给垃圾称重，还有每周捡拾的垃圾也要称重。多亏了爷爷，这次我终于要得奖了，真是等不及啦！我太高兴了！而且，你知道吗，我也接受了妈妈的挑战。我从现在起，不再吃棕榈油了！这个挑战可不容易，因为巧克力酱真是太好吃了，但是奶奶做的果酱，也很好吃。这样，我来拯救红毛猩猩，你来拯救海龟。你说的对：我们要为动物做点什么。对吧，爷爷？"

贝尔纳想了半天："我说过这话吗？"

"一言为定，小伙子！马上就是圣诞节，我们很快就见面了。圣诞老人可不能忘了你的礼物……"

孙子对此似乎无所谓，又把话题拉了回来。

"我希望圣诞老人知道我们的计划，我看见他的礼物清单了，上面都是塑料玩具。他好像不怎么环保，可他居住的北极，冰川都在融化……"

贝尔纳忍不住笑出来。小小年纪，真是妙语连珠。他差点要接孙子的话，但想起问题的重点并不在此，还有更重要的事情。

“爷爷抱抱你，好孙子。你就看爷爷的吧，我们一定会赢得比赛。”说完，他挂掉电话，还给妻子。

布里吉特用异样的眼神看着丈夫，好像已经不认识他了。

她看丈夫的眼神温柔起来，内心非常感动。这是丈夫第一次和孙子打电话，看得出来他很享受。一切都在向好的方向改变。

贝尔纳此时只有一个想法：“喝一杯，喝一杯！”他已经无路可走，这个讨厌的环保计划，如今只能前进，无法后退。

不过，保罗的一番话确实触动了他的敏感神经，让他兴奋起来：竞争！贝尔纳的血液中充满竞争细胞。他下定决心，自己必须赢，决不能把桂冠拱手让人。就连杜戈林一家，都不能阻止他赢得比赛。

银样镴枪头

接下来的几天，贝尔纳反复接到孙子的电话，都是为了讨论各种各样异想天开的想法，目的只有一个：减少塑料制品使用。贝尔纳不敢向孙子坦白事实，因为比赛已经开始，但他还没有付诸行动。

一天早上，保罗似乎比平时还要激动：

“爷爷，我想到怎么拯救地球了！每个周日，我都会去远足，同时捡拾路上的垃圾。一次远足，一次捡拾！”

贝尔纳等着孩子回过神来，意识到独自一人实现这个计划不太可能。然而，当孙子对他说“抱抱再见、祝你过得愉快”时，贝尔纳终于明白，孩子的天真是没有边际的。

孩子的质疑总是能引起大人的怀疑和思考，甚至让大人自责。孩子的话尽管有时盲目乐观，但不从利益角度出发，所以总能发人深省。孩子们只是出于本心行事。贝尔纳正在看报纸的政治新闻。他端详着法国领导人的模样，心想他们真该向孩子们学学。

电话嘀嘀响，贝尔纳一看，是保罗用妈妈的电话给他发信息。照片上是一只小鸟，文字是“只要每个人出一份力”。贝尔纳好像被电击了一样，从椅子上跳起来。

保罗不像爷爷，不会时不时停下来考虑：“我能成功吗？能改变世界吗？”他就像那只蜂鸟，他会说：“至少我努力过了。”他尽到了自己的责任，夜里会睡得香。他不像贝尔纳那样，会踱步思索，考虑可能遇到的每一个困难。保罗真正做到了问心无愧。

贝尔纳披上大衣，穿上皮鞋，然后发现自己还穿着睡衣，只好全部脱掉重来。他穿上最合适的衣服，急急忙忙出门去市场。

他拿着雨伞走在路上，想把问题想清楚。走走停停，这有助于思考。头脑中的思想越来越清晰。

过去，他一直抱怨，不知道退休后怎样为社会出力。如今，他参加孙子的计划，可为什么一开始热情满满，现在又满嘴抱怨呢？他知道内心深处，赢得比赛是唯一的动因，尽管要赢并不简单，但他确信能轻易击败其他的家庭，可是全球70亿人正在面临的环境危机，要如何解决呢？

贝尔纳意识到，自己不能再浪费时间，考虑能否改变世界。大家都在指望他，尤其是保罗。他此时决不能放弃，就这样偃旗息鼓。他这样做，是为了孙子，也是为了自己，为了自己照镜子时，能问心无愧地说：“至少，我努力过了。”

贝尔纳退休以后，能感觉到身上发生着微小的变化。

过去，贝尔纳总是购买新鲜的当季食品，有些从当地市场上买，有些也未必是当地出产的。他觉得这样就够了。儿媳这么多年，一直坚持只吃绿色食品，“是绿色食品吗”是她常问的话，只要不是，她绝对一口不碰。结果，她连自己家人也影响了。只要这一家四口从巴黎来度周末，贝尔纳和妻子就不得不过几天“绿色生活”。他以前不买儿媳的账，而且最让他受不了的，就是每次他们来，她都会把自己的饮食理念进一步灌输给全家。

如今，他每天看健康类电视节目，邻里之间也是各种流言满天飞。对于饮食，贝尔纳更加谨慎，买东西之前都要好好想想。最终，老夫妻俩也改吃绿色食品了。

不过，这仍然不能符合他的新要求。贝尔纳从超市回来，整理好购买的物品，发现多出一大堆塑料包装，只能直接扔进垃圾桶。浪费这么多塑料让贝尔纳很不舒服，这也是当初他接受保罗的“零塑料生活”挑战的原因之一。他意识到自己以前的生活模式，肯定哪里出了问题。

来到市场上，他把自己的顾虑告诉菜农，对方咯咯笑起来：

“您居然到超市去买绿色蔬菜？难怪买到的菜包得像圣诞节礼物呢！这是为了和那些非绿色蔬菜区分开。”

这可有点糟糕，貌似绿色蔬菜和塑料包装是天生一对，地造一双。

“也就是说，我选择绿色蔬菜，就必须要塑料包装，对吗？”

“您要是去超市的话，就只能这样。”

看到贝尔纳垂头丧气的样子，对方决定帮帮他。

“您从来没听说过生态合作社吗？附近村庄的生态农场呢？”

贝尔纳惊讶地睁大眼睛。这么好的事情，居然没有人告诉过他。不过，虽然他准备好要减少浪费，可是为此跑个大老远，他还是不情愿。他现在时间充裕，能为环保多尽一份力，可他如今也终于明白，为什么绿色环保运动发展得如此缓慢。

第二天，他决定去生态合作社看看情况。合作社就在超市附近，这一点倒是挺好。不过，步入合作社，他顿时觉得昏暗空旷，好像进了废弃的库房。他看了看表，的确已经到了开业时间。

贝尔纳想看看货架上有什么，每到一处他都只能叹气。这里的酸奶和火腿也用塑料包装，牛奶、香肠、奶酪也是一样，都是没用处的过度包装。他找到收银员，向她说明自己的需求。对方漠不关心地耸耸肩，没精打采地用手指了指负责零售的售货员。如果生态合作社的工作人员都是这种态度，环保事业真是没救了！

售货员倒是热情地接待了贝尔纳。然而，当她听到贝尔纳只要无包装食品——香肠、牛奶、大块奶酪（他还记得奶酪切丝器在哪里，可以回家自己切）时，那脸色难看得就好像有人命令她背诵圆周率小数点后一百位似的。她到仓库里找了很久，拿着一盒1升装纸盒牛奶回来。贝尔纳皱起眉头：

“不行，你们为什么不只用纸盒包装呢？为什么上面非要放一个塑料开口呢？”

她满脸无辜地看着顾客，好像在说：“这又不是我包装的。”

贝尔纳想教育一下售货员。要是在过去，他的要求很容易满足。

“我年轻的时候，用剪刀把牛奶盒剪开就好了。我记得，我妈妈有一个开牛奶盒的东西，直接插到上面就好了。我该怎么办呢？”他陷入苦思，“我如果只做到‘基本上零塑料’，老师才不会认可我的努力。”

听到这里，售货员完全听不懂了。她两眼空洞无物，比12月26号圣诞老人的礼物袋还空。

贝尔纳礼貌地要求：“请您订购一些没有塑料包装的食品，好吗？”

“这可不是我们说了算，是订购中心负责采购。”

贝尔纳看了看牛奶包装，上面写着“全脱脂牛奶”。他放下牛奶，不知所措。他从来只喝半脱脂牛奶。

“我本来想退让一步，买下这盒带塑料包装的牛奶。可是现在要我退让两步，买一盒我不喜欢的牛奶，这就有点过分了。”

售货员给他展示了各种各样的绿色食品，结果他一毛不拔。在售货员和收银员愤怒的目光下，他走出商店，什么都没买。

贝尔纳走进超市。他常来这里，和售货员很熟。两个人买卖之余相谈甚欢，贝尔纳觉得她应该比较好搞定。

贝尔纳一边等，一边惊讶地看着一个个顾客依次购买带着各种塑料包装的古斯古斯[1]、小春卷、熟肉酱，真是荒唐。终于轮到他了。他要求直接把法式腌酸菜装在自己的玻璃盒里带走。对方的表情，好像贝尔纳要的是天上的月亮。

一直热情待客的售货员玛蒂娜，脸色突然变得很窘迫。贝尔纳想借机宣传自己的理念，让对方也加入进来。玛蒂娜面对老主顾，只好轻声低语，好像在保护他不受伤害：

“可是，德尔古先生，我无权这样做。这涉及卫生条例，对不起。您是我最喜欢的顾客。可是，我不想因此受罚。我要是为您破例，大家就都会提同样的要求了。”

贝尔纳只好想别的办法。首先，他尝试理解一件之前无法理解的事情。

---

[1] 蒸粗麦粉，一种源自马格里布柏柏尔人的食物，用粗面粉制造，形状和颜色都像小米。

"您把食品放在塑料盒里，是为什么呢？"

售货员惊讶地瞪大眼睛：

"当然是为了顾客，便利顾客嘛！"

贝尔纳好像脊椎受到了电击。他最恨"便利"这个词了！每次都是这个词阻止他做有意义的事。它好像一个万能借口，可以强迫他对一切逆来顺受。

贝尔纳手里拿着玻璃盒，坚持着。售货员仍不松口。她看起来真的替他着想，却没有别的办法可想。

"公司的规定非常严格。我总不能因为这件小事丢了工作吧？"

"小事！"贝尔纳不满地咕哝道。她根本没意识到，环保是大家的事。没有人试图理解，没有人想要改变现状，没有人想成为第一个离经叛道的人。他们都怕什么呢？难道怕做好事？

两个小时的购物之旅，贝尔纳空手而归。事情远比想象中复杂。途经面包店，他决定只买一根法棍面包，同时希望家里的母鸡能下一颗蛋，好让他中午有东西可吃。虽然这称不上什么大餐，但至少他守卫住了初心。他要用自己的购买力向体制宣战，当一个"主动消费者"。[1]他拿出 1.2 欧元，递给老板娘。贝尔纳伸手去接面包时，表情突然凝固住了。老板娘递过来的面包，外面的纸包装上，居然有塑料做的透明窗口。

"不，我不要包装。"

"您必须要包装。我无权直接用手触碰顾客的面包，这是卫生条

[1] 主动消费者（consom-acteur）相对于被动消费者（consommateur），指力图用消费行为影响和改变社会的消费者。

例的规定。而且，面包还很热，您会烫到手的。”

这一整天的环保努力都要付之东流，贝尔纳坚决不肯接受。他信心满满地反驳：

“听着，我允许您触碰我的面包。您丈夫刚才揉面团难道不是用手吗？至于细菌问题，面包上到底是您手上的细菌，还是您丈夫手上的细菌，没什么两样。”

贝尔纳身后的顾客已经排起了长队。售货员非常尴尬，她跺着脚，犹豫不决，不知道应该服从要求，加快售货速度，还是拒绝要求，好不在一大堆顾客的眼皮底下开此先例。她只怕有人会追随效仿贝尔纳。

贝尔纳皱起眉头，目光坚定。他不再说话，他知道，谈判桌上第一个开口的便是输家。两人对峙了整整一分钟，售货员叹了口气，摘掉了面包包装，结果弄得收银机上都是面粉。她恼火地翻着白眼。今天可谓开局不顺。

“您想想，要是所有客人都像您这样……”

“要是所有人都这样就好了，女士！”贝尔纳精神饱满地说，“就——好——了！”

贝尔纳胳膊下面夹着面包，趾高气昂地走出面包店，弄得大衣上全是面粉。他回头向老板娘致意，眼神中不乏得意，结果差点撞到门上。他看见老板娘把原本装自己面包的袋子扔进垃圾桶，拿了一个新的准备装下一个面包。真是荒唐！他费了九牛二虎之力，想要节省一点塑料，结果徒劳无功！

真是做点什么好事，都叫人心灰意冷！

切莫得意忘形

几分钟后，贝尔纳回到家里，迫不及待地向妻子讲述自己的伟大胜利。虽然这只是人类的一小步，但他感觉自己能飞得更高。就算是妻子无动于衷的眼神，也无法让他退缩。布里吉特觉得，丈夫讲的这些事情和自己完全无关。

整个下午，贝尔纳坐在电脑前，查找减少使用塑料包装的方法。

结果，他在网上买了好多东西，连信用卡都快刷爆了。他好像发现了新大陆，开始疯狂购物。让 - 马克告诉他，到了这个年纪，不用再刻意节省，而母亲则坚持说钱是花一分少一分。贝尔纳最终决定选择第一阵营，毫无顾忌地大买特买。

他购买了许多革命性产品，全部特快专递。除了各种小玩意儿，他还装备了竹子做的牙刷、纯棉手帕、固体牙膏、马赛香皂，还买了一大堆葫芦、稻草纤维、竹纤维制品，玻璃容器和广口瓶。这些商品第二天陆续送到，可是贝尔纳却大失所望。每件商品都装在纸箱里，箱子里填满塑料泡沫纸。明天就要为垃圾桶称重了，而贝尔纳的垃圾桶已经装不下了。

布里吉特看着丈夫兴奋地打开每一件商品，不免心下生疑。她看到丈夫又有了新的转变，可并非自己想要看到的转变，不知道这是好是坏。

第二天一早，贝尔纳急着把垃圾送出家门，可不能留在家里。他早餐时心不在焉，思前想后，突然听见妻子厉声大叫。

“贝尔纳！你给我过来！”她正在浴室里洗漱。

“什么事？”他顺从地回答，心里知道马上要挨骂了。

“你把我的牙刷弄到哪里去了？”妻子看起来很生气，她找了很久都没见到牙刷，都快迟到了。

贝尔纳尽量用自然的语气回答：“我扔掉了呀。”同时，他调转身体，为了不和妻子四目相对。

布里吉特双手交叉，放在胸前，皱起眉头，等待进一步解释。可丈夫不再往下说，她只好继续说：

“可我刚刚换过牙刷。你扔掉的那支是全新的！”

“现在你的牙刷变成竹子做的了，你得用这支。”

妻子愣住了：“这有什么意义！”

很明显，贝尔纳必须把一切解释清楚。

“当然有意义，这是为了和你的新价值观接轨。”

“我的新价值观？你把我的生活搞得乱糟糟之前有问过我吗？”

贝尔纳心想：“又被她说中了！”

“你说得对，我应该事先问你的。但你一直以来都很支持我，所以我想……你做出点牺牲，能让不止一个人开心，你不觉得高兴吗？”他指的是保罗，“从今天开始，你的吃穿住用行，全部都是‘零塑料’。你知道，我没法一个人完成挑战。我需要你的支持。”

布里吉特深吸一口气，她越来越需要进行呼吸禅修了。贝尔纳刚刚离开浴室，她就对着奇怪的新牙膏发起火来。行，口味还可以，薄荷味。牙刷也能把牙弄干净。可是，她发现有哪里不对劲。

“贝尔纳！这破牙膏根本不起泡！”

丈夫在厨房里喊道：“是的，是故意做成这样的。这叫无泡牙膏！”随后，他上楼平息妻子的怒火。

“我同意，一开始很难适应。我挺喜欢这牙膏的。你要是不喜欢，我们可以试试别的。管状那个牙膏是起泡的，要不你试试？刷得也挺干净。”他轻吻了一下妻子的脸颊，随即回到屋里换衣服。

这下，布里吉特有点受不了。贝尔纳越界了。真的要让生活来个天翻地覆吗？

她冷静地说：“你真是让我心累，贝尔纳。真的。”

不过很显然，她还没看到更糟糕的部分……

去游泳池已经不可挽回地迟到了，所以布里吉特选择和丈夫聊一聊。她坐在床上，看着丈夫单腿独立，吃劲地穿袜子。

之前多年，两人相交甚少，如今丈夫退休，两个人能朝夕相处，布里吉特觉得很欣慰。享受而不分享，对她而言毫无意义。她本觉得菜园子那个提议已经让丈夫重回正轨，如今这个“零塑料”生活却让他几近疯狂。他脑子里只有孙子的挑战，把妻子忘在了一边。

贝尔纳最近三十多年都是独闯世界。他住过世界上最豪华的酒店，可却是独自一人。她承诺过，一旦两人退休，就要一起找回那些失去的时光。不过，现在贝尔纳忙着新计划，二人长途旅行似乎并不现实。

她有些不好意思地说：

“你知道我……我要求的不多。我只想着一件事，这件事能叫我开心。你知道的……”

贝尔纳摇头皱眉，表示自己不知道妻子暗示什么。

“你知道的，我只想我们俩一起旅行。我们来一次游轮之旅好不好？”

贝尔纳忍不住翻眼望天。

“我们还没有那么老，而且我们不能离开这么久。想想吧，要是春天来了，我们的花园怎么办？”

“去参加一次海洋疗法，怎么样？”

贝尔纳又否决了提议。

“不得病就行了，还什么疗法。”

布里吉特恼火地闭上双眼。

“我心里想的退休生活不是这样的。我们不是说过吗，退休就一起去旅行。可我们现在，限制越来越多。我觉得被你骗了。”她叹了口气。

她做出最后的尝试。过去几个月，她一直在宣传为老年人设立的专题讲座，一个比一个好。很多以前的同事都去参加了。

“我们报名参加一个新退休人员活动班，行吗？我觉得，参加这样的活动对我们有好处。”

在布里吉特的语言中，“对我们有好处”的意思是“对你有好处”。贝尔纳可不会上当，给老家伙们准备的那些课，他可不愿意去上。

“想都别想！”他套上羊毛衫。

“可大家都说这些课程特别好……”

“别人对你说，从这座桥上跳下去，你也跳吗？保罗都不会这么轻易相信别人。”

布里吉特闭上双眼，尝试清空思想。千万不要发怒，千万不要。为了夫妻相处和谐，禅修决不能停。以前她还想过不再禅修，现在她铁了心要继续下去。

和贝尔纳一起生活，可不是每天都岁月静好。

各扫自家门前雪

“零塑料”生活第一周，贝尔纳首尾呼应，以灾难开始，以灾难收场。想到要给垃圾桶称重，他几近绝望。何况，保罗马上要打电话来，心里盼着好消息。贝尔纳既不想让孙子失望，也不想对他说谎。他进退两难，紧张得要死。

最近几天，他用双倍的力量，尽量减少塑料使用。连布里吉特都表示合作，开始使用竹牙刷。可是，垃圾桶里的垃圾还是那么多。他本来下决心要比一般法国人少扔一半的垃圾，可发现两个人每周的垃圾重达 20 千克。按照这个速度，他很快就会超过人均每年 500 千克的标准。他这么小心谨慎，怎么还会出现如此多的垃圾呢？

他早就开始减少商品包装，垃圾分类也更加仔细。自从他着手进行垃圾分类，小孙子一直在后面加油鼓劲。

他发现，自己家的垃圾有三分之一是厨余果皮，所以减少垃圾的第一步看起来并不难，只要堆肥就可以了。而且，堆肥也可以为自己的菜园提供肥料。贝尔纳在厨房里放了一个厨余垃圾桶，在花园里安置了一个很大的有机垃圾处理箱。他把这个箱子和其余的分类垃圾箱放在一起。当然，离邻居家越近越好，就放在距公共栅栏不到两米的地方。以前，贝尔纳处理鱼时，都会把鱼头鱼骨扔到垃圾箱里，可常常有意无意地忘了盖盖子。只有这样，才能让自己和邻居“友谊天长地久”，互相尊重。现在，他决定也依样处置堆肥箱。不过，他很快发现，堆肥箱没有任何异味。算了，恶心杜戈林一家的方法还多得是。

他分类分析本周的垃圾，发现塑料包装的数量不减反增。有些事情不对头：他已经很努力了，改掉了自己大部分的旧习惯，周末称重本应该不成问题呀。

他大为光火，心想决不能半途而废。贝尔纳想不通，垃圾桶里的塑料包装为什么没有减少，反而有增加的趋势。他决定对垃圾桶进行微管理。透过半透明的垃圾袋，他看不清内容物，于是把整袋垃圾都倒在厨房的地上。

这时候，布里吉特刚好到厨房里扔纸巾。看到丈夫蹲在垃圾堆里，似乎如鱼得水，她后退两步，脸上泛起厌恶的表情。

“贝尔纳，你干吗把垃圾都倒在地上啊？我昨天刚刚大清扫过。你就不能学会尊重别人的劳动吗？”

贝尔纳只好试着解释：“没事的，布里吉特！这些垃圾都不脏。而且，这些都是你扔掉的垃圾。只是，尊贵的女王不会屈尊去外面扔垃圾而已。”

“当然不会，你只负责扔垃圾一件家务，我当然不会替你做了。不过，当我看到你对垃圾有这么大的热情，我想，应该重新考虑一下。”

布里吉特本来对贝尔纳的计划表示支持，可现在他正在触及底线。贝尔纳没意识到这个问题，继续火上浇油。

“分析垃圾会让你知道，自己都没头没脑地扔了哪些东西。你一点环保意识都没有，看看你扔了多少纸巾就知道了。要知道，我买的那些东西，可不是摆着看的，留着不用可不行。”他一边说，一边从兜里掏出手帕。

布里吉特气得翻白眼。

她转过身去，小声说：“上帝呀，把原来的丈夫还给我吧。”

这个“零塑料”计划真是天灾人祸。她觉得，自己的生活回到了石器时代！她花了二十年，终于说服贝尔纳不再使用那些小方格的老式手帕，可如今，丈夫却要她以新换旧。好在夏洛特现在已经不用纸尿裤了，不然，贝尔纳肯定会要求爱丽丝和尼古拉改用尿布的！

“你知道吗，布里吉特，垃圾袋不透明是有原因的。你要是看到自己都扔了什么，肯定会非常自责。而且，问题不在于你的垃圾去向何方，而在于来自哪里。你知道为了制造你用的那些纸巾，还有化妆品的包装盒，要砍伐多少森林吗？”

布里吉特已经无法理解丈夫了。她这样支持丈夫，他为什么要想办法让她觉得内疚呢？而且，自己没做什么错事，反正，至少没有比一般人做得更糟。

“你不是只减少塑料垃圾吗？而且，我觉得你做得

也没多好，凭什么给我上课呢？”她指着那些贝尔纳从网上订购的东西说。

贝尔纳一边不停地掏垃圾，一边不满地说：“这些很正常啊，这些是为了长远考虑，有必要。”

丈夫什么都变了，可有一件事没变，就是双重标准。布里吉特得理不饶人。

“不好意思，你的逻辑我无法理解。你‘零塑料’生活计划的第一步，就是从塑料滥用问题最严重的国际公司订购一大堆东西，弄得家里到处是纸箱子和塑料包装，对吗？而且，你自己也能发现荒谬之处吧，你的目的是减少消费，结果越买越多。你真的需要和你妈妈一样的网兜吗？我们不是已经有很多可以重复使用的购物袋了吗？而且，玛格丽特有那么多手帕，你要几个不就行了。广口瓶我倒是挺喜欢，现在很流行，放在我的厨房里也很好看。”

“我们的厨房。”贝尔纳反驳道。确实，自从他退休以后，尤其是这个新计划开始后，他自己做饭的次数越来越多了。

事不遂人愿，市场上找不到不带塑料包装的蛋挞面壳和馅饼，他只好自己动手。他不靠布里吉特，只靠自己的搅拌机就够了。

妻子不知道如何回答，选择离开厨房。她只怕自己口无遮拦，告诉贝尔纳快点把垃圾收好，又碰触到他的怒点。

贝尔纳这几天又是在花园里劳作，又是跑市场和生态农场，把自己累感冒了。他掏出白手帕擤鼻涕。这手帕看起来不错，因为根本看不出和纸巾有什么不同。他擦好鼻涕，然后想都没想，随手扔到了垃圾桶里。

“糟糕！”他意识到自己干了傻事。“布里吉特！你为什么买这种白手帕，根本看不出和纸巾……”他又把自己的错误怪罪在别人身上，可立即想起：这次网购全是他一个人所为。

“没事，亲爱的！我爱你哈！”他赶在妻子过来之前，力图弥补错误。

贝尔纳迅速把地上的垃圾收好，突然垃圾袋破了，东西掉了一地，正好全撒在妻子脚上。

布里吉特大叫:“你都快把我气死啦……啊！”

从地上的垃圾中，可以看到这次灾难的始作俑者，也就是垃圾袋破裂的原因。这次，贝尔纳很清楚妻子为何火冒三丈。他把布里吉特的化妆品全都扔到垃圾桶里了。

然而，布里吉特非但没有爆发，反而十分冷静，她用平静如水的声音说：

“亲爱的贝尔纳，你真的觉得用竹牙刷和手帕就能拯救地球吗？”

贝尔纳想要直接反驳，可又理屈词穷。他一言不发，面带蔑视地原地踱步。布里吉特最近几个月一直不厌其烦地教唆他，让他扔掉原来的西装，把没用的东西分拣出来，过更简单的生活。可现在到了要她放弃舒适生活，告别那些抗皱霜、身体乳液的时候，她却像变了一个人似的。想到这里，贝尔纳内心苦涩。他需要妻子的支持来完成计划，然而她却一点都不理解自己。

他知道这些微小的举措本身并不能拯救全世界。但他相信，拒绝过度消费，只购买可持续产品，这样就能迫使追逐利益的厂家和谨小慎微的政府做出改变。不能保证成功，但还是可以抱一点点希望。

贝尔纳知道，在“消费者—企业—政府”这个利益三角中，每一方都等着其他两方先作出改变，都会找各种各样的借口推脱。诸如“我们制造的产品都是消费者需要的”“消费者还没准备好接受环保产品”。他想要证明这大错特错，消费者已经受够了被动消费。

不过，布里吉特说得不无道理，只靠贝尔纳一个人，是无法改变世界的。就算寓言里的蜂鸟，最终也需要其他动物一起行动。贝尔纳下定决心：不管妻子喜不喜欢，他都会尝试影响身边的人。圣诞将至，贝尔纳不能眼看着又一年疯狂购物的开始。他突然想到了一个天大的好主意。

眼高于顶

圣诞节之前，贝尔纳和爱丽丝达成协议，今年的主题是“不要玩具”。贝尔纳终于明白，为什么儿媳每到12月25日就会抱怨不止，每个孩子收到新玩具，都会让她头疼。过去贝尔纳没有看到，儿子一家在巴黎唯一的一间屋子已经摆满玩具，而每天晚上都是爱丽丝负责收拾。

今年圣诞节，全家人达成一致，拒绝圣诞老人乱买礼物。孩子们也很高兴能收到更加个性化的礼物。

一大家人重新团聚，气氛十分热烈。外面的天气也终于由暖转寒，就像保罗说的那样：“简直降到了基地[1]气温。”

12月24日中午，大家刚刚围坐在餐桌旁，玛格丽特立即发现有些不寻常之处。

“布里吉特，我们为什么用甜点盘子吃菜呀？”她有些不高兴。

“贝尔纳，还是你来回答吧。”布里吉特避而不答。她决定从今

[1] 极地。

往后，不再干涉丈夫的奇思妙想。

贝尔纳突然站起身来说："这个，确实是我的点子。我们吃得太多了，常常眼睛大，肚子小。结果，每次吃完都剩了半盘子，直接就扔掉了——其实是给鸡吃了。你们知道吗？食物浪费是人类的第三大灾难。每年每人会浪费 25 千克的食物，其中四分之一连包装都没有拆过，只是因为过期就被扔掉了！一方面有人因饥饿而死……"他陷入沉思，直接从锅里舀了一块香肠吃掉了。

玛格丽特一边心怀不满地玩弄着自己的盘子，一边尽量耐心地问："那这和用小盘子吃饭有什么关系？"

贝尔纳抄起一个长柄勺，开始了演示。

"你马上就明白了。用小盘子吃饭，每次拿的东西就会少。如果吃完一盘还没吃饱，可以再盛一盘。这样可以避免浪费，吃不完的东西可以下一顿吃。"

祖奶奶猛然咳嗽起来。大家都屏住呼吸，心里暗想：她可千万不能在圣诞节这天出什么事啊！

玛格丽特一口喝掉杯子里的水："剩菜？你可从来没吃过剩菜！"

她很难相信儿子居然有这么大的改变。

"妈妈，万事都有开头日。"

"对，95 岁开始用甜点盘吃正餐，也是个好开头。这样到死的时候，真是什么都见过了！我想，你是自己想出这个馊点子的吧……"

贝尔纳骄傲地点头承认，随后把沙拉盘传给下一个人，自己一点都没拿。

"贝尔纳，吃点胡萝卜。"妻子建议道，"吃了会让你更可爱。"

贝尔纳眼神略带讽刺，对妻子笑了笑，把沙拉递给爱丽丝。儿媳对婆婆说：

“布里吉特，胡萝卜又不是什么灵丹妙药……”

贝尔纳并没有反驳，如今他和“母老虎”的关系和睦多了，可不能破坏掉来之不易的和平。他看着孙子，孙子似乎挺喜欢今天的菜。保罗吃了一大口菜，可马上全都吐在盘子里了。玛格丽特惊奇地睁大双眼，心想自己年轻的时候，小孩子哪敢做这样的事。

贝尔纳关切地问：“是不是吃到绿色蔬菜，咽不下去了呀？”

小男孩尽量解释：“胡是，现宅我吃蔬柴啦，胡是因为柴……”

他喝了一大口水，继续说：

“我觉得我掉了一颗牙。”他张大了嘴，让别人确认他是不是缺了一颗牙齿。

确实，保罗少了一颗门牙。他开始在刚才吐出来的东西里翻找牙齿。玛格丽特起身离开，连夏洛特都恶心得看不下去了。

“你这么做多恶心！你在干吗？我们大家都没胃口吃饭了。”

“你看到了，我正在找我的牙。要是找不到，小老鼠怎么把牙拿走，留给我一枚硬币呢？”

夏洛特叹了口气：“这家伙真是蠢到家了！”她从小就比哥哥聪明，已经不再相信什么小老鼠或者圣诞老人了。

吃完午饭，保罗和夏洛特跑到阁楼里搬出全套《丁丁历险记》，拿到客厅里，同时大声地喊着自己想看的那本的名字。每到这时，虽然孩子们不可能乖得像天使一样，但至少“相对安静”，大人们也有了一些空闲时间。

贝尔纳吃完两盘自己准备的椰子牛奶烩米饭，问在座的人：“谁想喝杯咖啡？”

大家表情凝固，无人回答。贝尔纳想：是不是甜点的问题？大家可都没怎么碰甜点，或者是觉得喝了咖啡会更反胃？布里吉特插话了。

“每个人都要，一共五杯。要我帮忙吗，亲爱的？”她好心地问。

“不用了，我自己能行。这次终于不众口难调了。”他早就注意到，爱丽丝的主菜一口都没吃。

“别忘了给我的咖啡里加一滴牛奶。”爱丽丝听出来贝尔纳话中带刺，故意刁难公公。

尼古拉说：“别忘了把糖拿过来。”

“谁钱包里有一欧元或者两欧元当小费？”爱丽丝悄悄问，还假装在钱包里找钱，“我只剩了一张……”

贝尔纳在厨房里，拿过托盘，卷起袖子，准备实实在在地冲一壶咖啡。他早卖掉了全自动胶囊咖啡机，买了一个咖啡壶。这样冲出来的咖啡，自然比玛格丽特冲的“洗袜子水”要强很多，甚至比原来的咖啡机还好。

十分钟后，贝尔纳冲好咖啡回来，尼古拉忍不住打趣。

“你是不是去巴西买咖啡豆了呀，外国佬[1]？”

“随便你开玩笑，但我为我买的咖啡壶而自豪。”

听到这话，大家都投来好奇的眼神。

玛格丽特问：“你原来的咖啡机坏掉了吗？”

爱丽丝脱口而出：“现在的东西都是提前设定好报废时间的，真

[1]原文为 El Gringo。

过分。”她并没有想到公公换咖啡机的真正原因。

“不，它还很好用，不过我在二手网站上卖掉了。我不想每喝一杯咖啡都污染环境。”他在母亲面前宣告。

儿子的转变母亲当然看在眼里。

“两个月前你还想给我买自动咖啡机呢！贝尔纳，你真是一会儿一个主意。”儿子前后矛盾的行为，让她觉得很好笑。

贝尔纳一边倒咖啡，一边用意大利语说：“纯正的意大利咖啡。”他模仿意大利人的手势。“而且，还是绿色咖啡。”他温柔地看着孙子，“这多亏了保罗。”

保罗从阁楼里下来，冲进爷爷怀里，问他：

“你的咖啡，是散装的吗？”

贝尔纳被问了个正着：“什么装？”

他在脑中快速回想，最近一个月自己做出的改变实在太多。结果，孙子只问了一个问题，就让他前功尽弃。

保罗解释道：“散装就是不买袋装的，而是自己带着广口瓶，直接去买咖啡豆。”

广口瓶！贝尔纳以前都是拿来装厨具的，还心想这东西有什么用。虽然这样让厨房看起来时髦一点，但他总寻思着好像忽略了什么细节。

“广口瓶，我还没有用。告诉我，别的参赛者，他们都用广口瓶了吗？”

“是的呀，爷爷！用广口瓶装意面、大米、小块的巧克力、开心果、早餐吃的麦片、咖啡豆……”

布里吉特本来下决心不参与爷孙俩的对话，可还是忍不住插嘴。

"他们一定不会把广口瓶买到家里，就觉得万事大吉了。"她故意用言语挑逗贝尔纳，以报复此前的一箭之仇。

贝尔纳两腿发软，瘫倒在扶手椅里。无论他怎么努力，都还是不够！

几分钟后，贝尔纳把咖啡杯端回厨房。他回到客厅时，发现每个人都在读着些什么。保罗正在读《法老的雪茄》，夏洛特正在读《独角兽的秘密》，玛格丽特和爱丽丝正在玩儿《费加罗报》上的填字游戏，布里吉特正在读《花园之友》，尼古拉正在翻看一本小册子，贝尔纳不知道是什么。不过，他知道那是他的告别晚会上，一个同事送给他的。

尼古拉看到某一页的时候停下来了。贝尔纳从身后俯身看儿子在看什么，然后坐回扶手椅里，嘲笑道：

"《退休生活练习手册》，你难道准备退休？"

"这是你的书吧，挺有趣的。"尼古拉说完，又继续读下去。

他刚刚辞职，书中的建议能帮助自己更好地度过转型期，他对此并不拒绝。

贝尔纳本想进一步打趣儿子，但出于两个原因，他并没有这样做：第一，对于儿子的未来，他真的有些担忧；第二，布里吉特提醒过他，禁止他问现实问题，例如："你知道辞职后每天都要做些什么吗？"尼古拉看起来很平静，对自己目前的棘手现状并没有表现出紧张。过节嘛，就要有个过节的样子。

玛格丽特很快就做完了填字游戏，抬起头来打量着儿子。她觉得自己有话要说，可又记不起想说什么了。她就像一辆老式柴油车，花上好些功夫才能启动。突然，她记起来了：

“你知道，你需要什么可以找我。我还有一些手帕、广口瓶、购物用的网兜，我可以给你。我现在还在用这些东西呢……”

她说话的表情很认真。贝尔纳意识到，她是一个环保主义者，可自己却不知情，这在某种程度上和茹尔丹先生有共通之处。或者说，妈妈只是天生比儿子更有智慧？

“来，把靠近窗户的扶手椅让给我。我的小朋友画眉鸟就要来了，吃完午饭，它总是来和我打招呼。”

贝尔纳一声不吭地把座位让给母亲。他想，无论是消费社会还是信息社会，母亲这么多年都没有什么改变。她教给孩子们的那些价值观，自己至今还坚守着。

多年来，玛格丽特从不看电视广告，免得自己受诱惑。她从来不扔衣服，觉得缝缝补补是一种光荣。她曾经在高端服装业担任裁缝，对自己花了一辈子、一针一线缝过的衣服，她有一种深深的敬重。她的“纤纤妙手”精细而准确。她出门从不随随便便，脖子上总是围着围巾，提着购物筐。她只在市场或者附近的小商店购物，从不去大型超市。她不厌其烦地强调，洗澡打肥皂时要关掉喷头，走出房间要关灯，一件衣服至少要连续穿两天。她总能把晚餐的量控制得恰到好处。如果有剩菜，她就会做成馅饼或者肉丸子，这两样后来都成了贝尔纳最喜欢的菜。家里的暖气总是开在低温挡，大家多穿点就行了。她并不是激进的环保主义者，只是过着少欲知足的生活罢了。

贝尔纳认真考虑了玛格丽特的建议，开始计算自己能存储多少食物。面粉、糖、扁豆、果泥、蜂蜜，这些都可以存储在广口瓶里。他还没有开始使用，就已经知道瓶子肯定不够用。

贝尔纳看到画眉鸟来和母亲打招呼，把手放在她肩膀上说：

“妈妈，下周我去你那儿拿。谢谢你把这些东西给我。”

玛格丽特泛出笑容：

“还能用的东西，扔了不用多可惜。你现在和你老妈生活方式一样，怕不怕以后没法拿我开玩笑了呀？”

贝尔纳轻吻母亲的脸颊。玛格丽特又说：

“某种程度上，这可以说是另一种遗产继承。人们不是总说，老坛子酿出的酒才香吗？”

随遇而安

当天晚上，在贝尔纳的倡议下，大家决定减少圣诞前夜大餐的菜品：只有五道菜！自制松露土豆泥、烤栗子、无花果填馅烤鸡、苹果果泥和布里吉特特制的树干蛋糕。吃完饭，收拾好桌子，家人围坐在一个巨大的拼图周围。这是圣诞前夜等待圣诞老人时的传统，会一直持续到午夜。

蜡烛摇曳的光和几盏小灯为大家照明。孩子和大人围坐在500片的拼图周围。这是一幅雷诺阿的名画。玛格丽特拼过无数次了，不需要很用心，只需要戴眼镜就好了。

她总是借这个机会，向集中精力玩儿拼图的曾孙子和曾孙女讲一些有意思的趣闻。

保罗和夏洛特总是有数不清的问题要问曾祖母。老太太喜欢回忆往事，但不喜欢被别人打断。

玛格丽特穿着节日的盛装，看起来比平日还要优雅。她快速地拼着拼图，让孩子们感到有些困惑。她目光庄重，回忆着一生中经历的各个时代。

“第一次世界大战的时候，所有的男人都接到了动员令。像我妈妈那样的家庭妇女，只能在家里焦急地等待丈夫的来信。信很少，而且不总是好消息。你曾曾祖母知道寒从脚起，为了让前方的士兵不至于冻死，就织了很多袜子送到前线。”

保罗抬起眼睛看着曾祖母，环视着家里的人，发现除了自己，没有人觉得这个故事令人惊讶。

“额头[1]上的袜子！这多奇怪啊！”他脱口而出。保罗疑心重重，不知道为什么要把袜子穿在脑袋上。

“不许再打断我。”曾祖母有些生气。她不理解自己刚才讲的故事，有哪里让人疑惑。

保罗很想听下面的故事，只好闭嘴。玛格丽特从一个时代跳到另一个时代。

“第一次世界大战之后是第二次世界大战。我丈夫欧仁被遣送到了劳动营，好不容易才逃出来。他知道要是被抓回去，肯定就活不成了。有多少人死在毒气室呢？保罗，你手里拿着的那块，是画的一角，把它递给我。”曾祖母把对应的那块拼图拼好。

保罗很担心。

“那时候有人因为温室气体而死亡吗？”

“不，温室气体和毒气可不是一回事。”

尼古拉看着爱丽丝笑了笑。

“我刚才说到……”玛格丽特接着说，“最终，1944 年欧仁从监狱里出来……”

[1] 法语中“前线”和“额头”是同一个词。

“监狱？他杀了人吗？”夏洛特问，她很担心自己家里出了杀人犯。

玛格丽特长出一口气，还是让尼古拉解释好了。

“不是，是因为曾祖父逃进了密林。”他不想多费唇舌，解释自己的爷爷当逃兵的细节。

可是，保罗需要进一步解释才能明白。

“像日本餐厅里的那种卷寿司？[1]”

爱丽丝和尼古拉面面相觑。他们意识到，比起茄子、西葫芦、南瓜，自己的孩子更熟悉寿司卷、生鱼片、日式串烧。家庭教育显然哪里出了问题。

爱丽丝只好纠正说：“不是，曾祖父是藏在了树林里。”

玛格丽特清了清嗓子。

不断被孩子们打断，她很不开心，因为这些遥远的回忆可不是说想起来，就能想起来的。

突然，停电了。屋子里只剩下闪闪的烛光。孩子们的眼神兴奋异常，仿佛圣诞节的魔法终于降临了。

保罗问：“怎么了？是圣诞老人吗？他今年提前来了？”

布里吉特很多年没见过停电了。她立即怀疑是丈夫最近的新点子出了问题。

“不是圣诞老人。我觉得是你爷爷的环保发电机出故障了。爷爷决定只使用清洁能源，利用风和阳光为我们提供电能。不过，也许到了圣诞节晚上，它们也想休息一下……”

---

[1]法语中“密林（maquis）”和日语“卷（maki）寿司”读音相近。

贝尔纳立即反击。

“你不要乱说，从1月1号开始才改用清洁能源呢。你真是老顽固呀！”

“对不起，我脑子转得没你快。我们为什么非得像原始人那样生活呢？”

布里吉特一点都不反对改变。她没怎么反抗就接受了竹牙刷、无泡牙膏、没有包装的面包等。不过，凡事都有个度。因为，丈夫总是不走寻常路，一个意外接着一个意外。她不难想象，以后丈夫会要求自己放弃冰箱、手机和网络。

贝尔纳戴上抓鼹鼠专用头灯，想去看看是不是整个街区都停电了，还是只有自己家停电。他顺便把圣诞节晚餐剩下的蔬菜拿去喂鸡。它们也有权吃顿圣诞大餐吧。

风越来越大，他走路有些踉跄，可能是今晚香槟喝多了，见风上头。

他正想回到屋里，突然撞见了邻居。后者正在往垃圾箱里塞各种一次性塑料餐具。

杜戈林先生问：“圣诞前夜过得好吗？”

贝尔纳懒得回答他，直接问道：

“您家是不是也停电了呀？”

“是的，我觉得全市都停电了。天气太冷了，大家都把电暖器开到最大，结果，砰！这点儿电哪够大家拼命用？”不过，看起来他家里暖气就不错，热得都穿T恤出来逛了。

贝尔纳打了个喷嚏。虽然他穿了两层毛衣，可家里还是不够暖和。即便已经深冬，他还是坚持把暖气开到最低。布里吉特和爱丽丝圣诞节也不能穿裙子了。贝尔纳向邻居告别，可邻居并没打算放他走。

“不管怎么说，天气越来越不规律。我们能做什么呢？无能为力！”杜戈林先生边说边把烟头扔在大街上。

贝尔纳的心情低落到极点。他想大喊：“减缓气候变化，我们现在还有很多事可做，很多！”

人怎么可以这么落伍？尤其是，怎么可以这么没羞没臊，毫无顾忌地把暖气开到最大？

贝尔纳回到自家门前，垂头丧气。他低声宣布：

“外面风很大。整个街区都停电了，所以不要再怪罪我的风力发电机了……”

爱丽丝向他一笑，贝尔纳吓得往后一缩：睡着的母老虎更可怕。

“我认为我们应该向贝尔纳道歉。而且，我要祝贺您，终于不为核电站买单了。”

面对爱丽丝的话，贝尔纳不知道说什么好。玛格丽特刚才讲不成故事，气得跺脚，现在终于可以继续了。

“我们不能让停电扫了兴致。战争期间情况更糟糕。欧仁和我躲在密林里，因为他是个抵抗战士。”

夏洛特问：“所有人都是抵抗战士吗？”

“不是的。”

保罗问：“为什么呢？”

爱丽丝说：“确实，后人经常反思，人们当初怎么会容忍法西斯上台。”

大家都沉寂了一会儿。只靠着烛光，拼图游戏很难再进行下去。

夏洛特问："欧仁是不是像个超级英雄一样？"

尼古拉回答："是的，有点像。"他知道，这样说女儿很可能把曾祖父想象成蜘蛛侠的样子。

保罗问："我们现在呢，你觉得我们会成为抵抗战士吗？"

这个问题正中要害，贝尔纳试着回答：

"现在没有打仗，很难知道答案。抗拒强权，敢于说不，这并不是一件容易的事。不仅需要勇气，还需要坚忍。"

突然，贝尔纳想到了自己过去几周的经历。他用银行卡时拒绝要回执，因为是独立包装而拒绝买奶酪，因为忘记带便携水壶而只好不喝水，吃硬面包，只吃自己家母鸡生的鸡蛋，很多人都因此把他当成疯子。

反思过去，很多人都会想，当初那些卖国贼为何任由法西斯蹂躏祖国，为什么有些法国人甚至参加纳粹党？可是，贝尔纳意识到，与二战时相同的事情如今正在上演。未来人们也会责问前人：你们当初为何任由环境灾难发生？面对地球的毁灭和物种消失，你们为什么不采取行动？

贝尔纳想："纳粹的问题，我们可以托辞说：'当初我们不知道他们会上台。'对环境灾难，我们只好回答：'当初我们清楚会发生什么，可就是坐视不管。'"

根据《人权宣言》第四条，自由即在不伤害他人的前提下，按照个人意志行事的权利。贝尔纳觉得已经尽己所能，避免成为一名破坏地球的罪犯。可杜戈林是怎么做的呢？别人是怎么做的呢？有些国家领导人自己，不就是在随意破坏环境吗？有些公司老总不就是做事不考虑后果吗？这些人难道不是全人类的祸害？然而，却没有人向他们问责。他们拥有自由，拥有享受财富、浪费资源、破坏环境和掠夺他人的自由。

爱丽丝打起了盹，头枕在贝尔纳的胳膊肘上，这让他一下子回过神来。有了！他终于明白了，自己为什么对保罗的计划如此热心：参加这个计划，让他觉得自己在战斗。他坚信自己做的一切都是必要的，自己成了一个当代社会里的抵抗战士。他就是生态环保领域的让·穆兰[1]。

贝尔纳说："我有事情要宣布！"

他已经控制不了自己的语言，想法脱口而出。尼古拉打断他：

"等等，爸爸。我们好不容易凑在一起，而且昏暗的灯光让我们看起来都挺好看。不如来照张全家福吧。"

尼古拉给相机定了时，启动了倒计时。

"看看几点了，照完全家福圣诞老人一定来了。"

挂钟的指针指向23点55分。

"三、二……"

贝尔纳仍然为自己的想法兴奋和着迷，没等尼古拉照完，就大声地宣布自己的想法。这时偏偏闪光灯亮了。

"我宣布放弃'零塑料'生活！"

家人尴尬窘迫的表情全都被照了下来。他们看起来惊慌失措，好像一窝被手电筒照到的兔子。

保罗的眼神里立即泛起失望。布里吉特很惊讶，也很伤心。她

[1] 让·穆兰（Jean Moulin，1899—1943），第二次世界大战期间法国抵抗运动成员，全国抵抗运动委员会领导人。

只希望上帝把丈夫还给自己，可不希望贝尔纳变回退休前那个专横跋扈的家伙。

贝尔纳把手放在胸前，虽然放错了边，还是庄严宣布：

"我停止'零塑料'计划，开始'零环境影响'计划。不仅不能使用塑料，而且零垃圾，百分百使用本地产品，吃生态食品，不开车，不乘飞机……我要尝试让自己的生活利大于弊。我不知道能否实现，但至少要试一试。"

布里吉特觉得自己的下巴要脱臼了。玛格丽特和夏洛特一起，双手抱头轻轻摇动，好像在说："这不是真的！"爱丽丝和尼古拉瞪圆了眼睛，你看我我看你。谁也没听到午夜的钟声响起。只有保罗高兴地跳起来，喊道：

"太好了！爷爷更进一步！"

"是的，因为我也想像父亲一样，成为抵抗战士。而且，有杜戈林这样的邻居，我别无选择。必须要付出双倍的努力！"

小男孩激情澎湃地说："对法国人来说，没什么不可能！"

震惊之余，布里吉特无心再等着大家打开礼物，径直去睡觉了。她要求贝尔纳的并不多，只要他在家庭内部能够利大于弊就好了。可他还是什么都不懂。

退休之后，生活经历巨变，每个人都有权重新定义自己。然而，个人的改变必须被他人接受，否则就会威胁到夫妻关系。可贝尔纳从来不会询问妻子的意见，总是自作主张，把妻子拉上贼船。他已经越过了红线。

贝尔纳就寝时，想要和妻子和好。布里吉特已经睡下很久了，应该是吃过了安眠药。

四个月来第一次，他刚刚闭上眼睛就沉沉睡去。他决定要向蜂鸟学习，为了理想尽力而为，顿时觉得松了一口气。

除了还没有和妻子和解，他已经问心无愧。良心，真是无价之宝！

常在河边走，难免会湿鞋

第二天一早，每个人的举止都很奇怪。布里吉特对丈夫一言不发，可对别人却笑脸相迎。贝尔纳搞不清楚哪里惹到了妻子。外面还在下雨，孩子们只能待在家里，急得大声抱怨。玛格丽特还是老样子，表情和话都不多，应该一切正常。

家人对贝尔纳的圣诞礼物反响平平，这令他非常失望。他这辈子第一次没有把准备礼物的任务推给妻子，而是绞尽脑汁，给每个人准备了个性化的圣诞礼物。他觉得，收礼物的人至少可以装得更开心一点。

贝尔纳禁止布里吉特使用礼物包装纸，所以送礼物用的都是布袋子。爱丽丝、尼古拉、玛格丽特和孩子们收到"零垃圾大礼包"一点儿都不觉得高兴，打开礼物的时候，反而颇有些小心翼翼。

他的大礼包里包括：细密好用的竹牙刷（他自己试用了好几个牌子，才找到不会造成口腔不适的那款）、可以重复使用的卸妆棉、便携水壶、时髦的白手帕、广口瓶、布做的面包袋子、各种玻璃容器、购物用的网兜，以及许多关于"零垃圾"、理性消费和"断舍离"的书。礼物好又多，大家为什么面无表情呢？贝尔纳难以理解。

他们肯定没有想到，要集齐这么多好礼物，需要付出多少努力。

贝尔纳送礼物可是花了大价钱。他犹豫是否要送爱丽丝一整套环保私人卫生用品，最后觉得等她生日再送也不迟。

他对自己的礼物颇为自豪，可大家都漠然以待，他非常受伤。打开礼物袋时，大家鸦雀无声，都在寻找“真正的”礼物。虽然爱丽丝满心欢喜地接受了赠送二手商品或者非物质性礼物的想法，但谁也没有想到贝尔纳会送他们这么“实用”的礼物。

一整年提心吊胆当好人，圣诞老人只送个便携水壶当礼物，这怎么行？！夏洛特看到自己的礼物时，惊讶得瞪大了眼睛：虽然爷爷别出心裁地贴了一张蜘蛛侠不干胶，可水壶就是水壶呀！她之前的愿望是能和爸爸多点时间相处，现在可有点儿后悔了。

好在布里吉特的礼物（贝尔纳已经事先检验过，确认都属于“可持续”商品）挽回了一些面子，让圣诞老人不至于颜面扫地。玛格丽特收到了歌剧门票，爱丽丝和尼古拉则收到了音乐会门票，孙女收到一套儿童厨具，孙子则是一套儿童种植用具。

貌似只有贝尔纳收到礼物时开心得不得了：一个酸奶机！他好几天前就下单订购了，当然是通过他最喜欢的二手网站。

有一件事情是肯定的：这一年贝尔纳变得更开心了。不过，其他人是不是开心，这可难说……

洗耳恭听

尼古拉、爱丽丝和孩子们住了几天，随即回巴黎与朋友们欢庆新年。贝尔纳和布里吉特邀请了让 - 马克、他的女朋友瑟弗琳，还有玛格丽特。午夜刚过 30 分钟，他们就已经进入梦乡。

新年第一天，贝尔纳骑上自行车去购物。宣布“零环境影响”计划后，自行车就成了他的新坐骑。可是，在这样寒冷而潮湿的天气骑车出门，贝尔纳觉得自己肯定没好果子吃。

他自然已经忘了，新年第一天大部分商家都闭门歇业。他沿着商业街横竖走了几趟，终于承认会空手而归。他大失所望，鼻尖上沁着汗珠，上车回家。

回去的路上，贝尔纳口渴难耐，可身上又没带便携水壶。他嘴里干渴，心里打鼓：缺水会出人命的，老年人更怕缺水。此时，他想起了儿子几个月前的忠告：要多补充水分。

“可我决不买瓶装水，宁死不屈！嗯……渴一会儿或许也死不了。”

在这一时刻，贝尔纳心中不禁疑问，牺牲自己保护环境，用自己的生命换地球的生命，值得吗？

2003 年的酷暑高温导致上万人丧生，这是不争的事实。他思前想后，发现自己这样很可笑。

这条路本来就是他自己的选择。现在，他愿意走更远的路，买正确的产品。他下决心，改掉大部分坏习惯。不过，在基本生存需要和保护环境之间做出选择，这还是第一次。

他从来都是一个乐于规划、精于计算的人。经过分析，他发现在人类无限的欲望和地球有限的资源之间，存在一道无法弥合的鸿沟。

他之前给布里吉特上过一课，解释说重要的不是垃圾去了哪里，而是制造一件生活日用品消耗了多少资源，把它送到我们家门口，又跨越了多大的距离。

他必须面对事实。如果买瓶装水，不到十分钟，他就会把瓶子扔掉。可制造和运输这个瓶子，又花了何止一百个十分钟。

他下定决心，忍耐几分钟口渴，回家再喝水也没什么。而且，错不在他人。谁让他出门的时候不带水壶呢？

一回到家，贝尔纳就冲到厨房，对着水龙头大口喝水，自来水流了一脸。布里吉特用疲厌的眼神看着丈夫。他如此胡作非为，新年必定开局不利。贝尔纳用抹布擦了擦脸，想给妻子讲讲自己的不幸遭遇。正在这时，他透过半透明的垃圾袋，一眼瞟见一个扔掉的塑料瓶。

贝尔纳大惊失色，早上的时候，垃圾桶里还没有这个塑料瓶呢。现在贝尔纳成了“垃圾先生”，对扔进垃圾桶、扔出家门的垃圾，他都了如指掌。

贝尔纳怒从心头起，不禁大喊：“不许用塑料瓶！”

妻子抓住他的胳膊：“你冷静点！”

贝尔纳又感觉到刚才拼命蹬车时的口渴。想到刚才的内心挣扎，加上眼前的一切，他的情绪无法平复。

他紧皱眉头。

“你是不是根本不关心环保？你到底是支持我，还是反对我？你不觉得，我每天节衣缩食已经够难受了吗？何况还要到处面对那些毫无环保意识的傻瓜。这个瓶子，就是赤裸裸的背叛。这等于是在我背后插刀子。”

“别说了，贝尔纳。真可笑，胡说八道。我希望你至少知道自己在说什么。”

贝尔纳尽力克制自己，但还是忍不住说了出来：

“你这种人，在战争期间，真不一定站在哪一边。”

他这样说，的确是小心眼儿，这他自己也知道。他想让妻子回答，想让她承认自己犯了个错误，下次不会再这样做，而且发誓以后大力支持丈夫的计划。可布里吉特一直很冷静。

“贝尔纳，深呼吸，感觉会好一点儿的。”

贝尔纳一边发着牢骚，一边小声嘀咕，计算着多了这一件垃圾，今天的垃圾箱又会增加多少重量。

布里吉特正暗自练习正念呼吸，不想变得像丈夫那样咄咄逼人。她用温柔的语气继续说道：

“你意识到了吧？这只是一小瓶水而已。”

“只是一小瓶水？”他分外尖酸刻薄，“真不敢相信！你难道这么无知？等等，我要在这个小瓶子里留一条信息给四百年后的子孙后代：‘海龟灭绝了，真是抱歉！可我忍不住口渴。’”

布里吉特感觉到泪水涌上双眼。

“你含血喷人！”

“你自私自利！真不知道你是怎么想的。”

“就你大公无私呗？”

老两口相互怒视，各自坚守立场，谁都不愿意让步。贝尔纳颤抖了一下，后退半步，转身打了一个响亮的喷嚏。这么冷的天气骑车在城里逛了这么久，不感冒才怪。布里吉特仍然紧紧盯着贝尔纳，甚至平日里一定会说的那句“祝你长命百岁”都没有说。她决不能让他以为占了上风。

布里吉特瞟着丈夫。贝尔纳则一直在看垃圾桶和秤。她沉默良久，他内心忐忑。最后，她终于把心里话说了出来。

“你知道真正让我烦恼的是什么吗？你喜欢用老式手帕也无所谓，只是让你看起来像个老古董罢了。最让我恼火的，是你把环保计划强加给大家。可实际上，你根本不关心环境，只是为了赢得比赛！”

贝尔纳很愤慨，立即反驳：“不是！”

他起初的确想赢，但现在的他已经改变，拿下挑战赛已经不是他唯一的动机了。布里吉特把内心的想法和盘托出。

“几个月前，是谁说想买敞篷汽车来着？”

“你知道我已经决定不买了。你别耍赖，我总有权改主意吧？还是说夫人禁止我改主意呢？”

布里吉特冷冷地看着他。

“在环保方面，你是个机会主义者。”

“胡说八道！你等等，谁最近几周不停地打理花园，坚持买绿色蔬菜水果？”过去几年，爱丽丝每次要求家里人吃健康食品，他必然大肆批评。如今他已经把如此劣迹抛诸脑后。

“瞎说！你为什么这么做？诚实一点吧。你吃绿色食品只是为了保持健康而已。你之所以会注意饮食，是因为你正在变老，怕继续乱吃会吃出什么病来。”

“所以呢，这有什么问题吗？”

“不，没什么问题，这是个好开始。可是，那些真正的环保主义者，他们选择吃绿色食品，是因为它们的种植方式更尊重自然，而不是因为害怕得癌症。别对自己撒谎啦，贝尔纳！你是个以自我为中心的人，这没什么。就算这样，我还是爱你。但至少别来干涉我的生活。你先改变自己，然后才有权对别人说教。”

贝尔纳坐在椅子里。他知道自己变了，甚至变了很多，但似乎周围的人并没有看到这些改变。而且，妻子不相信他，不支持他，这让他十分受伤。然而，妻子的谴责是完全错误的吗？他以前的确如此。现在，他应该拿出诚意来，展现出自己真的想变成一个更好的人。

布里吉特给自己倒了一杯水，用更加平静的语气说：

“贝尔纳，你一辈子都在一心一意地追逐名利。以前，你全身心投入工作，现在你全身心投入所谓的环保计划。相信我，我在努力跟上你的节奏，但我有些力不从心。说到底，你是在追求什么呢？你自己问过自己吗？我越来越觉得，你就是为了找个借口逃避我，为了离我远远的。你是不是不爱我了？”

贝尔纳没有回答。布里吉特大错特错。他当然一如既往地爱着妻子，但他不明白，自己退休后闷闷不乐了好几个月，终于在这个计划中找回一点自我，妻子为什么会因此而不快。他现在很快乐，当然有时过度兴奋，可他想要做些好事，这颗心的确是真诚的。他不在乎比赛结果是第一名，还是第二十名。他希望能从妻子那里得到建议，可不成想，如今这个计划却让两人渐行渐远。事到如今，他才意识到这一切。

他们两个人不在一个频道上。布里吉特心里只想着一件事情：能多和丈夫在一起。可丈夫却一心想着抓紧时间造福他人——他人不包括妻子。

布里吉特的问题没有得到任何答案。她低下声音说：

“既然你不在乎我，我还是离开的好。就算你不想和我一起旅行，我也不能因为你而放弃整个生活。不要给我打电话，我不打算很快回来。现在该我享受人生了，虽然很遗憾，要一个人旅行。反正现在你也不需要我给你做饭了。再见，贝尔纳。”

布里吉特摔门出去，贝尔纳目瞪口呆。她问了这么多问题，究竟是想让自己回答哪个呢？他搞不懂这谈话如何收场，也搞不懂妻子为何离去。

贝尔纳无力地站在门前的台阶上，看着妻子红色的小轿车远去。这个场面当然引起了杜戈林夫人的好奇心，她忍不住上前来打听。贝尔纳看到她拖着垃圾桶，径直走向自己。他赶紧转身，但还是不经意间看到了：桶里至少有二十个矿泉水瓶子。就因为这些 330 毫升的小塑料瓶，他刚刚把妻子气走了。

过犹不及

布里吉特从结婚起，从没有丢下丈夫出走过。这几天，贝尔纳一直在家里转来转去。他摸摸这摸摸那，把东西换个地方，要么一边自言自语，一边收拾东西，要么在妻子爱坐的地方一坐半天。

贝尔纳不是看着挂钟，就是看着门口，可怎么看都无法让妻子回来。刚吵过架的一段时间，贝尔纳还想证明一下，自己不需要妻子也能活得挺好，一切可以自理。不过，他很快就开始胡思乱想：妻子会不会出什么交通事故？如果那样的话，他可能一辈子都不会原谅自己。他发现，没了妻子，自己所做的一切都失去了意义。他如今很不快乐，做什么都提不起兴致。如果不是为了她，任何事物都没有努力的价值。

当晚布里吉特没有回家，第二天乃至第二周都没有回来。贝尔纳明白自己真的越过了红线。他生命中第一次有了冲动，不想去追求什么事情，而是想去追回一个人。

一个人出门、购物、烹饪，想一想都觉得难受。这个环保计划，他是真的用了心，而且也不是只为了赢得比赛。

这么多年，布里吉特已经习惯了丈夫经常不在家。然而，贝尔纳却没有尝过这种滋味。他很不习惯孤独。

一开始为了打发时间，贝尔纳会在早餐后好好梳洗一下。他发现，妻子出门还带了竹牙刷和起泡环保牙膏。之后，他把精力和担心都发泄在了花园里。

现在已经是一月份，秋季精心准备的种子，到了播种的时候了。贝尔纳焦虑之余，除草的时候，不小心把布里吉特种的一些花苗也拔掉了。

这可不利于挽回夫妻关系！

生命不是一条静静的河流

布里吉特离家已经两周。贝尔纳仍然不习惯孤独，只好躲到母亲家去。虽然玛格丽特知道儿媳的消息，可是贝尔纳毫不知情。布里吉特先去参加了一个针对新近退休人士的培训班，然后在修道院度过了一段难得的平静时光。她需要时间来思考人生。

玛格丽特让儿子留下来吃晚饭，今晚她做了洋葱汤。她说完这些，继续看下午的电视节目，并在电视机前睡着了。贝尔纳不仅觉得自己很疲惫，也发现睡着的母亲分外衰老，他以前从未注意过这一点。他心下惴惴，只怕祸不单行。

贝尔纳无事可做，只能在屋子里闲逛。他对这里了如指掌，虽然不是儿时的家，自己从没有在这里住过，相关的记忆也很少。不过，母亲在这里住了二十年，一直很开心。这是最重要的。

这间公寓在一座现代化大楼的二层，采光不是很好，但夏天的时候也不会觉得很晒。玛格丽特喜欢这样。屋里柔和的光线让人想到几周前的停电事故。

贝尔纳从一个房间走到另一个房间，看着每样熟悉的物品。有些物品曾遭到他多年的嘲笑，可如今对他而言，都具有特殊的价值。

这些有故事的小东西，比居住的地方更能让人想起家庭生活的温馨瞬间。每天早上让厨房溢满香气的咖啡磨，给他带来无限欢乐的老鼠玩具，无须弯腰就能捡拾东西的长柄夹，点缀着碎花或者小方格的手帕，堆成小山的清洁手套，用钩针编织的毯子，噪音很大却似乎永远不坏的缝纫机，每天在窗边尖叫的高压锅，手动压土豆泥器，老式奶酪切丝器——贝尔纳曾经把后者拆掉，想要做一个左撇子专用餐具，可家里人没有左撇子，还有母亲积攒的数不清的小咖啡勺。玛格丽特年老后有了搜集咖啡勺和甜点盖子的癖好，大家都知道，所以每个人有机会到国外出差旅行时，都会带回来各种奇形怪状的咖啡勺。贝尔纳打开母亲装咖啡勺的抽屉，看见上百只勺子排列得整整齐齐，放在铺了海绵的盒子里。他拿起一只，看到背后有一个小标签：多维尔大酒店。母亲精心为每只勺子标注了来源。这更多地是为了孩子们，而不是为了自己。她的记忆力还和年轻时一样好。

贝尔纳继续在公寓里闲看。他进入母亲小小的卧室，打开衣橱，薰衣草的气味扑面而来。他看到里面放着父亲的贝雷帽，巨大的伤感涌上心头。欧仁逃离劳动营之后，每天都戴着这顶贝雷帽。贝尔纳还以为，父亲把帽子带进坟墓里去了。

不管玛格丽特和欧仁年老时有多少龃龉，爱最终还是战胜一切。母亲终究没能下狠心丢掉这顶帽子，而是偷偷藏起来，只留给自己一人回忆往事。

他知道每件东西背后的故事，但突然想到，自己家里的物品，儿子或许并不清楚其来龙去脉。他从没有花时间向儿子讲述自己重要物品的来源。

贝尔纳到厨房里，拿起一本因年代久远而变黄，而且颇多脱页的本子。这是一本家族中的女性代代相传的食谱，每一代人都会把自己的心得记在上面，最后一位记录者是玛格丽特。贝尔纳认识母亲优雅的字体，以及她每个单词末端轻轻上挑的习惯。食谱里记载了“完美”巧克力咸黄油焦糖蛋糕的做法。他想，全世界或许只有自己家会做这种蛋糕。

本子的最后夹着玛格丽特的便签，上面写的是每个季节的应季菜品。菜单上小南瓜汤的做法，贝尔纳找了好几个月都没有找到。他发现上面并没有写要加羊奶酪，看来这是一个口传的秘诀。

他走到客厅，随手打开一个抽屉，看见一张纸上用铅笔画着草图。姓名、日期、亲属关系，这些信息都让人猜想到，这是一张家谱。贝尔纳读着家谱，想起这些年母亲给他讲过的很多旧闻。他为自己属于这样一个辛勤工作的家族而自豪。玛格丽特写了每个人的职业，也有一些信息他不清楚个中含义。最下面的名字，自然是保罗和夏洛特。他们下面还有很大的地方，留着以后写他们孩子的名字。

夜色已经降临，玛格丽特才从午睡中醒来。他们早早吃了晚饭。收拾餐桌时，两个人谈到布里吉特的离开，让贝尔纳很是伤心。这时，母亲透露了一个秘密。这个秘密她保守了很久，已经成为心上的一块石头。

“贝尔纳，我要告诉你一件事。这件事我从没对你说起过。”

贝尔纳一惊，最近一段时间，种种经历调动着他各种各样的情绪。他不确定自己此时还能否承受更多。

“我怎么有预感，这是一件我不想知道的事情……你这么说我有点害怕。”

玛格丽特搓了搓手，深吸一口气，直视着儿子的双眼。

“我退休之后，整天和你父亲朝夕相处，我意识到一点：无论如何，我只剩下十五年日子可过。虽然我不知道后面的生活是什么样子的，但有一点可以肯定：我不想浪费自己的生命。我决心开始新生活。之前，我的工作、孩子和丈夫迫使我疲于奔命。这一点你经历过，不会不承认。退休后，我终于可以有一些只属于自己的时间了。我可以出门看看世界，选择自己喜欢的事情做。通常，丈夫退休后，两个人的生活又被限制在家庭里，可男人并不会因此而困扰，我猜你也一样。”

贝尔纳愧疚的表情承认了这一点。

“我和你父亲谈过，他拒绝改变自己的生活。他希望我能待在家里伺候他。我告诉他，我不想退休之后，再过受限制的生活，希望他支持。然而，他表示不理解。”

玛格丽特垂下目光。

“你的父亲阻止我过自由的生活，所以……”

贝尔纳颤抖了一下，一下子想到最坏的可能性。母亲该不是把父亲谋杀了吧？

玛格丽特没有注意到儿子紧皱的面孔，接着说道：

“我跟他说：‘我们分手吧。’一开始他没有懂我的意思，后来他气急败坏。他一口咬定我有了别人，不过事实并非如此。他无法理解我的想法，我只是想一个人安静生活。我不害怕一个人终老，我只怕没有自由，不能自己决定，自己选择，享受自己的生活。我不要别人烦我。你父亲当时已经体检过，结果也拿到了。我们来不及说再见。他走后，我的确过上了安静的生活。但我没有一天不后悔，在他去世前对他说这样的话。我禁不住想，我的话一定加重了他的病情。”

贝尔纳惊讶得说不出话，他干眨眼睛，缓不过神。他用了很大力气，才说出话来。

“假如当初他没有死呢？”

“我应该会离婚！”母亲没有丝毫犹豫。

贝尔纳内心受到的冲击比表现出来的更加强烈。对他而言，夫妻关系是既定事实，不容怀疑。他如今已经61岁，从没有质疑过自己的婚姻。他和妻子一起度过了最艰难的日子，尤其是自己经常不在家的那些年。如果退休之后，两人反而无法同处一室，那就再讽刺不过了。

贝尔纳认为，两人现在经历的不过是短暂的危机，很快就会得到缓解，只要布里吉特决定回家就没事了。此刻，他第一次质疑自己的想法：万一妻子一去不回呢？

贝尔纳和来的时候一样，骑自行车回家。天已经黑了，而且下起了大雨。虽然他尽量贴着路右侧骑车，但每辆经过的汽车都擦身而过，差点把他推下路沿。他努力踩着脚踏板，越来越快。身边经过的汽车越来越大，溅起的水打湿了他的衣服。

他非常恼火。路很滑，雨水流进眼睛里，什么都看不清。他确信，自己不是会掉进阴沟里，就是会被越野车撞到。

他又一次意识到，自己为子孙后代着想，避免破坏环境的计划，给自己的生活带来了不小的风险。

他内心不平。钻进暖和的汽车里，不用风吹雨淋，当然最舒服。而且，也没有人当面要求他做出这么多牺牲。可现如今，他已经确信无疑，如果所有人都按照当下的方式继续生活，整个人类就会迎来末日浩劫。他无法坐视不理，假装什么都看不见。他必须有所行动。

不过，如果为了环保，让爷爷遭遇交通事故，提前殒命，这对于孙辈而言，能不能算是更美好的未来呢？

地球上生活着70亿人。我们的生活方式导致地球的自然资源逐渐枯竭，却对此浑然不知。贝尔纳觉得，虽然大家都在同一条船上，自己却是唯一一个为此担忧的人！他不禁想到，如果他不在了，有谁会来接替这个环保抵抗战士的位置呢？他儿子吗？不太可能……从母亲那里继承来的价值观，贝尔纳并没有成功地传给下一代。真的已经太晚了吗？

他推开家门，除了得了严重的感冒外，并没有任何事故发生。他不禁强烈地希望，如果这时妻子在家就好了。可是，她并没有回来。

贝尔纳打电话给妻子，布里吉特还是拒绝接听。这几天，他一直避免通过短信和妻子沟通，认为这种方式太过冷漠，无法表达自己的情感。现在，他决定写一条真诚的短信："我爱你，亲爱的，回家吧，求你了。我很想你。"

他一个人坐在客厅里，意识到没有了家庭，一切都无关紧要。如果他当初像杜戈林一家那样没有子女，也会变成只考虑自己、一心想着享受现代生活便利的人……

他现在自己一个人，终于想清楚了。正因为有了家人，正因为比起自己，他更重视家人，他才会做出各种改变。

他拨通了另一个人的电话，只有这个人能理解自己。电话那头保罗接听，贝尔纳清了清嗓子，试图掩盖自己强烈的情绪。

可这并不能骗孙子多久。

“你怎么了，爷爷？你好像很悲伤……”

贝尔纳一开始说不出话，深深吸了一口气，随后回答：

“我觉得这个计划太困难，我做不到。自己一个人做太难了。我需要大家的支持，尤其是你奶奶，但我发现她并不喜欢这个计划。这个挑战是给那些真正的超级英雄准备的，而我，我只是你爷爷而已。”

保罗很激动地抢话说：

“别开玩笑，你是个超级爷爷，你是‘环保侠’！这是我们同学给你取的名字。你现在有粉丝群了，你知道吗？”

贝尔纳笑笑，然后摇摇头，他完全不相信孙子的话。而且就算这是真的，也无法继续下去。

“你哄我呢。我的菜园出师不利，养蜂也没什么成果，母鸡不再下蛋了。我真的努力过了，但今天某位女士的话，让我很痛苦。”

孙子是个天生的乐观主义者，要让他放弃，这些理由还不够。

“爷爷，不可能每天都是完美的，没关系。这是人之常情。有一次，我发现自己不小心吃了猪肉，可我以前都发誓不再伤害动物了。我很气愤，他们没告诉我这是猪肉。我们只能尽力而为，有时候会成功，有时候不行，而且失败总是多于成功，这没关系。因为我们心里知道，自己是为正确的事情而努力。”

贝尔纳情绪激动，继续和孙子分享内心的悲伤。

“我看到周围的人都毫无环保意识，这让我十分疲惫。好像只有我们两个人在为环境付出。看看我邻居开的大型越野车！他整天往小河里倾倒洗涤剂。我一个人怎么阻止这一切呢？”

保罗想了很久，然后小声说：

“你知道最重要的是什么吗，爷爷？”

“每天都要努力尝试？”

“没错！一起努力，每天一小步……”

尤利西斯式的幸福[1]

贝尔纳本来想第二天找让 - 马克一起打发时间，可老朋友正忙着和女朋友瑟弗琳一起修理游艇。于是，他决定重操旧业，听从孙子的建议，为了环保尽己所能。

他一大早起床，内心便思绪万千，决定带上大大小小的广口瓶，开赴生态合作社。他此前没有想到过散装零售柜台，今天对于能买到想要的东西，贝尔纳信心满满。

他走进合作社。这里的灯光自然柔和了很多，气氛也更加友好。收银员还记得贝尔纳，警惕地看着他。他在店里来回寻找，最终找到占全店四分之一空间的零售区域，墙上和柜台都配有食品分装龙头。

保罗说得没错，各种商品都有散装出售。光是食品就有意面、大米、谷物、咖啡、豆类、曲奇、干果；卫浴用品有马赛香皂、白醋等等。所有商品都无包装，也不需要带回家后扔掉纸壳。以前他

[1] 指历经坎坷后，终于获得成功时所感受到的幸福感。

怎么就没想到呢？

贝尔纳什么都想买。他把每个广口瓶都装满，感觉自己像个购物狂。不过，既然有益环保，疯狂一下又何须自责。而且，想到玛格丽特以前也这样购物，他更加心安理得。

等他装好东西想去柜台结账，却发现了实际困难。他的购物袋既多又重。结账的时候，贝尔纳一个个打开广口瓶，不由得挺起胸脯，为自己骄傲。排队结账的人当中，没有一个带了广口瓶。他意识到自己起到了榜样的作用。

他把一个接一个的广口瓶从布袋子里拿出来，根本没留意后面排队顾客愤怒的眼神和不满的叹气。他已经不是个环保菜鸟了。以前他只带着布袋子来，而没有带齐所有装备，这种错误贝尔纳不会再犯。

售货员告诉他总价时，他请求重复一遍，此举让贝尔纳在对方心目中的形象折上加折。虽然贝尔纳买了一大堆东西，可总价却不值一提。他掏出身上带的所有钱一把递过去，对方却还回来一半。他发现去掉品牌、纸盒、包装的钱，加上不会购买不需要的量，真是省下了一大笔钱。这个重大发现一定会帮助他大大减少垃圾总量。

走出店门来到街上，贝尔纳心里充满幸福感。他觉得刚刚进行了一场“捍卫拉尔扎克”运动[1]。虽然他晚生了几年，刚好错过伍德斯托克音乐节[2]，但年轻时的他一直有点羡慕那些举止怪异、让人怕

[1] 法国 1971 年发生的一场民众捍卫土地所有权、反对国家征用的运动。该事件被拍成纪录片，于 2011 年上映。

[2] 世界上最著名的系列性摇滚音乐节之一，最早举行于 1969 年，标志着嬉皮士运动的高潮。

怕的又酷酷的嬉皮士。

自从布里吉特离开后，他一直情绪低落。今天这件事，让他稍稍恢复了一点士气。他拿起电话，尝试打给妻子，可直接被转接进了自动答录。他没有留语音留言，和前 25 次一样。

贝尔纳被购物袋坠得肩膀疼痛，认定如果徒步回家，即便购物袋不在路上破掉，也会痛苦万分。这一点他事先没有预想好，现在觉得自己这样大包小包地扛着，活像一头傻驴。他把东西靠在大腿上，中间休息了十多次，才终于蹒跚到公交站。他的后背已经又酸又痛。

他看到公交车停下来，一位年轻的母亲下车了。为了抢到空座位，他晃动双肘，一股脑冲在前面，占了本该属于另一位年轻人的座位。

“啊，终于找到座位了！我受不了了，到处都疼。”

年轻人撇嘴一笑，被老头子抢了座位，心里不大好受。

“年轻人，等您到了我这个年纪，就会明白了！”

贝尔纳能坐上公交车回家，很是开心。不过，当他推开家门，家里仍然空无一人。妻子离家出走已经十天了。[1]没有一句话，没有一通电话。贝尔纳看了看信箱，里面只有各种账单，还有邻居故意扔进去恶心他的烟头。

[1] 前文写到布里吉特离家已经两周，此处又写作十天，疑为作者笔误。

宁独善其身，不与恶友相伴

布里吉特离家已经两周。当然，她已经告知了尼古拉，玛格丽特也把贝尔纳来自己家的事情向她一一讲述。她还向儿媳描述了当自己把本想和丈夫离婚的事情告诉贝尔纳时，儿子那掩饰不住的吃惊表情。

过去两周，布里吉特参加了新近退休人士培训班。她之前一直想让贝尔纳和自己一起去，可都没有成功。退休管理中心已经给她邮过好几封邀请函，请她和丈夫一起参加。培训为期一周，参加的都是六十多岁的老年人。其间传授了一些夫妻双方共同度过退休后转型期，避免落入生活陷阱的方法。她从别人那里吸收了很多经验。而且，培训中讲的第一件事，就是过去十年，退休人员的离婚率已经翻番。看来，“爱因斯坦”似乎也不光会说瞎话。

她来到培训班，看到一教室或白发苍苍，或脱发秃顶的老人，禁不住想：“我这是来干吗呢？”然而，七天培训结束后，她却满心欢喜。从不同人对自身经历的分享中，她受益良多。首先，要懂得保持距离。因为夫妻间由过去四十年只是下班后见面，一下子变成每天二十四小时生活在一起，必然滋生嫌隙。其次，不要一起吃午饭，这一点他们已经在做了。因为，一天中的这个时段最容易激化矛盾。第三，找到两个人可以共同享受的计划，同时又要保持适当的自由空间。所以，客房的计划是一个好主意，而“零塑料”则不是。

布里吉特结束培训时信心满满。她并不是唯一一个怀疑过自己的人。而且，她正在实行另外一个建议：一旦有时间，要独自一人出行，以便能专注于满足自己的愿望。

第二周，她选择在一个修道院中，过离世独居的生活，并且持禁语戒。这个想法以前也被贝尔纳称为“可悲”。现在她无所谓了，因为所谓的绿色计划已经让丈夫变得像个疯子，而且她发现禁语对自己大有益处。和不善言辞的人生活在一起，让她有闲暇思考人生，对自己的过去进行总结，并且找回真实的自我。

布里吉特度过了这个长长的修整期，感觉自己已经准备好回家。她已经不再心存怨恨，因为她发现了离开的好处之一：她一个人离开的这段时间，贝尔纳也在一个人反思。

布里吉特回到家，几乎已经认不出丈夫的样子。他看起来非但没有崩溃，似乎还更加坚定。布里吉特有些惊讶。

贝尔纳没有听见妻子回来，因为他正在阁楼上打开所有的纸箱。贝尔纳每开一个纸箱，就会抱怨道：“我当初为什么留着这些破烂？”布里吉特在楼下偷笑，因为她也问过自己同样的问题。

虽然有些能引发回忆的物品需要保留，但贝尔纳必须承认，纸箱里的大部分东西都是无意义的旧物。家庭生活充满了各种各样的仪式：来访、团聚、庆祝、生日、新年、假期、分享、传承。贝尔纳认识到，生活中重要的物品不应该在纸箱中长眠，等待自己被扔掉的那天。它们也有自己的生命，只要存在一日，就应该摆出来向家人讲述自己的故事。

布里吉特钻进阁楼里时，贝尔纳才看到妻子。她向丈夫点头致意，丈夫则忍不住扔掉手上的东西，过来拥抱她。

“亲爱的，我真高兴你回来了。我真的很担心。我以后再不想这样分开了，答应我。”

妻子没有回答，她正在最后一次享受内心的宁静。然后，她清了清嗓子，轻声细语地说：

“贝尔纳，我们不能再这样下去。”

布里吉特不知道贝尔纳反思到什么程度，但她觉得一开始就把自己的观点和盘托出，这非常重要。

丈夫抓住她的手：“你说得对，完全对。我想通了，我道歉。一切都是我的错。这个环保计划是我想出来的，我不应该强加给你。”

布里吉特深吸一口气：终于听到了！贝尔纳终于说出了她一直以来想听的话。妻子虽然很安静，可丈夫的话匣子似乎关不上了。

“我要和你，还有孩子们，一起找回逝去的岁月，补偿那些没能和你共度的日子。我认识到独自一个人根本不会幸福。你说得对，亲爱的。我需要你。”

布里吉特垂下双眼，她忍不住笑出来。她心里只想着跳过去抱着他，可是，他曾经伤害过她，所以要保持矜持，不能听一句好话就原谅一切。

贝尔纳像充满了电一样。布里吉特推测，丈夫也应该思考了很长时间。此外，她十分肯定，丈夫是真的思念自己。他还在不停地说自己的新决心：

“我要多和儿子在一起，还要去了解那些我认识了一辈子，却没时间陪伴的人。我想和你一起重新开始小农舍计划。”

布里吉特对这些变化感到非常开心。她本来对回家这件事有所顾忌。万一丈夫一点儿都不想改变，她没有别的选择，只能选择离婚。而这并非她的本意，因为她爱丈夫胜过一切。

她终于抬起双眼，对贝尔纳笑了。贝尔纳捧起她的面颊，深情地凝视着她，随即热情地拥吻她。

“你肋骨好了吗？”布里吉特还记得丈夫剪枝时弄伤的肋骨。

“好多了，谢谢。几乎不疼了。你不在时我还把家里擦了一遍。”他边笑边说。

她边摸着丈夫的肚子边问：“这是什么？你居然有腹肌了？”

贝尔纳骄傲地鼓起肌肉。

“是的，夫人一点儿都不关注我的身体。修整花园，可是个体力活！我现在像个运动员一样。一切都有个开头。”

“哦，我已经习惯了软乎乎的啤酒肚，多舒服。”她抱着丈夫假意说。

几个小时的卿卿我我之后，贝尔纳倾诉的爱慕之词已经让布里吉特羞红了脸。两人到客厅里喝酒。

贝尔纳说：“几个月之前，我很害怕退休。去年9月29日，我退还公司的一卡通，当时觉得自己要死了。但今天，我决定过新的生活，尽力把它过好。我希望，有你在，我会成功的。”

布里吉特并没有认真听，只关注了某个细节。

“9月29号？你不记得我们的结婚纪念日，也不记得任何人的生日，这个日子你却记得？这下子我可放心了，你肯定没得阿尔茨海默症！”她轻轻打趣丈夫。

夫妻俩刚刚和好，又忍不住互相开玩笑，这是他们表达爱的方式。有些事情可以变，有些事情不能变。

贝尔纳继续说：“我妈妈说过：‘退休以后，要重新学会生活，要忘记过去。’我认识到一件重要的事，不是我们退休后学会了生活，是退休生活让我们学会认识自己。以前，我只知道承担工作上的重担，我想说，以前就算了！现在，我能不能幸福呢？”

“这是我第一次听见你把退休和幸福放在同一句话里。有进步啊，亲爱的……”

贝尔纳摸了摸她的脸颊。

“我明白了，我必须向甘地学习。”

布里吉特差点背过气去。她刚刚还在想，深刻反思让丈夫变好了很多。这下她的脸色突然变了。

贝尔纳灵气活现地说：“要想改变世界，就先改变自己。”

“嗯……”

布里吉特不太确定是不是已经从“零塑料”那档子事中安全脱身了。

笨鸟先飞

冬季的几个月很快过去。夫妻俩齐心协力，努力把花园变成了天堂的一角。春天带来新的希望。植物悄悄发芽，羞赧地观察着贝尔纳和布里吉特这对变得形影不离的老夫妻。

贝尔纳每天穿着胶靴，打开房门到院子里，抬头望向天空，然后对身边的妻子说："来吧，亲爱的，今天有活儿干。"夫妻二人全身心投入。妻子负责侍弄花草，丈夫负责打理菜园。

贝尔纳并不是天生有一双善于耕种的手，所以手指早就伤痕累累。最开始的时候，没有一天不会伤到手指。有经验了之后，他配备了结实的手套，买了专门刷指甲缝里泥土的小刷子，还打了各种疫苗。家里的药箱逐渐被各种药品填满，其中包括防止伤口感染的抗菌药，蜂蜜手霜，各种各样的纱布，加上针对腰腿痛的止痛膏。

这下贝尔纳什么都不怕了。他终于可以大胆地生活，展翅翱翔。他知道自己成功的那天，一定会非常自豪，感觉自己无所不能，就像一个超级英雄，或者一位独自一人穿越险恶丛林的探险家。

此外，贝尔纳变得越来越低调，他不再强求布里吉特什么，因为之前的“零垃圾”计划差点让自己变成“零妻子”丈夫。不过，慢下步伐并不代表彻底放弃，因为一旦环保意识觉醒，就不可能再倒退回之前的生活模式。

过去几个月，他仍然只购买绿色食品，坚持本地购买、零塑料。另外，虽然商家仍不免用异样的眼光看他，他还是坚持带着瓶瓶罐罐去买散装货。

三月的某个上午，贝尔纳去买鱼，但惊讶地发现自己熟悉的鱼贩并没有来。另一位鱼贩把鱼剔净后，贝尔纳问可不可以直接放在自己带的容器里。他只是问问而已，已经不相信有人会答应了。没想到鱼贩忍不住大吼一声：“哈利路亚！[1]”

贝尔纳差点哭出来，他高兴得想跳舞，想抱紧鱼贩，跳进他怀里。不过，考虑到下次来买鱼时或许会比较尴尬，他还是控制住自己，满足于只说一句：“谢谢！”这是第一个支持他的商贩。

鱼贩回答他：

“应该是我谢谢您才对。您要是知道我每次打开鱼肚子会发现什么东西，您可能会很伤心。”

贝尔纳有些丢胃口，不知道是不是还应该继续吃鱼。他回到家里，看到妻子正在品尝各种各样的茶。

布里吉特替丈夫选好他最喜欢的茶，问他要不要喝一杯。她把茶叶放在铸铁茶壶里泡好，把报纸递给贝尔纳。丈夫并没有把上午不可思议的经历告诉妻子。无法和妻子分享自己的环保热情很可惜，

[1] 原文为 Alleluia，即英文的 Hallelujah，“赞美上帝”之意。在口语中，和中文的“谢天谢地”相近。

但为了夫妻和谐也只好隐忍。

贝尔纳一边等着茶凉一点，一边打开报纸。他翻到报纸最后少有人读的部分，发现一篇值得关注的文章。一头抹香鲸在印尼海滩搁浅死去。人们在它的胃里发现 115 只一次性塑料杯、塑料凉鞋、遮雨布、塑料瓶和大量的塑料袋。贝尔纳颤抖了一下，很明显卡在鲸鱼胃肠里的塑料制品导致了它的死亡。

他想起以前保罗曾经给他发过一张照片，照片上的鲸鱼已经死去，腹部被打开后，流出各种各样的海洋垃圾。贝尔纳当时谎称这是环保主义者们动过手脚的图片，目的是让人们关注环保话题。他不想让孙子面对这么残酷的现实。可他做得对吗？

他努力过了，但仍然觉得自己在家中、社区乃至整个法国，都是一个人在奋斗，孤立无援。只要看看杜戈林一家的所作所为，就真的想号啕大哭，放弃一切努力。前几天，他看到邻居从车窗往外抛垃圾。事实上，有三分之一的法国人都是这么做的。他们开车时乱扔烟头、食品包装盒、餐巾纸和吃剩的食物。

布里吉特看着丈夫空洞的眼神，又倒了一杯茶，轻轻把手按在丈夫的手上。

“你是读了关于抹香鲸的文章吗？”

贝尔纳点点头。

“我今天陪你去海边捡垃圾，好不好？”

贝尔纳笑了，他很想回答好的，但他想到妻子这样做，只是为了让他高兴而已，所以，他拒绝了。

“算了，谢谢你。你还要去照顾敬老院的老人呢。你整天和我这样的花花公子在一起，怎么能保持面容姣好，心情美丽呢？不用担心，我会打理花园的。如果不下雨，我就去浇花，还是有不少活要干。木屋的事不用我帮忙吗？我可以帮你把家里的一些家具搬过去。”

布里吉特已经开始收拾花园远端的农舍，最重要的工程已经竣工。房子的外观已经完全改变。她叫来工匠们，把房子里面夯实，还做了防水，在每个房间铺上漂亮的地板。屋顶也经过整修。窗户变大了，装上了双层透明拉窗。过去一楼放杂物的最大的房间，如今被分割成三个房间，包括一个带壁炉的小客厅（含开放式厨房）、一间卧室和一间浴室。最擅长修理的让-马克不仅负责电工，在装修方面也帮了布里吉特大忙。室内的颜色都是温暖的米白色和复古的驼色，由布里吉特一手完成。

她想让全家人尽快来参观，即将到来的复活节假期是家人团聚的好机会。这里可以成为家人、朋友的一个独立居住空间，而且如果孩子们想要在温暖的壁炉旁边用天文望远镜看星星，也是个不错的选择。她决心在八月前买到一台天文望远镜，决不能让孩子们错过看星星的最佳季节。她每天上网搜罗便宜的二手货，可至今一无所获。

布里吉特今天没有去敬老院，一下午的时光很快就过去了。夫妻俩把沙发、床垫和几件木制家具从大房子里搬到了农舍。贝尔纳每搬一件东西，都感觉脖子越来越疼，每往返一次，他都觉得自己矮了一厘米。他再不会让布里吉特替自己量身高了。

好在贝尔纳的肋骨已经不疼了。不过，他花粉过敏时大声打喷嚏，还会感觉到肺部疼痛。杜戈林先生很多事情上都大错特错，但有一件事是对的。桦树并非花粉过敏者的福音，今年尤其如此。不过，贝尔纳每打一次喷嚏，都会发誓绝不会砍树，因为自己打喷嚏，说明邻居也在流鼻涕。

只要杜戈林家不拿着切割机、电钻来花园里故意捣乱，或者上门来散布一些不合时宜的流言蜚语，贝尔纳和布里吉特就会在天气好的午后，坐在躺椅里喝咖啡，听着鸟叫，欣赏自己家的花园。

参天的桦树吸引了各种鸟雀，啄木鸟和山雀常常来访，有时能看到成对的松鼠在树枝间跳来跳去，最后跳到花园深处，逃进附近的树林。

夫妻俩还喜欢看母鸡摇摆着屁股，在草丛里啄来啄去找虫子。

布里吉特已经放弃把大房子卖掉的想法。她决心让这栋老屋和花园成为代代相传的家族遗产。她非常珍惜这生机勃勃的生活，这些树木、花草和丈夫的神秘花园。

“神秘花园”，多美好的词呀！

更进一步

几周后，三月接近尾声。贝尔纳清早起来去买早餐吃的面包。老板娘突然冲他热情地笑起来，让他吓了一跳。这几个月来，她从来没给过好脸色看。随后，她说“给您”，把面包放进贝尔纳的布袋子里，快活的语气又让贝尔纳受到了惊吓。这天早上，面包店老板娘既没有对他坚决不要塑料袋的行为妄加评论，也没有把面粉弄到身上。主顾双方各前进一步，正如在成功的婚姻中，夫妻双方常常各让一步。

就连超市的零售员也发生了改变，简直是太阳从西边出来了。虽然贝尔纳来超市的次数越来越少，玛蒂娜对他还是很热情。几个月的坚持过后，某天早上，这位售货员冲贝尔纳眨了眨眼，把切好的奶酪放进了他的平纹布购物袋里。她投降了。不过，她还是忍不住悄悄说:“您是老主顾，我才破例的，德尔古先生。可要是您以后发现购物袋长霉了，千万别说是我的错……”贝尔纳本来想提醒她，奶酪的外皮是有保护作用的，才不会长霉，可还是忍住了没说。“您真是个好人，玛蒂娜！世界上要是没了您这样的好心人，会变成什么样呢？”这句话让售货员的脸一直红到耳根。贝尔纳心想：他需要更多玛蒂娜这样的售货员，才能从内部改变世界。

贝尔纳回到家里，掩饰不住自己的兴高采烈。妻子一下子就看出来，一定是发生了什么不寻常的事。他把各种成功的经历讲给妻子听，妻子看起来也真心地替他高兴。只要有高兴的事情，夫妻间总会分享。贝尔纳也不可能一直不和妻子谈论环保的问题。布里吉特也不傻，她眼看着丈夫每天称垃圾桶，出门必骑自行车，必带便携水壶，她对此并不干涉。

“贝尔纳，恭喜，你终于改变了他人。你过去讨人厌，现在终于可以用正当理由讨人厌啦！”

用打趣来避免言语冲突，是布里吉特惯用的技巧。丈夫径直反击。

“虽然有些晚，但我终于认识到，如果现在不做出改变，人类就没救了。吃应季绿色食品，购买本地出产的商品，不仅仅是为了自己。这已经成为每个公民的责任。以后有一天，全人类都会感谢我的。”

“是不是吹过头了？你下面一定要说，你是世界上最有利他心的人？给我点儿时间，我可得适应一下新情况。”

“你就笑话我吧，可是我做饭的时候，是谁心里美滋滋呢？”

的确如此。以前，布里吉特只是以旁观者清的眼神看着丈夫变成五十年代的家庭妇女。最开始虽然数量远高于质量，但熟能生巧，如今她的确很喜欢丈夫做的菜。焦糖洋葱配炒土豆，葱白馅饼，加了鲜奶油的胡萝卜意面，非常顺滑可口。贝尔纳已能把在烹饪过程中体验到的愉悦之情，完全表现在菜品的味道上。他烹饪的时候用料丰富，每次不是请玛格丽特或让 - 马克过来吃，就是多做一份送过去。让 - 马克来的时候，总是和瑟弗琳一起，两人的关系已经更上一层楼。对贝尔纳而言，烹饪就是为了分享，不然的话，劳心费力就不值得了。

贝尔纳一点点地成为了一位完美的家庭煮夫，而布里吉特则成为主外高手。互换性别角色，多大年龄都不迟。布里吉特尝到了个中的甜头。过去几个月，她一直期望着能让丈夫重新属于自己。如今，她不仅找回了丈夫，还找回一个幸福满满的丈夫。

当天晚上就寝时，外面的风很大。她一边念叨一边原地转圈，花园里的植物可能要遭殃，这让她看了一百多页的小说才睡去。即便睡着了，也是惊梦不断。

第二天一醒来，布里吉特满身大汗，她摇醒还在打呼噜的丈夫。贝尔纳由于过敏也睡眠不佳，睡眼惺忪坐在床上，挣扎着保持清醒。布里吉特声音颤抖，坚持要给丈夫讲讲自己的恐怖夜。她做噩梦了，噩梦的内容，是贝尔纳种下的种子终于发芽了……

梦中的布里吉特正幸福地享受着平静的生活。母鸡、鲜花和鸟儿们让花园生机勃勃。梦中没有邻居，堪称人间天堂。

一切都很美好。然而，当她走近花去嗅闻，却发现花没有任何香味。她去看母鸡，发现它们一动不动，也不再下蛋。她坐在躺椅里，想要听听鸟叫，可乐音突然变成了噪音。背景音乐没有了，万事万物变得荒腔走板。

她发现自己好像在《楚门的世界》里，一切都是假的。她的母鸡、玫瑰花和鸟儿，周围的一切都是塑料的。布里吉特是地球上最后一个活人，最后一个生物。她感觉到自己越来越焦虑，正在一点点窒息，心脏越跳越快，最终从胸腔里跳出来。她终于发现，就连自己的身躯也是塑料做的。

“贝尔纳，所有人都疯了！”

贝尔纳边抚摸妻子的后背边说：“说你自己就行了，别把所有人都扯进来。”随后又躺下了。

布里吉特试图让丈夫觉得内疚。

“你对我产生了负面影响。我走到哪里，眼里都只有塑料制品！”她拿起自己的耳塞盒做例子，“这太可怕了。这让我心神不安，根本没法像以前那样生活。”

贝尔纳坐起来，把一个枕头塞到背后。他想象不到，夫妻俩的谈话有了令人惊喜的转折。

“想想吧，有一段时间科学家们还说：‘塑料真是一种神奇的东西。’”

“是呀，广告词上写‘塑料是万恶之源’可卖不出去。你够幸运了，你还没有发展到第二阶段呢。”

布里吉特不解地看着丈夫。

“什么是第二阶段？”

“现在，我满眼看到的都是用塑料的傻瓜！”他表情绝望，透过窗子，看着邻居正在花园里大浇化肥，而且有一多半都浇到了公路上。

焕然一新

复活节将近，夫妻俩邀请了尼古拉一家和玛格丽特来度假一周。

四月的第一周极为忙碌。两人必须在大家到来前完成菜园的修整。贝尔纳倾尽全力，精心地伺候菜园和母鸡。菜长得好，鸡蛋下得也多，连鼹鼠都没有了。他还尝试养蜂，力图用蜂蜜打败妻子的自制果酱。不管做什么，都要有竞争意识！

布里吉特正在扫地，突然门铃响了。看到儿媳，她吃了一惊。她知道儿子两口子自从决定离开巴黎，就经常来波尔多看房子。她经常要替他们打前站，去看看房子是否与广告上说的一致，值不值得特地从巴黎跑来一趟。

爱丽丝走进花园，立即被焕然一新的农舍吸引住了。等她参观过客房内部，才真是又惊又喜。

“布里吉特，这太神奇了！你们把这个旧仓库彻底翻新了。我不是不相信你，可我以前从没想过，这里有一天能住人。”

不仅如此，如今贝尔纳反而不喜欢现代化的大房子，而偏爱这栋原始的小屋，常常来这里享受独居的生活。这里能看到生机勃勃的花园，而且让他离世独居，远离爱好窥伺和骚扰的杜戈林一家。

爱丽丝接受了婆婆的邀请，到大房子里去喝杯咖啡。这里仍然惊喜连连。布里吉特在完成客房改造的同时，还把大房子也翻新了一下。这里自从尼古拉蹒跚学步开始，就再没有重新装修过。如今所有的房间都重新粉刷了一遍，而且每件物品都重新整理过。每件物品都有合适的位置，每个位置都摆放着合适的物品。厨房里洁净如新，餐具柜里除了广口瓶别无一物。

儿媳从一个房间到另一个房间，打开每一扇橱窗、每一个柜子。她像最近几个月在波尔多看房子那样，欣赏着这间屋子。她对丈夫一直很耐心，等着他找到自己心仪的工作，忍住不多过问。不过在找房子方面，她可是拼尽全力。然而，直到如今，除了失望，还是失望。

爱丽丝诚心地赞美婆婆。

“您真是太厉害了！我之前没发现，这间屋子居然这么大。您整理得真是太棒了！”

“谢谢。你知道，贝尔纳也帮了大忙。虽然收拾屋子很花时间，但还是圆满完成了。我们需要更多空间，他也同意扔掉很多东西。一个家就要看起来温馨，不能总是留着我们的旧东西，也应该准备好创造新事物。”她把手放在儿媳肩膀上。

爱丽丝笑了笑。几个月前，她失去了自己的母亲。布里吉特开明大方，如今来了婆婆家，就好像来了自己家。她觉得有人保护，有安全感。虽然，要和贝尔纳合得来，恐怕还需要时日。人不可能一下子就变好。然而，自从贝尔纳接受了保罗的挑战，他的缺点、任性、失败，以及他自己不知情的荒诞全都暴露无遗。可爱丽丝发现，此间种种，反而使他放下过去，变成一个更柔软的人。当然，她绝不会当着公公的面承认这些。她尚未完全相信，贝尔纳真的变了。俗话说得好，是骡子是马，先要牵出来遛遛。

“您说得对，布里吉特！展望未来，太好啦！我看到您这几个月做的事，自己也觉得，要在波尔多找到一个好住处，似乎不难。如果哪天买房子，我也会买一处像您这样的房子，当然会更小一点。既有传统的格调，又有现代的气息，真是太有品位了。我最近一直在看房子，全都是那种破烂不堪的天价房。可我觉得自己的要求并不高呀！”

布里吉特双手交叉放在胸前，也在欣赏自己的新装修。

“我的确挺自豪的。感觉呼吸都顺畅了很多，不是吗？心胸开阔。”

“真的是这样！现在有三间卧室了吧？”

爱丽丝边说边看表。她必须启程了，不然会错过回巴黎的火车。

“四间。”布里吉特把外套递给儿媳，“我们两个人住，显得家里太大了！”

爱丽丝拥抱了婆婆，不舍地四处看看，走到客厅和厨房的间壁墙时，条件反射地问：

“这是承重墙吗？”

暴风骤雨

当天晚上就寝后，贝尔纳难以入眠。虽然妻子刚回来那一段时间，失眠缓解了很多，可现在老毛病又回来了。这已经不是习惯问题，失眠已经成为他的生活方式。他必须像让-马克和母亲那样，白天小睡来补充睡眠。只要有机会，就睡上一会儿。

和平日不一样的是，这天布里吉特也辗转反侧。每次不能入眠，她都会怪罪满月，可今夜并非月圆之夜，只是外面的风大罢了。她不喜欢这样的夜晚。雨点打在窗户上，每次都让她受到惊吓。虽然白天劳动很累，她还是没法睡着。她凑近贝尔纳，在丈夫身后蜷缩成一团。

“外面风真大，听起来越来越大。”

贝尔纳有点儿担心：“希望西红柿苗还扛得住。”

外面风雨交加，虽然早就知道要下雨，可没料到大雨滂沱。

布里吉特的声音很轻，似乎很不安心。

“亲爱的，我有点害怕。”

贝尔纳也有同感。这房子住了三十多年，在他的记忆中，从没有刮过这么大的风。他们起床到窗边，一起向外看。两人惊恐地发现，所有的树都被风吹得横了过来。

布里吉特回到床上，叫丈夫来自己身边。

“能有个遮风挡雨的房子真好。来吧，睡吧。我们现在也无能为力。明天可能要修修补补一整天。”

贝尔纳还在窗边往外看，他结结巴巴地说：

“我好像看到谁家的屋顶被吹走了，好像是贝乐蒂家，或者是我眼花了……”

贝尔纳还在眨眼睛，想看清楚外面，突然，自己家的一把躺椅从眼前飞过。与此同时，一道闪电撕裂夜空。他吓了一跳，远离窗边。外面雷声大作，他长这么大从没听过这么响的雷。布里吉特从床上跳起来，藏在丈夫身后，紧紧抓住他的睡衣，身子却一点点瘫软下去。

“我害怕，亲爱的。你觉得，暴风雨会越来越大吗？”

贝尔纳清了清嗓子，为了让自己的声音听起来沉稳，故意拉低声音说：

“我不知道。我们打开电视看看，新闻频道会有报道。”

这时候，他们发现停电了。没有电，也就没有电灯、网络和广播。所有能上网的电子设备，现在变得一无是处。贝尔纳拿起手机，没信号。夫妻俩被隔绝于世了。

“布里吉特，不要担心，会过去的。只要我们不出屋子，不去开车，就什么事都不会有。”

他们想要待在自己的安乐窝里，可是风刮得这么大，现在来不及关木窗[1]了。

“你可能会说我过分担心，但我觉得去楼上的浴缸里待着，我会更安心。我去找一个小号的床垫。”

她最近刚看过美国卡特里娜飓风的相关报道，知道风暴过境时，这是最好的自保方法。

贝尔纳刚想说，这点暴风骤雨就躲到浴缸里去，实在有点小题大做，这时雷声大作，强度远胜以往，他改了主意。

“你说得对。应该跟着生存本能走，被人叫胆小鬼又怎么样。这时候还是把骄傲放在一边吧，总比意识到要自我保护的时候，发现已经太晚了要强。”

贝尔纳到二楼的浴室，把床垫放在浴缸上，自己却没有钻到浴缸里。

他自嘲地说：“至少，以后有故事可以讲给孙子孙女听了！”

他还是非常担心。

“真是的，我们是在城市里，又不是在常刮台风的地方。”布里吉特试着让自己平静下来。

头顶再次响起惊雷的时候，布里吉特大叫一声，开始像风中的树叶一样颤抖。两人跳进临时搭建的避难所。四周一片漆黑，只有闪电划过时会把浴室照亮。闪电似乎离房子越来越近。

“天上某人不高兴了啊！”

夫妻俩在浴缸里紧紧抱着对方，力图鼓起勇气。

他们听见外面风声呼啸，像极了战争时期流弹乱飞的声音。屋

[1]欧洲老式房屋的玻璃窗外会有一层木窗，兼具防风、保温和防盗的功能。

顶的瓦片被一片片卷走，感觉真像身在战区！风越来越大，所到之处席卷一切。

头顶上撕裂的声音只持续了十分钟，可贝尔纳和布里吉特感觉时间似乎停滞了。他们不知道怎样继续在这里坚守下去。

木窗被风吹得敲打窗户，树枝也在撞击着大门。大雨滂沱冲进屋内，雨水顺着厨房的排风孔钻进来。

突然，一切安静下来。风来得快，走得也快。

两个人小心翼翼地钻出浴缸。他们走到一楼，发现屋子里已经积了十厘米深的污水，满屋子都是淤泥、树叶和各种各样的垃圾。

他们走到一扇没有被破坏的窗户边，发现暴风雨造成了巨大的破坏。花园那端，刚刚建成的客房小屋已经成为一片废墟。窗户破碎，屋顶塌陷，屋里应该也和大房子里一样乱七八糟，必须等待积水退去，才能开始清理。

布里吉特倒在贝尔纳怀里。他不知道弄湿自己睡衣的是雨水，还是妻子的泪水。他又冷又怒，浑身颤抖，自己几个月来的辛勤劳动，一夜之间付之东流。

农舍已经被彻底摧毁。鸡舍被大风吹走，只希望母鸡们没事。连花园都变得像大战后的战场。

布里吉特紧紧抱着丈夫。虽然恐怖的暴风骤雨已经过去，但她突然意识到，两个人本可能就此殒命。他们还算幸运，只有物质损失，两个人并无大碍。如果当时房屋倒塌，很有可能会造成无法挽回的损失。

接下来的几天，学校停课，连续几周都能听到电锯的轰鸣。大家对突如其来的暴风雨都毫无准备，只有一人丧生真是奇迹。

受灾的当然不止他们一家，整个街区都感受到大自然的怒火。邻居们无一幸免，大家都十分震惊。这场暴风雨对每个家庭而言，都是场十足的噩梦。只有一栋房屋看起来毫发无损，就是杜戈林一家的房子。

秋后算账

贝尔纳不怀好意地看着杜戈林家的房屋。这栋房屋，正如屋顶上的天线一样矗立不倒，好像在故意挑衅，除了有一处轻微的擦碰，几乎毫发无损。在贝尔纳眼中，这十分不公。他想要把暴风雨怪罪于某人，可又寻人不遇，只好拿邻居当替罪羊。他认为邻居每天开着越野车加剧了气候变暖，对自然的不敬导致天怒人怨。

复活节假期来临，爱丽丝提出不来度假了，可布里吉特和贝尔纳此刻比任何时候都需要家人的陪伴。而且，在这场风暴中，大房子并没有遭遇不可修复的破坏。

巴黎一家人推开院门时，贝尔纳正席地坐在花园里，比以往更加垂头丧气。他眼神空洞无助，内心难以平复。就连当初被迫退休，也没有给他如此大的打击。

孩子们望见花园里的惨状，双手捂嘴，无言以对。灰暗、冰冷、毫无生机，狼藉的景象令人觉得相比之下，杜戈林家的花园就像是迪士尼乐园一样色彩缤纷。

保罗看到爷爷失去了一切，过来坐在爷爷身边。新装的蜂房倒在地上，蜜蜂全部死亡。五只母鸡奇迹般地活了下来，但受到了惊吓，藏在矮树墙里不肯出来。花园变成了一堆烂泥，大部分树木倒伏在地上，布里吉特的花圃和栅栏就更别提了。

贝尔纳看起来已经绝望。

“都完了，都没了。”

“不是的，爷爷。你看，桦树不是活下来了吗？不久以后，就会有山雀和松鼠再来的。不要担心。”

“鼹鼠应该也没事。”贝尔纳想，心里却苦得笑不出来。

保罗花了很长时间检视花园，然后若有所思地望着天空。

“爷爷，无论发生什么，星星都还在。”

贝尔纳笑了，用手弄乱了孙子的头发。他真是个小哲学家。

计划初始之时，他心里只想着一件事：改变自己，也帮助别人做出改变。即便不能解决所有问题，他也能问心无愧地说：“至少我尝试过。”对这一点，他从未怀疑。不过，如今他似乎无法从不忘初心中得到安慰。大自然宣示自己的主权，这当然无可厚非。但为什么倒霉的是他，一个热心的环保主义者？而那个毫无环保意识的杜戈林却毫发无损？

保罗站起身来，坚定地向爷爷伸出小手。贝尔纳一动不动，孙子满怀热情地说：

“你还记得吧，就像蜂鸟那样，一个人是可以改变世界的。”

“那只是个寓言吧？”贝尔纳无望地回答。可话一出口，他立刻就后悔了，自己居然如此口无遮拦。

他可以是个失败主义者，但在孙子面前决不能表现出来。

这时一只很小的鸟飞过来，大家都没有注意。当看到这只额头带着橙色、黑色斑纹的小鸟在一根枝条附近扇动翅膀，小男孩快乐地叫起来：

“看哪，爷爷！是蜂鸟！”

这是一只三色戴菊莺，但它扇动翅膀的速度的确让人想起蜂鸟。正当贝尔纳想要举手投降时，这只小鸟不请自来。

“这是一个预兆，爷爷！我们要继续努力，大家一起加油！”

贝尔纳拉住孩子伸过来的手，两个人一起回到大房子里。

压死骆驼的最后一根稻草

吃过午饭，孩子们帮助贝尔纳收拾暴风雨留下的残枝败叶，检视花园中还有什么可以拯救的植物。风吹倒了所有刚刚种下的秧苗，连与杜戈林家分界的树墙都变薄了。如今可以径直看到邻居家乏善可陈的花园，以及除了几片被风揭走的瓦片，几乎毫发无损的房屋。

保罗一边等着 16 点和祖父去海边，一边享受初春下午的温暖阳光，完成自己的日式折纸。夏洛特和其他家里人出去骑自行车了。

“看看，爷爷，我用纸折了什么？一架超级快速的捕鱼飞机！”

“你是想说歼击机吧？”

“不是的，我的飞机可不是打仗用的。”小男孩用自圆其说的逻辑纠正爷爷。

保罗拿着纸飞机跑开，把飞机越扔越远。这时，杜戈林夫人正透过受损的树墙，伸过头来窥伺贝尔纳家的情况，看起来一点都不觉得尴尬。她永远爱听闲话，并且四处传播风言风语和恶毒的评论，就像一条毒蛇，喜欢四处散播毒液。

“你好呀，贝尔纳！”她的语气像极了海边的鱼贩子。

贝尔纳默不作声。这时他只想安静，可不愿意听邻居的胡言乱语。这是他自己家，要自己做主！

“昨天风挺大的，是不？好在我们家没什么事，我们……”

贝尔纳翻了个白眼，继续修理花园。他用捡到的残枝捆绑，扶正倒伏的秧苗。花园里横七竖八的各种蔬菜，活像无数座比萨斜塔。他能感觉到自己背后邻居毫无善意的目光。

“哎哟哟，您家的花园可算是完蛋了！你们家真倒霉！房子、地、夫人盖的小窝棚，都遭殃了吧，啊？这是您孙子？他几岁了呀？”

小男孩高兴地回答：“我刚刚八岁。”说完，他跑到大房子里，去找别的纸，想再折几架飞机。

贝尔纳没好气地说：“祝您今天愉快，杜戈林夫人。我们不打扰您了。”

可邻居并没打算闭嘴。

“和我心里琢磨的一样，这小子长得可不高呀。我看过他骑自行车，也不怎么灵活。您这俩孙子孙女可不怎么样。人家都说大孙子最好，可这小子身上，怎么也看不出来。”

贝尔纳攥紧拳头，努力控制情绪，也不想让保罗再到花园里来。他抄起咖啡杯和报纸，想要到房间里清静清静。可邻居的嘴就是停不下来。

“您那孙女儿，也没好到哪儿去。女孩儿嘛都这个样，看看就觉得心累。我还没说她说话有多烦人呢。这孩子，只看照片就好了。您带她去看过耳科医生了吗？这么大喊大叫的可不正常啊！您知道，我丈夫以前养了一头驴，叫起来不停，结果……”

贝尔纳忍不住说：“您还是去看看心理医生吧！”

他愤怒地瞪着邻居，可邻居根本不知道发生了什么。

他大吼道："你们整天干扰我们的生活，躲在栅栏后面给我们找麻烦。您风言风语地影响我妻子。那些废话只有您自己爱听罢了。你们乱扔垃圾污染我们的生活环境。这些我都忍了！可是，您要是再敢说我孙子孙女一个字，我就不是把垃圾倒回您家那么简单了，我要找警察……"

杜戈林先生听见"爱因斯坦"刺耳的大叫，手里拿着鼓风机冲出来，活像抱着个火箭筒。贝尔纳不屑一顾。

"您来得正好。"贝尔纳想要一次把账算清。

杜戈林先生也不示弱："您想干什么，环境部长先生？"

"你知道环境部长想说什么吗？我不想再替你捡烟头了！你干脆吃掉算了，正好就着除草剂吃。我希望你们平时浇菜园子多用农药，这样你们就能早早归西。我很清楚你们故意在我家的桦树根上撒农药。你们骗不了我，树根周围已经寸草不生了！"

杜戈林先生不服输地说：

"也许吧，但你们没有证据！"

贝尔纳威胁道："我们走着瞧。您做好心理准备，明天我就叫专家上门，评估一下损失程度。我倒要看看谁笑到最后。回见！"

贝尔纳摔门回家。

"啊，真是出了一口恶气！"

三缄其口

五月和六月时光荏苒。随着七月大假期的到来，尼古拉一家带着大包小裹前来，打算尽可能享受这个夏天。

杜戈林和贝尔纳自那次争吵后，就尽量避免和对方见面。战争一触即发，贝尔纳心中堆积了无数对邻居家的不满，杜戈林也因为贝尔纳把垃圾倒回自家花园而心怀怨恨。贝尔纳说到做到，叫来警察检查桦树根部的土壤，但证据不足以立案，因为他没有保留任何实际证据，包括杜戈林在树林里倾倒垃圾那件事。

每逢扔垃圾的日子，贝尔纳和杜戈林都会故意避开对方。不过，这天正巧两人同时出来。他们像西部电影中要决斗的牛仔那样，一言不发，并用轻蔑的眼神打量着对方，手扶着垃圾箱，随时准备爆发。杜戈林先生垂下眼睛，第一个转身进屋，顺手把烟头扔在街上。

贝尔纳慢慢走近还亮着的烟头，用脚踩灭，正准备捡起来塞到杜戈林家的信箱里。这时候，尼古拉拿着剩菜出来，准备喂鸡。

“爸爸，你干什么呢？你开始抽烟了吗？”儿子发现爸爸手里拿着烟头，感到很惊讶。

贝尔纳把烟头扔进垃圾桶。

“这是邻居扔的。”

尼古拉无奈地仰头望天。很显然，父亲还是没变。

“你要是把整个街区的烟头都捡了，可够你忙活的。”

“对呀，好主意，真是好主意啊，儿子。你现在无事可做，我也无事可做，来吧，我们去把从树林到海边的垃圾都捡干净。”

“不，现在怎么说也晚上 9 点了，我们下次再说。我可不是个环保狂人，而且都这么晚了，要哄孩子睡觉啦。”

贝尔纳一只手按在儿子肩膀上，提醒他：

“做正确的事永远不会晚，儿子。”

“别固执了，爸爸。你要是想去，就自己去吧。我还有我的事要做，否则爱丽丝会认为我跑出去玩儿了。不好意思。”他边说边走回屋里。

贝尔纳下定决心，带上环保垃圾袋、手电筒，独自一人去街上捡垃圾。五分钟后，尼古拉披着衣服、肩上挎着筐跟上来了。

“我总不能让你一个人去……还好现在放假了，孩子们睡晚点儿也没关系。而且，家长也可以利用这段时间拯救地球。”

贝尔纳想到了玛格丽特常常引用的那句圣·埃克苏佩里[1]的名言：

“地球不是我们从祖先那里继承的遗产，而是从子孙那里借贷的资源。”

一小时后，父子俩把附近的烟头捡拾干净，通通扔到公共垃圾

[1] 圣·埃克苏佩里（Saint Exupéry，1900—1944），《小王子》的作者。

桶里。他们回家坐在花园的躺椅里，欣赏夜空中的繁星。贝尔纳用手指着 W 形状的星座说：

“看，儿子，那个星座是仙后座！那边长柄勺形状的是大熊星座。”

尼古拉心怀敬佩地看着父亲。贝尔纳骄傲地挺直身子，不过没有告诉他，这些都是从孙子那儿学来的。布里吉特穿着睡衣出来，站在丈夫和儿子身后。爱丽丝把院门关上。

“你们是看到鼹鼠了吗？”

贝尔纳会心一笑，接过妻子递给自己的毯子。布里吉特又打开两把躺椅，孩子们过来躺在母亲和祖母身边。

贝尔纳说：“不是的，我们在看星星。流星的季节到了，不过我们现在除了一颗人造卫星，什么也没看到。真遗憾，我还真是想许个愿。”他边说，边翘起下巴指着灯火通明的邻居家。

保罗突然建议道：“我教你们认星座，好不好？我又学了很多。”

大家都很高兴，一起鼓励小男孩把自己学到的新知识和众人分享。

“这里是小熊星座，那边是木星，现在火星也很清晰。那边，水星很容易认出来。飞马座在这里。等等，我能找到土星环……啊，就在我们头顶。”

尼古拉很惊讶：“我怎么不知道你已经成了一位小天文学家呀？太棒了，儿子。”

保罗神秘地回答：“爸爸，我的秘密你当然不能都知道……”

夏洛特脸色难看，这是第一次哥哥知道的事情，自己却不知道。而且，父母如此高兴，她更是不快。只有她对哥哥的表演不以为然，好像是在看过魔术表演后，觉得哪里不对劲。保罗大声指认天上的星座，与此同时，夏洛特陷入沉思，随后她转过身对着哥哥：

“啊，我说呢……骗人呢，把手机还给奶奶。”她的语气活像抓到了考试作弊学生的老师。

保罗笑了，伸手从衣兜里拿出手机。大人们从没看过这孩子骗人，确实一度以为他是个天文天才，实实在在地骄傲了一回。保罗把手机还给奶奶，奶奶也承认自己是幕后帮手。

布里吉特承认：“我本来是要吓唬你一下的，贝尔纳。我本打算把星座都背下来，而且我还买了一台天文望远镜。不过，保罗抢先一步……做得好！”

夫妻俩虽然一把年纪了，还是能够时不时给对方个惊喜，这令贝尔纳很开心。

“你那个应用叫什么名字？”他好奇地问道。

“Sky You.”

“揩油？这是什么名字？和天文学不沾边嘛。”他一边说，一边打了个大喷嚏。

无论退休与否，有些事还是一如既往。贝尔纳老毛病不改，只要家人团聚，他就会着凉感冒。

全家人都在天上找流星，不放过每个黑暗的角落。贝尔纳歪着脖子，都快抽筋了。这时候，夜空中突然划出一道亮色，留下一尾金色的尘埃，那是一颗巨大的流星。布里吉特很少看到这么大的流星。夏洛特和保罗脱口而出：“哇！”尼古拉说：“我们都来许愿吧！”

“许好了！”几秒钟后，五个声音同时说道。

贝尔纳突然跳起来，手按在后脖子上。

“什么？什么？刚才有流星吗？难以置信，我什么都没看见。”

爱丽丝摇摇头，悄悄对自己说：“真是服了。”

“贝尔纳，这么大的流星，不可能错过的呀。”

“我刚才在揉脖子呢。”贝尔纳试着解释自己“不可能的错过”，“而且我一直流鼻涕，找手帕。布里吉特把手帕洗了，我又忘了带新的……结果……”

“你是不是又想把自己的错安在别人身上？”妻子诘问道，同时一笑了之。

这些年来，她已经习惯了丈夫一有事情就会推在自己身上。现如今，如果贝尔纳不再嫁祸于自己，她反而会有点儿失落。

突然，布里吉特瞪大双眼，站起身来，好像看到海啸正向自己袭来。她大叫：

“大家站起来，快！”

某个巨大的物体在他们身后倾倒，黑影越来越大，最终砸在地面上，发出低沉的碎裂声。自从上次暴风雨后，贝尔纳和布里吉特都学会了先逃跑，再思考。不过，这次他们除了护住头，连逃跑的时间都没有。

布里吉特双腿僵硬，满脸惊愕地瘫倒在躺椅里。大家平安无事，一起朝灾难发生的方向看去。当他们看清楚真相后，惊讶之余，也有些尴尬。

花园里巨大的桦树刚刚倾倒，直接砸在了杜戈林家的房子上……可贝尔纳明明没来得及许愿嘛！

善恶到头终有报

布里吉特立即给消防队打电话。消防员深夜赶来，把两位邻居从家里救出来。杜戈林先生躺在担架上，而杜戈林夫人却昂头挺胸。走到贝尔纳家门前的时候，她还是忍不住评论。

“您瞧瞧，我怎么也没想到他最后会被桦树砸死……我跟您讲过，要小心家庭事故。”她狡黠一笑，这让布里吉特和贝尔纳脊背发凉。

“可是……”两人自言自语，“他应该还没死吧？”

贝尔纳和布里吉特本来以为杜戈林夫人至少会关心一下自己的丈夫，没想到他们反而像是更关心杜戈林先生的人。“没有，应该没死，好在只是砸晕了。我老公脑子里向来装不了什么，可这下……我了解他，他会好起来的，不过我要撒手了。完了，我受够了！我可不能花后半辈子替他买酒，等着奇迹发生！”

面对大呼小叫、几近发疯的邻居，夫妻俩齐刷刷后退一步。

“你们要是找我的话，记得我去南方妹妹家了。至少，那里每天都有阳光。我男人呢，他好了之后会来找我，除非他半路上找了别人。有希望才有生命……”说完，她朝丈夫所在的急救车走去。

贝尔纳喊道：“您说得对，去远方吧，越远越好！但是记住，要坐火车，不要乘飞机！”

行了，终于把杜戈林一家打发走了。

邻居刚要上救护车，贝尔纳突然想到什么，向邻居喊出最后的建议：

“告诉您丈夫，去了南方，一定不要乱扔烟头。当地人可不是闹着玩儿的，否则……”

“爱因斯坦”从车上走了下来。

贝尔纳吓坏了，他知道自己话说多了。这是唯一一次邻居比自己先停止说话，是让她滚出自己生活的唯一机会，怎么就不知道见好就收呢？她走上前来，推开院门。此前，她从没敢这样做过。她蹒跚来到两人面前，抓住贝尔纳的胳膊。贝尔纳出于生存本能般退缩了一下。随后，邻居小声说：

“好，好，我懂了。如果再乱丢垃圾，警察就来了。别担心，我们本来就想搬走了。只是树倒了，我们不得不提前离开。我们在这里本来挺好，一切按部就班。这下我们要跑得远远的，让警察喝了‘印度神油’也找不到我们……”

布里吉特连忙点头，努力克制自己，不要纠正她说的话。

杜戈林夫人朝救护车一路小跑。布里吉特和贝尔纳屏息凝神，一定不能再说一个字，不然邻居就又回来了。她钻进车里，警灯亮起，一声不响地带着杜戈林一家远去。

布里吉特静默不语，沉思了一会儿，问丈夫：

“你觉得，如果我们一开始就打电话给警察，叫他们来教训邻居，是不是本不用忍他们这么多年？”

“恐怕是这样……”贝尔纳边说，边思考一个重大问题：流星究竟能满足多少个愿望呢？

反正，有两个已经满足了！

不敢相信自己的眼睛！

接下来的一整周，布里吉特不顾丈夫和家人惊愕的目光，似乎变成了一只蹲守在窗前的牧犬。她一整天都在窥伺邻居的动静，明察秋毫，不放过任何细节。她发现邻居聘请了专门的公司，这绝非寻常之举。他们不是来清理垃圾，就是来搬家，但只从搬走的东西，根本无法判断发生了什么。她只能看到杜戈林家的东西被如数搬走，抬进一辆车牌标注罗讷河口省的小型卡车。有一位身体先天有疾、声音嘶哑的年老女士正在指挥整个行动。

晚餐时，大家正在品尝贝尔纳的烤番茄，布里吉特终于再也忍不住，开心地脱口而出：

“我不想言之过早，但我觉得邻居已经搬家了。我们终于清静了。”

丈夫问：“你是说杜戈林一家？”

爱丽丝问：“您凭什么判断呢？”

婆婆解释说：“首先，整个房子都搬空了。我猜他们是搬家公司的，但他们手脚如此麻利，以至于我后来怀疑他们是不是强盗……”

贝尔纳觉得，流星今天又来眷顾他了。

“看，有人刚刚插了一块广告牌，上面写着‘待售’。”妻子继续说，打断了丈夫的白日梦。

听到这话，一家人立即把脸贴在窗玻璃上，使劲往外看。对面没有一盏灯亮着，这已经很不寻常，而且邻居破损的房子前面的确插了一块牌子。不过，那满目疮痍的样子让人无心购买。

贝尔纳说：“不要高兴得太早，杜戈林家可是百足之虫。不过，如果是真的，这可是一个大大的好消息！不管怎样，这让我胃口很好。”

贝尔纳站起身来，把和孩子们一起做的一大盘沙拉摆上桌。沙拉里有虾仁、柚子和各种蔬菜、香料。他意识到这菜可能不合儿媳的口味。贝尔纳没办法说服保罗加牛油果进去。孙子坚持说：“牛油果是绿色的，爷爷！你知道我不吃绿色蔬菜的！”

尼古拉一边拿一大块面包蘸着柠檬醋汁，一边说：“他们搬家可够快的。”

贝尔纳则很欣慰，用不着再和杜戈林先生讨论桦树的问题了。

他一边给每个人加菜，一边说：“我们可能看不到那家伙啰。”同时，他给儿媳舀了一勺芫荽西葫芦汤。

“尝尝这个，爱丽丝，说说味道怎么样。”

贝尔纳特地为儿媳烧了这道菜。爱丽丝面对这道很“绿色”的菜，十分惊讶，表情略带怀疑。在众人关注的目光下，她舀了一汤匙浓汤。

“嗯，真好吃，贝尔纳。非常清爽！”她边说，边几口就把汤喝光了，“您说，桦树倒了，您打算在原地种点什么呢？”

这个问题，还没有人想过。贝尔纳和布里吉特互相看看，用眼神询问对方。突然，保罗从座位上站起来，极为兴奋地说：

“要种一棵能吸引鸟儿和松鼠的树！”

大家各抒己见。

布里吉特补充说：“而且春天的时候，要能开漂亮的花。”

夏洛特抢着说：“不，要能结红色水果的，这样奶奶就可以做果酱了。而且，妈妈也很喜欢吃水果，对吧？”

爱丽丝笑了，贝尔纳想了一会儿，下定决心：

“我觉得我的建议，能让大家都满意……”他一边说，一边畅想下一个复活节，全家人坐在花朵盛开的樱桃树下，吃团圆饭、找巧克力彩蛋的场景。

当晚，布里吉特在床上等了很久，丈夫才进卧室就寝。贝尔纳拥吻她时，她建议道：

“我突然想，那么劳心费力地建什么客房小屋，是不是真的值得？”

贝尔纳不解地看着她。她是认真的吗？一年来，她心心念念的就是这个计划，时常忘我地畅想，这样夫妻俩可以多会客，多接待些人，丰富生活，为他人服务，带来更多欢声笑语。妻子的说法前后不一。

“你是认真的吗？你对此可很在乎哦。”

“当初看来是很好，但如今我已经习惯了自由的生活。而且，暴风雨过后，需要一切从零开始，我已经没有力气为别人做这么多事情了。为了别人而失去自己余下的时间，这让我有些顾虑。除了我的家人，没人值得我贡献余生。”她边说边依偎在丈夫怀里。

“这样的话，你只负责照顾敬老院里的老人，还有我，不会觉得无聊？”他抚摸着妻子的头发问。

“这就够了，差不多够了……”她表情有点神秘。

布里吉特翻身起来，面朝贝尔纳。她直视丈夫的双眼，贝尔纳有些害怕：妻子的睫毛又开始抖动。每次这样，一定是有求于人。贝尔纳感觉有点不妙。布里吉特说：

“我觉得，应该把房子卖掉。”

“什么？你是不是脑子坏掉了？我自己的家，才不卖呢。”贝尔纳吓了一跳，径直打断妻子，“我们谈过这个问题了，没门儿！你还有没有别的馊主意，都一起说了吧！让我做好心理准备，我快犯心脏病了。”

布里吉特对自己的提议态度很坚定。贝尔纳怀疑，她是不是还隐藏了别的事情没说。

“这里太大了，我们已经不再需要这么大的空间。可是，我们不需要，有人需要啊……”她边瞧着尼古拉和爱丽丝的房间，边悄悄说。

贝尔纳坐起身来，用狐疑的眼神盯着妻子。

“如果我理解得没错……是爱丽丝暗示你这样做的吗？”

“哎呀，你现在不叫她‘母老虎’啦？”布里吉特边笑边说。

“你说说，你已经把这事向他们提过了吗？”

事实上，爱丽丝和尼古拉什么都没有说过。他们的计划是夏天结束就离开巴黎，搬到波尔多地区。尼古拉没有了工作上的牵绊，爱丽丝是自由职业网站管理员，还可以继续在家里工作。不过直到现在，他们都没有找到合适的房子。暑假马上要结束，他们必须尽快决定。要么把搬家延后一年，可巴黎的房租会让他们喘不过气来；要么在波尔多租一个临时住所将就一下，等找到合适的房子再说。

“告诉你，是我先提出来的。这是最简单的解决方法，可我之前怎么没想到！他们还想继续租那种狭小的公寓房住，一点绿色也见不到。他们目前只是收入减少，想经济一些罢了。可我知道，他们真正喜欢的是带花园的独栋房屋。”

布里吉特深吸一口气，祭出王牌。

“就连保罗和夏洛特也都想……”

现如今要想说服贝尔纳，提起孙子孙女要比挤眉弄眼有效率多了。

贝尔纳试着反驳，好让自己有时间认真思考。“不对，可是……你知道，我非常想多和尼古拉还有孩子们在一起。现在，就连爱丽丝也没过去那么讨厌了，或者是我适应了吧。不过，说真的，布里吉特，你怎么背着我这么干？你想过这个提议会带来什么后果吗？”

“是的，我很清楚自己在干什么。”

贝尔纳可没什么资本，能理直气壮地批评妻子先斩后奏。何况，如果妻子判断说这个决定对全家都好，他还是很愿意相信她。不过，有个重要细节不容错过。

“就算我同意，那我们搬到哪里住呢？到已经变成废墟的农舍小屋去吗？”这确实是个实际问题。

“我就是这么想的……需要尽快把房子修好。另外，小农舍对我们这样的老年人来说，还是很便利的。只有一层，不用上楼！”说完，她冲丈夫眨了眨眼睛。

听到“便利”一词，贝尔纳为数不多的头发惊得竖立起来。

他没的选择，只好接受。

“你喜欢怎样就怎样吧，亲爱的。你是不是也打算把我妈妈接来呀？”

“哎哟，对呀，我怎么没想到？”

全体出发！[1]

两周过去了。巴黎的小两口要收拾很多纸箱，波尔多的老两口要修理很多地方。小农舍现在已经可以居住。爱丽丝和尼古拉坚持要出整修农舍的钱。整个过程稳健有序。

最初六个月，全家人仍须在大房子里一起居住。不过，孩子们八月末来此定居后，日子过得出奇地安宁。

一切按部就班。夏洛特和保罗不再像以往放暑假那样住一个房间，而是有了各自的房间。他们进入自己的房间，就会发现搬家公司运来的属于自己的物件，还有奶奶在旧货市场淘来的漂亮的课桌。布里吉特不再那么沉迷于二手网站了。她本打算给保罗买完天文望远镜，再去网上淘一架显微镜，好让孙女能好好地玩儿“神奇医生”游戏……如今，她尽量控制自己，好能和爱丽丝共享一起去旧物市场上发现二手尖货的好时光。

婆媳之间走得越来越近，两人常常相约出去，不是去玛格丽特

[1]《全体出发！》是 Lucky7 乐队的一首歌曲。

家，就是去外面吃饭。贝尔纳则非常享受和儿子一起做饭，虽然尼古拉还需要时间适应一下，才能成为合格的帮厨。

他每次都要问：“妈妈，我们中午吃什么？”

“问你爸爸去。”布里吉特每次都这样回答。

“爸爸，妈妈准备中午做什么呢？”尼古拉坚持这样说，似乎还没搞清楚情况。

等到做饭的时候，父子二人埋头在玛格丽特给他们的那本老菜谱里，似乎在共同寻找逝去的时光。

九月初的某个周三，尼古拉一边看书，一边喝爸爸做的意式咖啡。贝尔纳过来坐在儿子身边，发现他正在看退休告别会上，同事送给自己的那本书。保罗和夏洛特正在他们身边玩耍。

“你还在看这本破书啊？你要的话就送给你了。反正我用不着……”

“这个正好有用，爸爸。书里建议你找到一张自己小时候的照片，看着照片，试着回想起儿时的梦想。这样就很容易知道，我们真正想要的东西是什么。”

贝尔纳的表情很费解，他根本就不相信这些晦涩难懂的人生指导。

“对不起，我表示怀疑。你的孩子们知道这辈子要干什么吗？不知道。你，保罗，你生活中最喜欢的事情是什么？”

“在海浪里跳来跳去，爷爷！”小男孩想起之前和爷爷第一次去海边的经历，高兴地宣布。

“夏洛特，你呢？”

“我嘛，我要成为世界上跑得最快的人，像超级英雄那样！”

父子俩听见孩子有趣的回答，相视一笑。

贝尔纳故意讽刺："我告诉过你吧，圣诞节用不着给他们买那么多礼物……"

"孩子们比我们更善于思考，他们很容易找到生命中的小确幸。人长大了，这种天性就消失了。"

尼古拉从身后的书架上抽出一本影集，递给父亲。贝尔纳翻来翻去，翻到一张照片。黑白照片上，小男孩穿着暗色的短裤、皮制矮靴和横纹高筒袜，膝盖处伤痕累累。这孩子骑在树枝上。他当时8岁，名叫贝尔纳。

贝尔纳仔细地看着照片，心头思绪万千。他本来想自己的童年记忆已经完全模糊，但如今却历历在目。尼古拉看到父亲情绪激动，轻声问他：

"你呢，爸爸，你小时候的梦想是什么？"

回答之前，贝尔纳把照片翻到背后，看到上面写着：1964。

"那时候，我才8岁，像保罗现在这么大。当时我只想带着行李，一个人去森林里独居。我想住在小木屋里，吃采摘到的果实。我梦想长大后当一位探险家、自然学家。我都已经忘了。你的这个主意，结果不错嘛！"

贝尔纳的心情难以平复。他一页页看着相册，好像在进行时间旅行。

突然，他抬起头来，意识到了什么。

"有意思，要是仔细想想，我今天也想过同样的生活。种种菜、养养鸡、躲在花园深处的小农舍里，过自给自足的生活。为了儿时的梦想，我等了六十年……"

尼古拉冲爸爸笑笑。

“只要听从儿时的梦想，就不会偏离生活的方向。”

“你呢，儿子？你的傻爹强迫你走上自己不喜欢的道路之前，你的梦想是什么？”

是谁发明了学校？[1]

保罗和夏洛特很快适应了新生活。虽然没有了以前的小伙伴，但他们看起来并不因此伤感。保罗的新老师虽然是老派作风，但却很喜欢这个小男孩。每天保罗回家，都会带回来一个新学到的古怪说法。

“妈妈，把指南针放进眼睛里是不是很疼？把头放进木轭里呢？”

上学第一天，老师就提醒孩子们：“哪个敢挑刺儿，我准踢他屁股！”看起来，这并不是留环保作业的那种老师。

贝尔纳没能把孙子的环保挑战坚持到底，觉得有些遗憾。为了夫妻之间能和平相处，他只好放弃每天监控垃圾桶里扔了什么，不再每周给垃圾桶称重。第一名必定花落旁家，但他并不在乎。这并不能阻止他每天继续绿色生活，让自己的行为向好的方向变化。现

[1]《是谁发明了学校？》是一首由 Robert Henri Gall 作词、Georges Liferman 作曲的法国歌曲。

在全家人都朝气蓬勃，连儿子也是。

尼古拉找回了自己的梦想。他想要给孩子们写童书。为了让夏洛特爱看，他会写超级英雄；为了赢得保罗的支持，他会写环保。就这样，《环保侠》系列诞生了。这是法国第一本绿色主题的儿童漫画，已经引起很多家出版社关注。不过，最让他开心的是父亲很喜欢这本书，而且他已经等不及展示给孩子们看。

一天晚上，在爱丽丝的注视下，孩子们安静地坐在夏洛特的蜘蛛侠毯子上。仅仅看到他们这么安静，已经是件大好事了。保罗正在给妹妹读书。他非常兴奋，时不时要加上自己的发明创造，不过总体上还是很忠实原文。

“此时，蜂鸟别无他法……”

爱丽丝正要进屋给孩子们讲睡前故事，尼古拉抢在前面，坐在保罗和夏洛特中间。

“今晚，爸爸来给你们讲睡前故事。”他调皮地向爱丽丝眨了眨眼。

现在每晚的睡前故事时间，爷爷奶奶爸爸妈妈会争抢着过来讲故事。这是个悄悄话时间，孩子们经常打断阅读，说一些重要的问题：学校里的烦心事、大人们有趣的对话、自己的计划……一家人从未如此敞开心扉。这么美妙的时刻，真是千金不换，大人们可不想错过。

尼古拉从小鸟用一滴滴水想要熄灭大火开始讲，保罗打断了他。

“不，爸爸，换一本书吧。”

“可这是你最喜欢的书啊。”

小男孩坚决地说：“我要看你写的书！”

尼古拉一开始没懂，随后……

“你是说《环保侠》？你们两个怎么知道的？”

儿子女儿齐声说：“我们俩什么都知道……”

尼古拉去找自己的草稿。他抱着正在创作中的第二册回来，拿出专业朗读者的声音。

“环保侠来到森林里，发现一只恒河猴正在洗蔬菜。只有它来河边洗菜，这很奇怪。别的猴子都笑话它，像往常那样，想都不想，洗也不洗，就把蔬菜塞进嘴里……”

保罗打断爸爸：

“这是第一百只猴子的故事吧，爸爸？”

“是的。它有一天会改变所有猴子的做法。你知道，我们不需要赢得大多数。有时候，只需要多一个人改变，比如第一百只猴子，就能实现根本性的变化，会让世界变得更好。”

“最后呢？它们幸福地生活在一起，生了很多小猴子吗？”

“要耐心等待哦，小伙子。但我可以保证，是一个幸福的结局。只要它们开始改变自己的生活方式，一切就都好起来了。”

故事读完了，保罗问：“你的故事里没有反派吗？这有点像童话呀。你就不能给猴子们安排个坏邻居？”

夏洛特摆出“万事通女士”的表情说：“这次，我同意保罗的意见。”

尼古拉保证：“我会考虑一下的。到时间了，保罗，回房间睡觉吧。”

他给每个孩子一吻，打开走廊里的灯。保罗叫爸爸，想要一个睡前拥抱。尼古拉立即满足要求。儿子终于把一句憋在心里很久的话说了出来。

“爸爸，你要是想让我踢足球，我就去踢足球。我喜欢我们两个人玩儿，但我不想和别人玩儿。他们太坏了。他们说我踢得不好，从来不把球传给我。”

“小伙子，你自己决定好了。你比爸爸更清楚自己喜欢什么。有时候家长会自以为比孩子更了解他们需要什么。你想想吧，决定好了告诉我就行。”

“真的吗？”小男孩高兴坏了，好像接到了一个重大的任务，“我可以不踢足球，改学跳伞吗？”

“嗯……”尼古拉犹豫了。

“我开玩笑呢，爸爸。你看看你的脸色！我一辈子都不可能跳伞的，坐飞机多污染环境啊！”

尼古拉自嘲说：“为了地球母亲，我们不能学跳伞。”

“此外，我们不能再开奶奶的汽车了。我们俩都要骑自行车，好吗？”保罗乘胜追击。

“好的，先生。”

“每天一小步。没准哪天我们会成为第一百只猴子呢！”

雄赳赳，气昂昂

第二天下午，贝尔纳一阵风似的出了门。他穿戴整齐，迈开大步，以六十多岁老园丁的最高速度前行。他来到一扇铁门前。这道大门布里吉特熟识得很，可他却是第一次见。

他看了看表：自己提前了二十分钟左右，第一名。他只能耐心等待，可随着时间一点点过去，心跳越来越快。第一次这样约会，贝尔纳心潮澎湃。

大铁门后，一些孩子在学校的院子里无忧无虑地玩耍。贝尔纳看着孩子们，心想这样快乐的叫喊应该从有史以来，在世界的各个角落都能听到。

他久久地看着孩子们，做起白日梦。突然，他感觉到有人在拍自己肩膀。他回过头，惊讶地看见一位小学老师正在用怀疑的目光审视自己。

“有什么可以帮您的吗？您在找什么人？”

“是的，我来给我孙子一个惊喜。”

老师更加疑心，问是哪个学生，还要了他的身份证。贝尔纳表现得很顺从。老师说保罗那个班马上就要出来了。这时他身后的家长已经排得满满当当。

放学的钟声响起，孩子们潮水般涌出学校。贝尔纳心跳加速，紧张地寻找着孙子。

他看见了。保罗衣冠不整，书包拖在身后，好像肩膀上扛着全世界。然而，当他看到爷爷，立即丢下手里的一切，冲过来跳进爷爷的怀抱。

贝尔纳本已经在等待的兴奋和紧张中发抖，这下终于忍不住老泪纵横。只是接孙子放学就激动成这样，似乎有些不正常。他看到那些不是第一次来接孩子的爸爸妈妈、爷爷奶奶、保姆惊愕的眼神，意识到自己有些失态了。

对贝尔纳而言，这难以控制的情绪背后，隐藏着别的心思。他因为之前从没有来接过孩子而内疚，后悔错过了这么多美好的时刻。他感觉找到了人生定位，决心以后常来给孙子惊喜，一定要让例外成为惯例。

爷爷放松双臂，孙子亲了一下他的脸颊。他走起路来像一只快乐的小羊，真不知道爷孙俩到底谁更兴奋。

“今天学校的饭好吃吗？”

“好吃极了！奶油菠菜，我吃了两盘。”

“你现在喜欢吃绿色蔬菜了？”

“是呀，我一直都很喜欢。”保罗出尔反尔，“你不记得了吗？你是不是得了阿兹水母症啦，爷爷？”

这一点可真的是家族遗传。爷爷笑着弄乱了孙子的头发。没猜错的话，孙子可能一辈子都会有出尔反尔的小毛病了。

“行啦，别说蠢话了。去把书包拿上。我们该去给你妹妹一个惊喜啦。”

他们并排走在路上，没走多远就看到了夏洛特。今天能由“环保侠”亲自护送，小女孩骄傲得像一只小公鸡。

三个人走在回家的路上。突然，夏洛特开始全速冲刺，保罗紧跟在后面，贝尔纳惊呆在原地。他毫无准备，但不能让小孩子得逞，于是也想试试身手，开始发足狂奔。

从此之后，贝尔纳喜欢上了跑步。他决心调整自己的时间安排，决不能错过孩子们放学的时间。现在他很清楚什么才最重要。这才叫作回归本真。

贝尔纳上气不接下气地抓住孙子，孙女早就跑远了。保罗有些担心地问：

“爷爷，你以后还来接我们放学吗？”

“你要是喜欢，我每天都来。”

想到这里，贝尔纳的心又怦怦跳起来。当保罗用温暖的小手紧紧握住他的手时，贝尔纳感觉心脏跳得更快了。

团结就是力量

圣诞节来了，今年德尔古家圣诞节的气氛与往常不同。玛格丽特缺席了。几天前，她在睡梦中离世。死在自己家里，是她一直以来的心愿。如今，她没告诉任何人，就这样静悄悄地，一个人走掉了。

整场葬礼很简朴，完全按照她的遗愿进行。玛格丽特穿着非常优雅的套装，她最爱的粗呢开衫，围着最美的一条围巾。贝尔纳费了九牛二虎之力，终于成功地把钢琴搬进教堂里。夏勒·特雷内一曲轻快的名作为她送行，玛格丽特和丈夫欧仁从来都是一起听这首曲子。随着钢琴家的演奏，附近的鸟儿也鸣叫起来。不管怎么说，葬礼上的人们并没有完全失去快乐。

每个人从公证员那里拿到玛格丽特事先准备好的告别辞，但用不着提前准备，大家都能深情地回顾起，她在自己的生活中有多么重要。

爱丽丝表现得尤其动情，似乎又一次送别了自己的亲奶奶。玛格丽特传授给她们的价值观，她们如今要传给下一代。她总是喜欢说："享受人生固然重要，但如果不能和自己爱的人分享，人生就不值得享受。”

老人的话，有时一字千金。

盖棺入土之前，亲属献花，亮木棺椁显得非常高贵。贝尔纳拿出父亲的贝雷帽，放在母亲身边。这件父亲的遗物从未离开她半步。他亲吻了帽子，又把它放在保罗的头上，随后示意自己准备好了。保罗和夏洛特一起把帽子放在曾祖母的棺木里。

全家人都认为，玛格丽特一定会对自己的葬礼满意。虽然，她如果活着，一定会对个别自作主张的细节品头论足。

一个人离开这个世界时，只留下很少的东西，这同样说明，她给后人留下了足够的生存空间。

一家人准备离开墓地的时候，一只美丽的画眉鸟正好落在他们身旁。它看了他们很久，然后随风飞走。他们回到家时，发现那只画眉鸟正在鸣叫，还引来另一只瘦小些的麻雀。贝尔纳和布里吉特看着彼此，心里想着同一件事情：玛格丽特可能并没走远。

全家人决定简单地庆祝一下圣诞节。布里吉特坚持在农舍小屋里接待大家，如今这里已经非常温暖宜居。尼古拉把一楼重新整修后，带着一家住在大房子里。

圣诞前夜，大家聚集在小农舍里。为了避免造成意外，今年大家决定不点蜡烛。不过，有了让 - 马克安装的电灯变频器，很容易创造出半明半暗的节日气氛。贝尔纳还很骄傲地宣布，小屋使用的电力完全来自于风力发电。

让 - 马克委婉拒绝了邀请。他要带着新婚妻子瑟弗琳进行一次环球航行。他对贝尔纳坦言，只有傻瓜才会顽固不化。而且，这对老朋友中午聚餐时，居然不约而同地点了素食。友情与爱情在一个方面是相通的：它会让双方一起向更好的方向发展。

12 月 24 日晚上，在温暖的灯光下，全家人围坐在木制矮桌周围，庆祝圣诞前夜。布里吉特从旧货商店和二手网站淘来很多好东西，价钱不贵又很有品位，把小屋装饰一新。她还买到一台留声机，不但外形精致，品相完好，而且价格“小小不言”。贝尔纳手里拿着计算器，说还可以再便宜些。另外，她在收拾阁楼的时候，发现了一件珍贵的物品，勾起童年的回忆。这是一台黑色的雷明顿打字机，本来是属于自己祖母的。看到它，布里吉特也萌生了写作的想法，就像儿子一样。

贝尔纳把最近拍的全家福放进相框里，钉在沙发上方。这张照片是去年圣诞节拍的。他还记得当时自己宣布要将学校的环保挑战更进一步。照片上大家脸都拉得老长，也包括玛格丽特，只有贝尔纳幸福地笑着。

过去一个月，贝尔纳一件件地清理那些过去非常在意的东西，并且取得了非常大的进步：连公司门禁卡的绳子也扔掉了。他决定从此以后只活在当下，感觉到前所未有的自在。

母亲的去世让他真正确信，布里吉特说得一点没错！过去三十九年，他惧怕谈论死亡和葬礼，但现如今他终于准备好面对这个问题。他打电话给殡葬公司，嘱咐好身后事。他的死亡正如他的生命，如果缺少了妻子，则毫无意义。

到了吃餐前开胃点心的时候，夏洛特抱着麻将盒子来了。她用自己天生不可抗拒的魅力，说服大家在吃晚餐前，一起玩儿一局麻将。这是她第一次玩儿，跪在桌子前等着发牌。牌局刚刚开始十分钟，她就已经凑齐了需要的牌。

“和啦！这个游戏太简单了！我们再来一局吧？”面对三位紧锁双眉的对手，小女孩热情高涨地大叫。

本来要教她如何打牌的爱丽丝根本没来得及说话。尼古拉、贝尔纳和布里吉特低声抱怨。保罗饶有兴致地看着妹妹重新发牌。第二局仍然被小女孩轻松拿下。

第三局夏洛特开局不利，有些沉不住气，把口袋里藏着的东西哗啦啦都掉在了地板上。大家以为她在作弊，都好奇地俯身去看，结果发现了三只不成套的小勺子。

贝尔纳问：“夏洛特，你把这些勺子装在兜里干什么？”他发现这些都是自己结婚时买的餐具。

“不知道。神秘魔法从天降。”她举高双手，“这些勺子肯定是自己跑到我兜里的。”

“嗯……”爷爷早就发现餐具里总是少勺子，“你拿这些勺子干吗呢？”

小女孩用一根手指抵着下巴，抬头看天。

“爷爷，你知道，生活里有些事情是没有为什么的。我就像一只喜鹊。勺子亮晶晶，真好看，我忍不住就拿了。”

爱丽丝、布里吉特和尼古拉听到如此充满童趣的解释，不约而同地笑了。

爷爷还是很好奇：“那你要拿来做什么用呢？”

“我要把它们放在我的宝盒里，毕竟我也没有巢呀。好了，我们继续玩儿吧？用不着大惊小怪。爷爷，你可不可以快点出牌？我可不能等你一辈子呀。”

贝尔纳和布里吉特听到这话都愣了一下，随后会心相视。现在两人经常会想到同一件事：就算是隔了两代，家族遗传还是顺利到位。玛格丽特和夏洛特好像是一个模子印出来的，真是龙生龙，凤生凤。

午夜开礼物的时候，保罗和尼古拉瞪大的双眼让全家人笑出声来。贝尔纳知道自己选对了礼物。他决定提前把全套《丁丁历险记》送给孙子，把收藏的老唱片送给儿子。他不需要嘱咐他们要好好珍惜。他很清楚，这些礼物他们会一辈子视若珍宝，胜过任何高精尖技术的电子产品。或许，某一天他们也会传承给下一代。

做出这个决定让贝尔纳很开心，看到家人感恩的眼神就更是幸福。他知道，家族的传承之旅才刚刚开始。他要教给下一代如何辨认植物、如何打理花草、如何躲藏在树林里不被发现；他要告诉他们了解祖先、了解家族史的重要性，还要为他们讲家族故事，读家谱；他要告诉孩子们，我们都是生命的过客，所以不要大肆破坏环境，要从往事中汲取教训，因为后人也会犯前人的错误。

贝尔纳沉浸在自己的思想里好久，才注意到儿子正关切地看着他。尼古拉知道，父亲如果不是万不得已，不会轻易把自己的东西送人，如今这样做，一定是有什么秘密没有说。他有些担忧。

“爸爸，你没事吧？你有话要对我们说吗？你昨天去医生那里体检结果怎么样？”

的确，贝尔纳并没有把一切都告诉孩子们。

出什么事儿了，医生？[1]

前一天，贝尔纳约医生见面，想要查明自己为什么打鼾越来越严重。妻子发现他的鼾声“日益深化”，建议他去检查一下是否有夜间呼吸暂停。这种病症会令心脏提前老化。还要检查一下肺脏，因为贝尔纳自从上次骑车着凉，一直不停地擤鼻涕和咳嗽。上次的医生不仅迟到，而且没有认真检查，也没有注意到病人的手心经常出汗。

这次医生体检完后，到旁边的化验室里拿报告，但走过去的时候忍不住说：

“不好，不好，大事不好！”

贝尔纳觉得心脏要骤停了。他的头脑中迅速出现电视健康节目中的各种病症，种种疾病争先恐后地显示在他眼前：阿尔茨海默症、帕金森症、癌症、视网膜退化、骨质疏松、肿瘤……然后，他的一生在脑中闪回。

[1]《出什么事儿了，医生？》是美国著名家庭情景喜剧，又译为《成长的烦恼》。

“不，不可能这样就结束了……”他还没有好好享受人生，没有和布里吉特尽情生活。他还没有看着孙子孙女长大。

他默默祈求上帝，什么都不要，只要一个小小的缓冲期，不，他更正道，一个大大的缓冲期。他保证不再浪费生命中的每一天，哪怕一分钟都不会浪费。他一定会在所爱的人身边，好好生活每一个瞬间。

医生拿到报告回来，并没有看他一眼。这绝对不是好消息。贝尔纳鼓起勇气，他必须知道，清清楚楚地知道病情。

“医生，全告诉我吧，到底是怎么回事？”

医生尴尬地看着他，好像刚刚发现他站在那里一样。然后，他摇摇头，表现得垂头丧气。

他张开嘴时，贝尔纳的心也提到了嗓子眼：

“我们刚刚被德国队进了一球，终场前一分钟！”

贝尔纳紧张得胸腔紧缩，压得心脏几乎停止跳动。他不想在医生面前唐突，忍住没有要求医生给他做心电图。他感谢了医生，走出医院，坐上公交车，好像刚刚从战场上幸存归来的战士。生命此刻如此鲜活！

他看着自己常常言语贬损的老人们。

他们满足的表情和现在的他，还有玛格丽特别无二致。他们嘴角上泛起微笑，感恩自己还健康，还能欣赏周围的世界。他们就像蒙娜丽莎，在微笑中隐藏着什么秘密。

或许，是时光的故事吧。

他看看周围的年轻人。他们盯着手机，双腿紧张地颤抖，似乎被催眠了。有些人已经疲累地睡去，还有些人目光呆滞地玩儿着手游。爱丽丝一定会说，玩儿这种游戏会让脑子坏掉。或许，这样会感觉时间过得更快？可这被打发掉的是什么时间呢？贝尔纳能想到的唯一回答是：一去不返的时间。

迟来总比不来强

一月的天气阴沉寒冷。布里吉特和贝尔纳蹲在花园里，穿着雨靴，戴着手套。

他们刚刚种下一棵树苗，此刻正在弯腰填土。这棵樱桃树有两米高，刚好种在老桦树的位置。

贝尔纳退后两步，想看看树是否栽直了。布里吉特放上最后的装饰：一个长长的饲鸟器。他们想要吸引更多的山雀、戴菊莺、画眉鸟和其他鸟类。有几粒粮食不小心掉在地上，马上吸引了五只母鸡前来啄食。

两人把这里让给母鸡，回到栅栏门后面欣赏了一会儿。小屋的台阶边放着一架天文望远镜。他们看了一阵，去烧水泡茶。

布里吉特烧开水，拿起铸铁茶壶，为两人沏好茶。最近一段时间，贝尔纳连咖啡也不喝了。他发现咖啡豆需要长途运输才能到达法国，就在花园里种了一棵茶树。

贝尔纳本以为，波尔多的异国气候不适合种茶，当他发现树梢长出新叶时，十分惊喜。一边闻着红茶的浓香，一边拨弄自家晒干的茶叶，让他颇为享受。

他儿时起就梦想能住在森林边上的小木屋里，吃自己采集的食物。如今，他终于完全实现了儿时的梦想。

他们看到一只山雀悄悄地从一个树枝跳到另一个树枝，慢慢接近饲鸟器。这时布里吉特突然说：

“你想去看电影吗，贝尔纳？”

“等等。”他边说边在网兜里翻找，“我要看看日程表。周三，我可去不了。这一天有一周最重要的约会！上午和夏洛特，下午和保罗。下周我可以，周四下午 2 点以后有空。”

布里吉特抬眼望天。

“我做梦呢吧？你别告诉我，现在想两个人约会，都要提前十天预定啊？”

“我认为，应该学会计划生活，然后用心坚持。只因为有很多空闲，所以误以为今天计划好的事情，明天做也可以。直到有一天……”

“……自己把这件事忘了。”布里吉特补充道。贝尔纳起身，好像在故意逃避这个讨论，躲到卧室里去了。

她有些意外，跟在丈夫后面，想要替他穿好裤子的背带。贝尔纳转过身来，手里捧着一个大包裹：

“我可没把你忘了……来，打开吧，亲爱的！”

“为什么？这是什么？”妻子有些疑心，“你一定又做蠢事了。你总不会送我台计算器吧？”

“不是计算器，也不是蠢事……看看就知道。”

盒子里是一只很漂亮的旅行包，还有两张票。目的地呢，很远，很远……

她的脸上泛出笑容，可心里却不敢相信：这一定是丈夫在开玩笑。可是，看着贝尔纳肯定地点头，她笑着扑到丈夫怀里。

终于可以去旅行啦！

锦上添花

爱丽丝和尼古拉带着孩子来父母的小屋聚餐，惊讶地发现屋里没有灯光，门上只贴着一张字条：

“我们去蜜月旅行了。结婚三十九周年，值得庆祝！我们不会太快回来。抱抱！”

尼古拉说：“我不敢相信老两口居然……周日聚餐爸爸妈妈不在，气氛就不一样了！”

爱丽丝说：“他们这辈子就这么一次，两个人一起出去。我们能说什么呢？”

尼古拉抱怨道：“这肯定是爸爸的主意。”

“别埋怨你爸爸！贝尔纳自有他的道理。两位老人一起出去，这样挺好的。”

尼古拉惊讶得说不出话。

“等等，你居然站在我爸爸那边。我是不是在做梦啊？”

这是儿媳第一次替公公说话。德尔古一家，确实惊喜连连。

“贝尔纳，确实挺有自己的‘魅力’。连鼹鼠都被他吸引了！”

她边说边指着地上新出现的鼹鼠坑。

这些“地下的邻居”趁花园主人不在，集体重返家园，可现在这事情已经不归贝尔纳处理了。

距此几十公里之外，贝尔纳和布里吉特实际上没走多远。他们俩租住了阿卡雄湾[1]的一栋渔人木屋。两人坐在门前能欣赏到美丽的海景，品尝自己用筐捡拾回的牡蛎。只有两个人，彻底的自由！

布里吉特说：“为我们俩干杯！”

贝尔纳说：“我还要说，为我们终于平静的生活干杯！”

他们在大自然的环绕下，长久地欣赏美景，享受神仙一般的静谧生活。喧嚣的世界似乎不存在了。看风景，听海浪，仅此而已。

夕阳西下之时，贝尔纳打破了平静。

“我觉得，我会爱上这种旅行。”

“我呢，最喜欢的就是这个。我要拿出日程本，计划好后面的旅行。”妻子半开玩笑地说。

玛格丽特说得对：退休，就像是进了一家甜点店。每种甜点看起来都很美味。贝尔纳尝了一个又一个，最终找到了适合自己的那种。

他补充道：

“你知道吗？我想哪次也带着孙子孙女旅行。我们的浪漫周末当然不带他们，我是说，比如他们十岁的时候……我会让他们选择目的地。”

[1]位于法国西南部，在波尔多西南几十公里处，临大西洋。——编者注

“主意倒是不错，亲爱的，可你要谨慎点。我了解保罗，他没准会要求去加拉帕戈斯群岛看海龟。”

布里吉特不是随便说说而已。她知道为什么两人的蜜月旅行并没有离家太远：贝尔纳拒绝乘飞机。他总是不厌其烦地说“乘一次飞机带来的污染，相当于开一年的汽车”。他每天连车都不开，劳神费力地骑自行车到生态合作社购物，要让他乘飞机……

贝尔纳陷入思考。

“那我们就破例一次，坐飞机就坐飞机。”这让妻子很意外，“有一位智者曾经对我说：‘你总是不认真听老师讲课。生活中，凡有规则的地方，就一定有例外。’我觉得，如果做一件事是出于爱心，就可以算作例外。”

贝尔纳抓起妻子的手，好像久别重逢般热情地拥吻妻子。这时，他的手机响了。未知号码，他把手机调成静音，继续和妻子谈话。

“我从没对你说过，我很喜欢你新的发色。白发看起来也很美，亲爱的！”

“哇，你居然夸我。真是太阳从西边出来了！你知道吗，你看起来也挺帅的。虽然没有罗伯特·雷德福[1]那么帅，但有点像《007》里的肖恩·康纳利。”

“那我就改名贝尔纳·康纳利[2]吧！”他自嘲道。

他们正在深情拥抱，贝尔纳的电话又振动起来。他刚想关机，

[1] 罗伯特·雷德福（Robert Redford），美国著名导演、演员。

[2] 此处布里吉特借用肖恩·康纳利（Sean Connery）的姓氏和法语 Connerie（意为“犯傻”）的相似处来挖苦丈夫，丈夫也以此自嘲。

好彻底安静地享受二人世界，但第六感告诉他有事发生，而且不是好事。退休以后，很少有人打电话来，电话一响，准不是好事。而且，来电号码他不认识，一定是有重要的事情。

他接起电话，却没有听懂电话那头的人在说什么。上次他想起这个名字，已经是很久以前的事情了：戈达尔。

比起上次见面，这位老上司电话里似乎非常健谈。他想请贝尔纳回去，重操旧业。

老板听起来做足了功课，提出的条件令人难以拒绝。贝尔纳可以在自家工作，按自己的习惯、自己的要求来，毫无压力，连工资多少都是自己说了算。话语权完全在贝尔纳这边，因为现在公司陷入危机，生死攸关，需要他这样有经验的人来解燃眉之急。

布里吉特侧耳偷听，可没法听懂贝尔纳说什么，只听到丈夫好像在讨价还价。

对贝尔纳而言，这是他等了一辈子的电话。他等了好久，一直以来，他都希望得到公司的认可。如今看来，和过去相比，自己的经验变得更为重要，终于可以一雪前耻了。他的头脑中出现一幅景象：一头信心满满的大象一拳击倒一只瘦弱的狮子。

“谢谢您，老板。”

贝尔纳挂上电话，拈起一只牡蛎，好像什么都没发生过。布里吉特捏住他的脸，强迫他说出通话内容。

“谁打的电话？别告诉我……”

“加点香槟？”他故作矜持。

“贝尔纳，你吓到我了……你笑得瘆人。你没应允下来吧？告诉我，你没答应他……”

“要不，我们来喝点苹果酒？我是用没吃完的烂苹果自制的，配上可丽饼就更好了。下次酿酒，你可得帮忙。”

布里吉特等不急了。

“说呀！”

“你不会相信的。他只是想看看我过得好不好……”

他瞪眼说瞎话。

布里吉特可不会轻易上当。

“要是真的这样就好了……你不会回去上班吧？”

“哟，这不是下雪了吧？一月份下雪可不寻常。四季规律都变了吗？”

他故作沉思。

妻子真急了。

“贝尔纳！你回答戈达尔什么了？”

他刚刚开始享受生活，意识到提前退休这件事，实际上是中了大奖。他赢得了这么多年的幸福时光。

贝尔纳抓住布里吉特的手，用神秘的眼神直视妻子。

“我觉得，总结起来，退休生活，就像是锦上添花。我们现在这样，不是很好吗？”

后记

我的每本小说都与个人经历相关。生活是我灵感的源泉。

这本小说的灵感源自生活的变动：我和丈夫，以及孩子一起，在米兰生活了五年后，为了能离家人更近，决定搬回法国布列塔尼居住。很多人考虑到气候和生活的差异，都曾提醒我们说："你们会经历巨大的改变！"是的，过去我们生活在大城市里，生活节奏由各自的工作决定。不过，我们并未因改变而担忧。正相反，我们做好各方面准备，迎接不一样的生活。

我们所居住的布列塔尼的小城里，老年人多于年轻人。我以写作为生，丈夫创立了自己的公司。从此，我们的生活节奏由孩子学校的日程表决定。

人生中第一次，我们不需要雇保姆，可以每天早上送孩子上学，下午4点半接孩子回家。人生中第一次，我们可以陪他们写作业。放在过去，这是绝无可能之事。

那个跑去学校接儿子放学，想给他惊喜的人，是我。被老师拍肩膀，认不出是孩子家长的人，是我。看到孩子惊喜的眼神，眼泪夺眶而出的人，是我。当时，眼泪止不住地流。我心想，我有些变了。

我体会过职业倦怠和紧张的职场生活，以及身为人母却无法陪伴孩子的痛苦。“我是幸福的”，虽然我过去这样说，也的确这样认为，但如今，我体会到了另一个层次的幸福。

送孩子上学后，我和丈夫会非常投入地工作。我觉得，当一个人做自己喜欢的事，并发现不是每个人都有这样的特权时，他会觉得受了上天的眷顾，会更加努力地工作。

有一天，我们俩打破常规，一起出门共进午餐（我们有点像贝尔纳和布里吉特）。饭后，我们沿着海滩慢慢走回家。虽然我们都还年轻，但我觉得好像在享受退休后的休闲时光。

这时，我突然有了写作的灵感。我的新小说是关于生活中的变化。我要写各种各样的改变，尤其是我们每个人无论是否准备好，都不得不面对的改变：退休。

就我自己而言，早就准备好随时改变。丈夫调职到米兰那天开始，各种变化纷至沓来。我辞职随他搬到米兰，借此机会思考人生。我决定要实现自己儿时的梦想：写一部小说。《做人不要太过分》[1]就这样诞生了。这个我本来不以为然的“机会”，最终变成我人生中非同寻常的机遇。

不过，这部小说也取材于那些把生活中的变化看作是一种惩罚的人。我设身处地，把自己想象成这位可怜的贝尔纳。他一辈子为

[1]《做人不要太过分》，法文原名 *Mémé dans les orties*。该书中文版于 2018 年 11 月由百花洲文艺出版社出版。

了工作而牺牲了家庭，成了一位现代生活的模范。然而，他被无情地扫地出门，对未来没有任何准备。

我呢？如果我丢了工作，而且没有写作，我会怎样？我们准备好过无所事事的生活了吗？对我而言，答案毫无疑问是否定的。

我越是思考这个问题，内心越是确定，我的退休生活似乎与现在不会有很大差别。我应该会放弃表象，回归本真。和家人在一起生活、读书，就这样。然而……

构思此书时，我想象了另一些家庭成员的退休情况。贝尔纳这个形象是以我公公为原型的。他是一位工作狂，就算是提前退休，也不打算停止工作。

我想给他安排一个缺点，一个癖好：最初应该是园艺。不过，写着写着，他逐渐成了狂热的环保主义者。随着我慢慢深入这个主题，也逐步把他写成一位环保极端分子，在家人眼中是个疯癫、讨人厌，甚至可笑的人物。

不过，我身上发生了一个前所未有的变化：我变成了贝尔纳，虚构入侵了现实。我读过一个警句：一本小说首先要改变它的作者，否则就没有写出来的必要。这本小说确实改变了我，这是它锦上添花之处。小说完成，我在环保生活方面有了长足的进步。

开始写作本书时，我没有任何环保意识。自从孩子们出生，我尝试吃绿色食品，但也只是出于健康原因而已。我的环保知识非常匮乏。我想向孩子们解释，为什么不能购买榛子巧克力酱。已经35岁的我对于勒和加斯帕尔脱口而出："因为买巧克力酱的话，那些坏先生就会砍倒棕榈树，生活在树上的红毛猩猩就死掉了。"我记得话一出口，丈夫的眼神中交织着鄙夷、绝望、惊讶、痛苦，也有些许幸灾乐祸。他凝视着我，好像在说："你真是令人绝望！"结果，孩子们的环保教育当然由他接手，我只负责编我的故事。

随着对贝尔纳这个人物写作的深入，我发现自己在日常生活的方方面面都缺乏基本的环保意识。

在贝尔纳的影响下，从2018年9月开始，我虽然没能成为"零塑料"人士，但确实成了"恐塑料"人士。走到哪里，我都能注意到塑料制品，还有那些使用塑料制品的傻瓜。不过，我还是没办法在生活中彻底告别塑料。贝尔纳的失败源自我的失败：带着瓶瓶罐罐去生态合作社，忘了带便携水壶差点渴死，以及环保生活的第一步变成大量网购，收到无数纸箱和塑料包装。

和贝尔纳一样，我也多多少少影响了周围的人。

我想，从那时开始，家里人开始讨厌我了。他们觉得我犯了神经，安慰自己说这只是我一时的疯狂之举："等她写下一部小说，就会变得正常了。"我并不这么想。环境问题事关重大，开弓没有回头箭。或许某一天，他们会理解我，或者原谅我。

在此，谨以此书献给：

我的朋友们。谢谢你们接受我乱七八糟的圣诞节礼物。今年我借圣诞节的机会，不仅送出了我喜欢的书籍，还有许多环保必需品：便携水壶、广口瓶、《零垃圾指导手册》、竹牙刷、手帕、可以重复使用的卸妆棉……他们打开包裹时，都在找"真正的礼物"，不过找不到！

我的妈妈。谢谢你到二手商店去，给孩子们淘衣服。谢谢你每天使用奶酪切丝器、咖啡磨，还在二手网站上替我找到酸奶机。虽然你知道会让我神经失调，还是在圣诞节晚餐时使用了一次性餐具。

没办法，谁能没有过错呢？

我的哥哥。他是位快乐的园艺师，每天都尝试让妈妈变得更环保：加油啊！法国大厨是今天的明星，园艺师是明天的明星。我哥哥从六岁起就知道自己以后想与土地、森林和花园朝夕相处，而这已经成为他持续十五年的工作。当初有人说他毫无雄心壮志，他本该大声反驳。毕竟，改变成见是每个人的责任。我们应该有勇气让子女走出父母事先安排好的生活。我儿子于勒今年六岁，他的梦想是当兽医。如果他自己能坚持梦想，我有什么理由强迫他走自己不喜欢的人生道路呢？对我而言，最重要的是孩子认为自己正在从事有意义的工作。

我的爸爸。我热爱和爸爸一起观鸟。我的第四部小说《一切随缘》（*Au petit bonheur la chance*）也和爸爸有关。

我的夫弟兄嫂们。感谢他们不嫌鄙陋，来我家围坐在纸箱做的矮桌边喝酒。我还没有在二手网站上找到合适的桌子，我会努力的。

我的公婆。他们是我不竭的灵感源泉，给我带来的灵感如“大珠小珠落玉盘”，甚至让我写作时难以收手。好在，这本写完还有下一本……

我的奶奶。她的人生故事，总能让我坐下来静静听。她记得我的孩子们哪里受过伤，甚至记得一些我小时候的事情，这些事连我自己都忘了。祖辈是过来人，我想知道他们所有的故事，可不敢什么都问，只能怂恿孩子张口。很多人问我，为什么我的小说里有这么多老年人。对我而言，他们很重要。他们代表了我们这个社会正在失去的、正确的价值观。不浪费东西，不浪费钱，这是对自然资源最大的珍视。如今我也尝试把祖父母留传给我的价值观，传到我的孩子身上。

我的新朋友们。我在二手网站或者零垃圾论坛上结识了他们。他们是我的邻居，年龄与我相仿。他们养鸡，骑自行车，去生态农场，自己做土豆泥，自己熬汤。我们一起品尝自制的生态啤酒，互换各家的鸡蛋、家具，还分享自制洗涤剂的配方。

我的老朋友们。有位参加过我婚礼的朋友，四年前放弃高管职位，跑去养山羊卖奶酪了。我用了四年，终于明白慢速生活才是人生。

我的邻居们。我埋头写作数月，至今还没有结识新邻居。也送给巴黎的老邻居们，他们让我创造了杜戈林夫人这个角色。还有那些现在带领我投身零垃圾生活的邻居们。我的周围总是有人更加善于思考，勇于投入。对此我很高兴，因为在新生活的路上，我们常常会感到孤独。感谢社交网络，我看到自己就像众多蜂鸟中的一员。这让我安心，也有了继续下去的勇气。

那些每天一小步，最终一大步的人。皮埃尔·R.、席里勒·D.、尼古拉·H.、帕斯卡尔·C.，还有某些记者。他们在2018年推出的报道富有远见卓识，迅速提升了法国民众的环保意识。对我个人而言，他们让贝尔纳的形象丰满了许多，也让我大开眼界。我决定为环保贡献自己的一份力量，参与到保卫生态的战斗中。

教师们。他们比任何人都清楚，教育是进步之本。尤其要感谢我孩子们的老师。谢谢德赛尔夫人，在我创作这本小说时，正好启动了“零垃圾”挑战赛，真是天作之合。谢谢舒瓦德·贝尔杰，他成功地教会我那夏洛特般活力无穷的孩子既热爱生活，又懂得守规矩。

我的编辑亚历山蒂·杜班和我的小仙女凯蒂·菲奈奇。几个月前，我看到她往街边的阴沟里扔烟头，给了她一个大大的白眼。如今，她不再这样做了。对不起，我不是想让你们感到内疚。我希望，本书中的理念像一颗石子，能够在出版社、书商和读者中间泛起涟漪。你们一直在我身边，谢谢，谢谢。

我的丈夫。他从始至终都支持我。书中的笑话都是经过他认可的，所以如果有哪个不好笑，完全是他的责任。没有了他，我和孩子都无所依靠。他做饭、做家务，总是激情四射地提出一些新点子。最近的一个，叫作“绿色星期一”。我封闭在自己的世界里时，他总是保持着和外界的联系。我们就像是一只牡蛎和它的礁石般密不可分。《我的事情我做主》(*En voiture, Simone!*)一书最后已经提到过，我们栽种了一棵属于我们的树。实际上是两棵，一棵李树、一棵梨树，孩子们每人一棵。我们本来想养狗，后来决定养鸡……最后，为了爱，可以例外，我们乘飞机到日本去，欣赏樱花盛放。

我的孩子们。我禁止他们吃榛子巧克力酱，但他们吃自制蜂蜜和果酱看起来也香得不得了。他们还不知道，我的最新环保计划中，巧克力也即将成为违禁食品。如今，我有很多时间和他们在一起。我们讲（或者瞎编）故事，玩儿互动游戏，拼大型拼图。他们还不知道手机和平板电脑为何物，但知道什么是戴菊莺、黄道蟹、灰鼠，还知道什么叫“雷恩馅饼”。于勒上个周末说：“我知道怎么拯救世界了：散一次步，捡一次垃圾。”他说的当然没错。全球七十亿人口，每个人的微小善举都会影响未来。弃恶行善，永远都不晚。

皮埃尔·哈比[1]的一句话曾令我陷入沉思，我愿意与读者分享：我们要给后代留下一个怎样的地球？我们要给地球留下一群怎样的后代？

改变生活并不难，无论是换工作，还是改正习惯。没有放之四海而皆准的方法，每个人需要找到自己的路，而不能永远追随他人。幸福自心知，何须他人见。

我祝愿读者忠于本心，忠于梦想。梦想或许有些疯狂，但如果我们成功了，那我们就是幸运的；万一第一次尝试失败了，失败是成功之母，个中经验教训，会让我们下次做得更好。

正如伟大的哲学家让－克劳德·杜塞（Jean-Claude Dusse）在《晒太阳的人》（*Les Bronzés*）中所说："加油吧，忘掉你毫无希望这件事，万一撞了大运，成功了呢？"一直以来，我都以此为座右铭。这句话给我带来好运，也祝愿你们好运！

爱你们的

奥雷莉

[1] 皮埃尔·哈比（Pierre Rabhi），当代阿尔及利亚裔法国作家，环保人士，农业生态学之父。

FONGHONG
凤凰联动出品